公元787年,唐封疆大吏马总集诸子精华,编著成《意林》一书6卷,流传至今
意林:始于公元787年,距今1200余年

青春最美,梦想出发
中国式好看轻小说优鲜品牌

图书在版编目（CIP）数据

蔷薇花墅 16 号 / 韩十三著 . -- 长春：吉林摄影出版社，2018.1
（意林·轻文库 . 恋之水晶系列；029）
ISBN 978-7-5498-3495-2

Ⅰ . ①蔷⋯ Ⅱ . ①韩⋯ Ⅲ . ①长篇小说 – 中国 – 当代 Ⅳ . ① I247.5

中国版本图书馆 CIP 数据核字 (2018) 第 007490 号

## 蔷薇花墅 16 号
Qiangwei Hua Shu 16 Hao

| | |
|---|---|
| 著　者 | 韩十三 |
| 出版人 | 孙洪军 |
| 总策划 | 安　雅　张　星 |
| 品牌主编 | 非　非 |
| 责任编辑 | 施　岚　胡晓路 |
| 图书统筹 | 凉小葵 |
| 特约编辑 | 杨　宁 |
| 绘　图 | Carol 可 |
| 书籍装帧 | 王　春 |
| 美术编辑 | 袁　萌 |
| 开　本 | 700mm×1000mm 1/16 |
| 字　数 | 300 千字 |
| 印　张 | 13 |
| 版　次 | 2018 年 1 月第 1 版 |
| 印　次 | 2018 年 1 月第 1 次印刷 |

| | |
|---|---|
| 出　版 | 吉林摄影出版社 |
| 发　行 | 吉林摄影出版社 |
| 地　址 | 长春市泰来街 1825 号 |
| | 邮编：130062 |
| 电　话 | 总编办：0431-86012616 |
| | 发行科：0431-86012602 |
| 网　址 | www.jlsycbs.net |
| 经　销 | 全国各地新华书店 |
| 印　刷 | 北京嘉业印刷厂 |
| 书　号 | ISBN 978-7-5498-3495-2　　定价：28.00 元 |

**版权所有　侵权必究**

如发现印装质量问题，请与印务部联系，联系电话：010-51908584

# 蔷薇花墅16号

目录 Contents

| | | |
|---|---|---|
| 001 | 第 一 章 | 旧城堡里的新少年 |
| 027 | 第 二 章 | 女巫与王子的赌约 |
| 063 | 第 三 章 | 带上关于你的秘密去流浪 |
| 091 | 第 四 章 | 时光曾在我心上种下荆棘 |
| 135 | 第 五 章 | 潘多拉之钥 |
| 169 | 第 六 章 | 有关于一座孤岛的救赎 |
| 197 | 第 七 章 | 有些地方，你若不来，我岂敢离去 |

有些约定好了的地方，

你若不来，

我便不敢离去。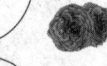

# 第一章 / chapter 1
## 旧城堡里的新少年

## 1 <<<<<

他们说,每个女孩的心目中都有一座城堡。他们还说,美丽的童话故事,只有在我们不谙世事,未经离散之前才会相信。

依稀记得,很小很小的时候,我是住在开满蔷薇花的别墅里的,它就像是一座美丽的城堡,矗立在山海交接的地方。那里曾经充满了欢笑,二楼的露台上铺满了爸爸亲自筛选的细沙,沙子上摆满了五颜六色的塑料玩具。

院子里,结满皂角的皂角树下,微微摇晃着的秋千旁,妈妈站在月光下,把一个刻着地址的铭牌挂在我的书包上——蔷薇花墅16号。

铭牌的边上,还系着一只细小的黄铜铃铛,每当我蹦蹦跳跳走路的时候,就会发出清脆的声响。

如果我走丢了,好心人可以凭借铭牌上的地址将我安全地送回。

然而,小小年纪的我很争气地从来没有走丢过,反而是爸爸妈妈在我的世界里突然消失了。

2001年夏天,他们"消失"之前,把我送到了青牛镇的奶奶家,那里乌泱泱的麻雀是我的梦魇。

它们成群结队,在蔚蓝色的天空下低低掠过时,走在上学路上的我总会猛地捂住自己的脑袋,佝偻在地,大喊大叫着瑟瑟发抖。每当这个时候,比我大一岁的同村小男孩沈一辰总会轻轻地蹲在我的身边,小声安慰我:"别怕,顾小庄,有我在,麻雀不会把你怎样的。"

我们的身后,是一条两旁开满葵花的乡间小道,沈一辰的手里拿着从程铁手中骗来的游戏币,学着电视里纨绔子弟的样子在嘴边猛地一吹,放到耳边眯着眼睛听起来:"等我攒够了钱,就去没有麻雀的地方给你买一座别墅,你不是说你们家以前是住别墅的吗?"

他是唯一一个相信我的人,每当其他小朋友因此而嘲笑我,骂我说大话时,只有他固执地护在我面前,为我抵挡恶言恶语。

有一天,我俩一起去上学的路上,他甚至穿上了自制的稻草服,用稻草扎成的尖尖的帽子,用稻草扎成的衣袖、裤腿。

他的手里挥舞着一面红布条做成的小旗子,在我身边窜来窜去:"麻雀最害怕的就是稻草人了,你没看见麦田里有好多稻草人吗?"

除此之外,他甚至还花"高价"从高年级男生那里买来一把自行车链制成的火柴枪,火柴枪虽然不能将头顶的麻雀射下来,但巨大的响声可以轻易将它们吓跑。

小学校门口,沈一辰一边将稻草服脱下来塞进巨大的蛇皮袋里,一边用青牛镇方言对我说:"顾小庄,我要为你做一辈子稻草人,直到你再不害怕为止。"

他还说:"你才不用羡慕那些有妈的孩子呢,你就把我当你妈得了,而且我还不会逼着你做作业!"

那是2003年炎热的夏天,距离我父母将我遗弃在奶奶家,已经过去整整两年了。事实证明,这个看起来大大咧咧,实则心思细腻的男孩子,当不成"我妈",而是成了我人生中的一个超级大麻烦。

如今,十几年过去了,我之所以还对那一年发生的事情记得那么清楚,是因为两件大事,一件,是搞得人心惶惶的"非典"。另一件,是沈一辰的姐姐在某天傍晚痛彻心扉的哭泣。

沈一辰的姐姐沈迪比他大八岁,据说她之所以在愚人节的那一天晚上大声痛哭,并不是被谁欺负了,而是她特别喜欢的一个男演员以流星陨落的方式离开了人间。

那一年的愚人节,他从一家豪华酒店的楼顶一跃而下,很多人说,那是他跟我们开的一个玩笑。

然而,这两件大事对我来说并不重要。

真正让我揪心,并在我心灵上打下深深烙印的是爸妈的离开。

在将四岁生日还没有过的我从城里送到了奶奶家后,他们便匆匆离开了。

我长大后才渐渐得知,那时爸爸在青牛镇搞了一个工厂。

建工厂的钱,是从青牛镇每家每户集资来的,可是在厂子即将开工的关键时刻,资金链断了,工厂作为抵押物被银行收走了。

爸爸无颜面对家乡父老,只得跟妈妈一起跑路。他让奶奶告诉全镇的乡亲,欠的钱自己一定会还上的。

虽然如此,镇子上的居民还是怨声载道,毕竟当初他们十分信任我爸爸,很多人把存了一辈子的养老钱都拿出来了。

这种情绪难免会殃及到孩子身上。

所以,小时候,很多小朋友都欺负我,说我跟我那大骗子爸爸一样,是个小骗子。

有一次,几个小男孩用一条麻绳将我绑在了麦田边的一根电线杆上,还在我头上撒满了麦粒。

大群的麻雀来了。

我挣扎不得，只得任凭麻雀在我脑袋上啄来啄去。

我大声哭喊，到最后甚至连喘气都没有力气了。

后来，是爷爷赶来，解开了麻绳。

一个小男孩亦步亦趋地跟在爷爷身后，在快走到我家门口时，才怯怯地将一颗鹅黄色的多汁的水杏递到我的手中，他说："你别哭了，我把杏儿给你吃！"

他，就是沈一辰。

童年时光里，青牛镇唯一一个对我好的男孩。

2 <<<<<

*人的一生中，会下很多很多场雨，忽而云散，烈烈天光。而你离开时的那场大雨，终究汇聚成梦的汪洋。*

2014年，我考上了G大，在此之前，我经常坐在镇子上的柏油路路口等爸爸那辆黑色的桑塔纳车。努力地，一遍遍回想十几年前爸妈离开时的情形，难过的是，他们的样子在我的记忆里变得越来越模糊。

我记得他们走的那天晚上，下了很大很大的雨。

电闪雷鸣中狂风把小小年纪的我吹得跟跄跄跄，却无论如何也撕不散头顶黑色的云团。

我穿着一件透明的小雨衣缩在奶奶身后哽咽着问爸爸什么时候来接我，他说，等天晴了他就回来了。

爸爸说，等天晴了，他就会回来接我，回到那座开满蔷薇花的别墅，回到原本属于我们的家！他说这话的时候，眼中满是不甘和憎恨，以及连自己都不相信的期许。

而妈妈只是一次又一次把我抱紧，在我脸上亲了又亲。大雨把她的长发打湿，贴在她消瘦无比的身前，显得她整个人更加单薄。她穿着一条大红色的连衣裙，脸色却无比苍白。

妈妈猛地将我书包上的铭牌扯下来，紧紧地握在掌心里，哽咽着对我说："从此以后，那里就不是你的家了，你要在青牛镇乖乖听爷爷奶奶的话，平平安安地长大，知道吗，小庄？"

大雨里，我拼命地点头。

之后，我等了成百上千个天晴。

而从2001年到2014年十三年的漫长时光里，一直陪在我身边的沈一辰也长成了一个皮肤黝黑的大男孩。

那时，乡亲们似乎已经忘记了集资的事情，其他人对我的态度也慢慢好了起来，而我，唯独对麻雀的恐惧一直未变。

那时的沈一辰，也早已不再穿着那件稻草服去吓跑麻雀们，而是把稻草服扎成了一个稻草人，立在了我房间窗外的小菜园里。

他说："你得渐渐习惯没有我帮你驱赶麻雀的日子。"

说到此，他的神情忽然低落了下去："你也知道的，我从小成绩就不好，肯定考不上大学的，而你……"

他愣了一下，似乎做了一个更艰难的决定似的对我说："其实按照你的成绩，可以去更好的大学，不一定非要留在G大。你爷爷奶奶，我可以帮忙照顾的。"

我怔怔地看着稻草人手中那已泛白的红色布条旗，突然不知道该如何安慰他，仔细想来，这么多年仿佛一直都是他在安慰我。

其实啊，我选择报考G大并不仅仅是为了就近照顾爷爷奶奶，我还想留在G市等待一场遥遥无期的团聚。

我不知道，妈妈身上那件漂亮的红色连衣裙，是否也跟稻草人手中的布条旗一样，已经褪色变白。我也不知道，那场被他们带走了的大雨，是否已经雾开云散。

但我知道，沈一辰说得没错。

他的成绩出奇地烂，班上那些被女生们传滥了的爱情小说都是骗人的，谁说每个男主角必须都是帅哥、学霸。我不知道沈一辰到底算不算我世界里的男主角，但那些年，他的确确是我生活里唯一的男性伙伴。

我缓缓地将目光从布条旗上收回，身旁的沈一辰微微叹了一口气，拿起一粒小石子轻轻地丢向了稻草人。接着，他强行将我拉到稻草人旁边，用沈迪淘汰下来的旧手机，为我们三个拍了一张合影。彼时，沈一辰的姐姐沈迪在G市的电子街开了一家手机店。沈一辰对我说，等我考上大学去了G市，遇到困难可以找她帮忙。

我敷衍似的点头答应，却没想麻烦她。

其实，我骨子里是不喜欢沈迪那样的女孩的，她的山寨名牌挎包里总是装着最新款的手机，身上的香水味是那样具有侵略性。以前，她开着那辆红色的高尔夫车回青牛镇的时候，经常给我带各种各样的礼物，自己淘汰下来的连衣裙、小皮鞋、包包，甚至半管香奈儿的口红。

而我高中毕业那天，她送我的是一部手机。

在镇子上唯一一家像样的饭店里，她将弟弟沈一辰的手机号强行输入到送给我的

手机里,然后,一下子拍到我面前的桌面上:"以前就想送你一部手机的,姐姐别的没有,就这玩意多如牛毛,可是想来想去你也没什么可以联系的人,你和我弟整天形影不离的。现在不同了,这家伙肯定考不上G大,到时候,你们可以电话联系,对了,你还可以打电话给爷爷奶奶。"

说话间,她把脸转向了一直看着新款手机两眼放光的沈一辰:"现在该说说你了,打算怎么办?复读,还是干点儿别的?"

其实,我的建议是让沈一辰复读,可是,在咄咄逼人的沈迪面前,自己的话就算说出口也肯定毫无参考性。

"要我说啊,干脆别复读了,不如跟我一起做生意。你仔细想想,好好读书是为了什么,还不是毕业后找个好工作,赚大钱。既然现在姐姐我能给你提供一条捷径,干吗还要多绕弯路?"

果不其然,没等沈一辰和我开口,沈迪便咄咄逼人地说道。

接着,她仿佛意识到自己的话误伤了别人,一脸尴尬地对我解释道:"小庄,我不是在说你,这话只对男孩子适用,你不同,女孩子不适合这么早就在这个社会上闯荡,还是考大学,找个安安稳稳的工作好。医生、教师都是不错的。你见过哪个女文盲能嫁得好的?"

我低头喝着面前的冰镇饮料,没有开口说话,只在心里默默反驳——就跟你自己不是女人似的。

好在,那一天沈一辰没有答应他姐姐那荒唐的建议,而是借胡吃海塞将这件事情搪塞了过去。

那一天,饭没吃完,沈迪就接到一个"张总"的电话,她急匆匆地钻进自己的小轿车里走了。

后来我才知道,她口中的张总并不一定都姓张,那是她与好多客户约定好的"暗号"。

而她在镇子上那家饭店吃饭是不用付账的,早在几年前她就跟饭店签订了合同,在那里吃饭请客一律年底结账,她追求的是那种打白条的愉悦感。

"瞧见没有,简直就是一个女土匪,我才不会跟她一起干呢,那样肯定一点儿自由都没有!"

见姐姐的汽车一溜烟驶出了停车场,沈一辰对我做了一个鬼脸:"我跟我爸都商量好了,复读一年,明年肯定能考进你们学校。"

听见沈一辰这么说,我的心才重新落回肚子里。我并不指望他能考进我们学校,继续"保护"我，我只是不希望他那么小的年纪就变成沈迪那样，那是我最不愿意看到的样子。爸爸的经历，让我对"生意人"有一种莫名的恐惧感，那时的我悲观地以为，所有做生意的人，到最后都会家破人亡，骨肉离散。

见我嘴角露出了笑意，沈一辰也笑了起来："我就知道你也不希望看到我那样的，顾小庄，放心啦，我跟我姐不是一路人。我爸就经常说我们姐弟俩的性格应该换一换……"

其实，我觉得他的性格比他姐姐也好不到哪去。

说话间，他拿起面巾纸，在脸上胡乱擦了一把。

然后，一把拉起我的手，向着饭店门外跑去："刚想起来，跟铁子他们约好的，晚上为你搞个送行的小晚会。"

他口中的铁子，名叫程铁，就是小时候带头往我头上撒麦粒的家伙。

很明显，程铁的成绩跟沈一辰是同一阵营的，在这样一所升学率本来就不高的县级高中里，很难考上大学。

我依稀听说程铁他们几个一直在找机会向我道歉，高考一过，似乎这已是最后的机会了。

其实，我的心中对他们已经没有仇恨。三五岁的孩童，又有几个能分得清有时候连大人都理不出头绪的恩怨呢。

但我没想到，程铁他们为我搞的晚会那么"隆重"，他们在一片前些日子已经收割，但尚未播种玉米的麦茬地里，用麦秸搭起了高高的篝火，甚至还用田埂上采集来的黄白两色的野花为我做了一个花环，想以此来表达对小时候那些刁难的歉意。

沈一辰用手机播放着事先准备好的歌曲，我们一群人围在篝火堆旁大声合唱。唱的都是那些年最流行的歌曲，借此来表达每年毕业季那些个看似名正言顺的忧伤。

然后，便失火了。

夜风先是吹散了篝火堆，零星的火苗引燃了周围的麦茬，大火借着风势在一眼望不到头的麦茬地里迅速蔓延，最后引燃了路边堆放的麦秸垛，一瞬间火势冲天。

整个青牛镇沸腾了，原本在街边摇着蒲扇乘凉的居民第一拨赶到，提着水桶，拿着脸盆，开始向麦秸垛疯狂泼水。

我记得清清楚楚，那一晚，整个天空被冲天的火光映成了红色。

最后，有人拨打了119。

几十分钟后，大火才被及时赶到的消防员扑灭。

那一次，警察带走了程铁和沈一辰。

在警察讯问的时候，为救火而被熏成了一块煤球的程铁第一个站了出来，说篝火是他点的，把所有的责任都揽到了自己身上。那是我第一次对程铁另眼相看，没想到喜欢欺负女生的他，骨子里原来这么硬气。然而，当警察要把他带上警车时，一直站在我身边的沈一辰却一下子冲了上去。

在大火烧起来的时候，沈一辰干的第一件事情是掀起原本铺在地上的一条破毛毯，跑到田边的河水里浸湿，不由分说地披到了我身上。

"你逞什么英雄，火是我点的！"

见沈一辰自投罗网，程铁气得大喊大叫，我也连忙冲上去，想要将沈一辰拉回来，而早已下定了决心的沈一辰却对我投来一个神秘的微笑，在程铁的叫骂声中狠狠地踹了他一脚，跟他一起钻进了警车。

沈一辰的短信是在警车开走后不久发到我的新手机上来的。

他说：顾小庄，你和铁子都傻吗？我若不跟铁子一起被抓，沈迪是不会救他的。

3 <<<<<

有些人的存在，也许本就是为了证明你的渺小与卑微。可悲的是，草丛里的尘埃总忍不住偷偷仰望夜幕下的星辰。

沈一辰猜的没错。

原本，他们就是无心之失。

自己亲弟弟被抓，沈迪上下活动，程铁和沈一辰第三天就被放了出来。据说，他们"写"的保证书还是沈迪在派出所上班的初中同学帮忙代写的。

派出所门口，坐在沈迪车里的我，看见车外气急败坏的沈迪脱下高跟鞋狠抽程铁的屁股，她无比肯定弟弟之所以会变成现在这样，很大程度是被程铁带坏的，要不然，凭他们沈家人的智商，怎么可能连区区一个G大都考不上？

刚刚走出派出所的程铁被沈迪打得哇哇乱叫，情急之下居然转身向派出所内飞奔，还大喊着"警察救命"，不过最终还是被沈迪拎着耳朵踹进了车里。

那一次，窝在副驾驶座里的我大气都不敢喘，只胆战心惊地听沈迪教训他们两个，让他们两个多向我学习。我若告诉她，那场大火其实是因我而起，不知道她会不会猛打方向盘，直接将车开进路边的青牛河里……

好在，那一次"燎原"事件的确在某种意义上让程铁消停了一阵，而且，他还答应了他爸爸的要求，去一家职业学校，学习当时特流行的挖掘机专业。彼时，在镇子上接过几单绿化带改造工程的程爸爸，敏锐地觉察到，不久以后，开挖掘机会是个好职业。

事到如今，我依然记得沈一辰送程铁去上学时的那种眼神，那眼神里除了悲伤之外居然还多了一丝向往。也许，每个男孩子心底都有一个叫"远方"的地方吧。

我猛推了一下沈一辰的肩膀，他苦笑了一下，喃喃地对我说："身边的朋友一个个都走了，你也要走了，我真不知道自己还有没有留在青牛镇的理由。"

车来车往的公交车站旁，形形色色的人以各种方式、各种借口分道扬镳。我们毕竟不是车站前那棵巨大的、被雷劈过的白杨树，不可能永远生活在同一个地方。

我低头看着自己的脚尖，我知道，每个人都会遇见分岔路的，最要紧的，是我们心中一定要有方向。如果没有方向，无论东南西北风，都不会是顺风。

而我的方向就在几十公里以外的G市，我记得小时候，我的家就在那座城市，虽然记忆已经越来越模糊，爷爷奶奶也对此讳莫如深，但我心中依然充满了对它的向往。

我记得那里曾充满了欢笑，二层小楼里总是弥漫着厨房飘来的香气。我依稀记得，小时候妈妈经常教我一句话，她说："要记得啊，庄庄，以后万一走丢了，就告诉警察叔叔，我们家住在蔷薇花墅16号。很好找的。"

蔷薇花墅，蔷薇花墅！

我默念着这个名字。

我曾用手机搜过这个小区，庆幸的是，它还在。照片中，建立在市郊半山腰的蔷薇花墅是那样美丽，一座座亚麻色的小型别墅，错落有致地排列在山腰上，房子的周围开满了红白两色的蔷薇花，跟我小时候的记忆如出一辙。

想来，这一定是它名字的来历吧。

从图片看来，蔷薇花墅是一个非常高档的小区，那到底什么原因让我们家一夜之间天上地下？我确信，爸爸把我抛弃在老家，一定有他的难言之隐。

我心里是有一个计划的。

我盘算着，等我去了G大，一定会找个机会重新去蔷薇花墅看一看，说不定，妈妈正做好了饭菜，在那间熟悉的房子里等着我。而这些年的别离，只是他们跟我开的一个玩笑，是想让从小就爱哭的我，远离他们身边后，变得坚强一点儿。

当然，这个计划我没有告诉任何人，包括无比信任的沈一辰。

我担心他会不小心将这件事情说出去，传到爷爷奶奶耳朵里。

以前，当我问起爸爸妈妈的事情，爷爷总会没好气地回答我："你爸死了！"语气

里，满是对爸爸的埋怨，"好好的一个家，就这样散了，非得那么贪心，怎么样？还不是被人骗了个精光，搞得我这么多年在乡亲们面前都抬不起头来！他不要脸，我还要自己这张老脸呢。"

每当这个时候，我就不敢再问下去了。

我曾在一个傍晚，骑着爷爷收菜用的脚踏三轮车偷偷去过中学旁边的打印部，把U盘里储存的蔷薇花墅的照片打印了几张出来，我将它们夹在最心爱的日记本里，每天缩在被窝里，偷偷打开来看一眼。

我怕，一不小心就将那个叫家的地方忘记了。

2014年9月1日，大学开学那天，落榜的沈一辰亲自送我去学校。

他一边将我的行李从沈迪的车中拖出来，一边拉着我的手向前走，以前他也经常像哥哥一样拉我的手。而这一次，走在新生群中的他之所以这么做，似乎是在向其他人宣示着什么。

在极不情愿地跟他走了几步后，我最终轻轻地将手抽了出来，他的脸上也露出了尴尬的表情："有什么啊？以前又不是没牵过手！"

行李箱的轮子"咕噜咕噜"滚动，我抬起头来四下打量着这所据说已经有八十多年历史的学校，审视着这座熟悉又陌生的城市。

学校里种满了粗壮的法国梧桐树，不远处那一大片墨绿色的爬山虎几乎覆盖了整座教学楼的主楼。越过爬满蔷薇花的围墙向西看去，城市中一座座高耸入云的摩天大楼就像是一双双巨人的手，将被奉为G市明珠的大学捧在掌心。而在学校的东边，是大片尚未开发的老城区，那里低矮的四合院与对面的高楼大厦形成了鲜明对比，沈迪租的房子就在那里。

我离开G市时才四岁，十几年间，这座城市早已发生翻天覆地的变化，找不到一丝儿时的回忆。

站在办公楼一楼的分班表前，沈一辰大声叫喊着我的名字向我跑来："找到了，找到了。顾小庄，广告设计14级（3）班，班主任秦大伟。"

因为他的鲁莽，旁边被他撞了一个趔趄的男生忍不住骂骂咧咧，暴脾气的沈一辰居然差点儿跟人家打起来。我拼尽全力去拉扯，才好不容易把他拉开，临走前他还指着那男生的鼻子，大声呵斥道："以后记住了，她，顾小庄，是我沈一辰罩着的，你们胆敢欺负她，虽远必诛！"

我赶紧拉着他冲出人群，还"虽远必诛"呢，从青牛镇到G市最多不超过一百里，骑着葛大爷耕地的老黄牛一天都能赶到，干吗非得搞得自己像个小混混呢。

"你不懂。顾小庄，人心险恶，必须给他们先来个下马威，要不然，他们若像你刚到青牛镇时欺负你怎么办？我又不在你身边。"见我有些生气，沈一辰连忙解释。

"嘿，到了！"

来到贴着班级编号的教室门口，沈一辰将我的行李放在一边，四下张望了一番，眼睛瞄上了中间一列第三个位置。在他的认知里，那个位置是最好的。可是，那个位置上已经放了一个水杯，表示已经有人占了。这种情况下，沈一辰居然大摇大摆地走过去拿起那个水杯，丢在了后排的位置上，然后强行将我摁在那个座位上。

想来，我是在几分钟后看见杯子的主人——那个名叫梁寒的男生的。

他穿了一件亚麻短袖衬衣，手腕上的黑色皮带腕表跟衣服很搭，头发不长不短，衬着清爽的面容，显得很精神。在看到自己的杯子被放到了别处后，他并没有追问，而是顺势坐在了我后面那一排。

我的心紧张得"怦怦"直跳，双颊滚烫，连忙事不关己似的把脸转向门外。

而彼时的沈一辰在干什么呢。

方才被我强行赶出教室的他，正从裤袋里摸出一袋青橄榄，斜倚在走廊的栏杆上嗑个不停，还学着电影里男主角的样子，将橄榄核吐得老远。

我朝他使个眼色，示意他赶紧去找他姐，不要在这里给我丢人了。而他，却佯装没看见，大摇大摆地又走进教室里。他上上下下打量了一番低头玩手机的梁寒后，猛地将橄榄袋砸到了他桌上："来一个？"

看样子，又是想来下马威那一套。

见对方根本没兴趣搭理他，沈一辰向前靠了靠。

"嗨，告诉你啊，杯子是我挪走的，你一个大男生个子那么高，干吗坐在前排，不知道会挡住其他同学吗？"

"不许换回去了啊，大不了，这包橄榄算我请的！"

说话间，他又将橄榄向前推了推，我生气地转过身，在桌子下面踩了踩他的脚。

梁寒抬起头来微微一笑，然后伸出两根手指，将那袋橄榄轻轻地向外推了推，语气平淡地回答道："知道了。"

我想，我永远无法忘记梁寒和沈一辰第一次长久对视时的眼神，他们就那样貌似平静地互相对视着，又刹那间仿佛风起云涌。

后来，沈一辰曾经忧心忡忡地对我说："你不知道，顾小庄，我第一眼看见他，就

知道这小子以后会跟我死磕,事实证明男生的第六感也不是盖的。"

班主任秦大伟走了进来。

从小就跟老师互相看不顺眼的沈一辰见此情形,赶忙收起橄榄,悻悻地离开了教室,在教室门口掏出手机朝我做了个打电话的姿势后,哼着歌儿一步步走下了楼。

我是在班主任点名的时候知道梁寒的名字的,听到他的名字,自来熟的女同桌许艺橙压低声音对我说:"梁寒,很有名的哦,从小在迪拜长大,据说八岁之前都不会说中文,一个眼神就能圈粉无数⋯⋯"

迪拜这座城市我听说过。

我还在电视上看见过那高耸入云的迪拜塔。

据说,能在那里生活的人非富即贵,就连马路上行驶的出租车,也都至少是奔驰、宝马。

这样想着,我难免又对身后这个忧郁冷漠的男生产生了一丝好奇。

班主任的一声轻咳打断了我的思绪:"我们接下来分宿舍,宿舍分配表已经打印好了,住校生过来领一下。领完的同学回宿舍整理一下,你们的床上都放好了一套军训服。下午两点,操场上集合,参加军训! 走读生在教室里领服装,可以自行去找宿舍换衣服。"

班主任说完,走下了讲台,对着我身后说了句:"梁寒,你出来一下!"然后率先走出了教室。

待梁寒走出教室,班里就"嗡嗡"地炸开了锅,原本就认识的同学互相聊着分宿舍的情况,不认识的也都在互相打听着信息。而我的视线,却迟迟没有从梁寒的背影上收回来,因为,我注意到,他走路的时候,是一瘸一拐的。

长得那么好看的一个男生,居然是个残疾人吗? 太遗憾了。

看样子,他这样的身体状况是肯定不能参加军训了,想来,这也是班主任将他单独叫出去的原因吧,毕竟,这种事情若当着大家的面说,多多少少会伤害到他的自尊。

"别看了,他不是残疾人!"

仿佛看出了我的担忧,许艺橙的手掌在我面前晃了晃:"他上午骑车,不小心摔到沟里了,不过,我怀疑他是故意逃避军训,狡猾!"

我不知道,才刚刚进入学校半天的许艺橙为什么对他的情况了如指掌,但我觉得,为了逃避军训而摔进沟里,绝对不该是一个狡猾的家伙想出的好主意吧?

事实证明,古灵精怪的许艺橙猜得不对。下午两点,换上迷彩服,一瘸一拐的他准时出现在了集合地点。尴尬的是,教官居然将他安排在了我的身后,这意味着我的一举一动都被他尽收眼底。我本来不顺拐的，可是，每当想到背后一直有那么一双好看的眼睛盯着，全身的肌肉就不由自主地紧张起来，顺拐顺得不由自主、自然而然。

"嘿，那个同学，你出列！"

教官在看到我"个性"的正步走之后，伸出手指向了我。

我低着头，极不情愿地走到了队伍的最前方。

"向后转！"

一声令下，我来了一个并不标准的转身，我看见梁寒微微低下了脑袋，他的下巴左侧有一颗细小的黑痣，使他整个人看起来更加特别。

"来，你听我口令，齐步走，一二一！"

我连忙把思绪拉回，暗叹这家伙果然举手投足间都能圈粉。

越是紧张越是慌乱，我知道自己的动作肯定特别滑稽，特别难看，要不然全班为什么笑得那么大声，那么放肆啊。

我突然觉得眼前这个由四面八方的学生汇聚起来的班级一点儿都不友善，好在，我用眼角的余光发现梁寒并没有笑。

悲哀的是，下一秒钟教官就把我和他扯到了一起："我说你这个同学怎么这么笨，你看看你身后腿有伤的男同学，虽然你们班主任告诉他不用来军训，但人家还是坚持来了，而且动作做得很标准，你知道这需要多大的毅力吗？这就是差距！"

我微微抬起头，看向面无表情的梁寒，突然间，我有那么一丝恨他。干吗要表现得那么优秀，仿佛就是为了要我出丑一样。

"好了，听我口令，再走一遍，一二一！"

"一二一。"

"一二一……哎，我说你这个同学怎么搞的，迈左腿伸右手，迈右腿伸左手！"

虽然，教官在一遍遍地纠正，但紧张加剧的我就是无法顺利地完成一组齐步走。我尴尬得要命，鼻子发酸，眼睛发热，我觉得自己下一秒钟就该哭出来了，正当不知道如何收场的时候，奇迹出现了。

然而，我却宁愿奇迹没有出现过。

我没想到，担心我受不了高强度军训的沈一辰根本没有离开学校，他在校外吃了午餐后，就买了一根冰棍潜伏在操场外面，然后，从墙头的花丛里探出一双贼溜溜的眼睛，将我的情况尽收眼底。

在看到我的小腿被教官象征性地"踢"了一下之后，他再也忍不住了，居然一下子翻过墙头，跳了下来，飞奔到了教官面前，口口声声要跟这个不懂得怜香惜玉的兵哥哥

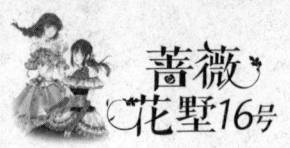

"练练"。结果,他就被我们教官给"练"了,练得灰头土脸,毫无还手的机会。

这下,同学们的笑声更大了,我真想变成一只穿山甲,挥舞手脚刨个地洞钻进去。

好在,死不认输,叫嚣着"解放军打人了"的沈一辰最终被几名保安抬出了校外。而我,再也受不了众人的嘲笑声,哭着跑出了队列。

我从没想过才入学第一天自己就这么出名,仿佛一场期待已久的青春大戏才刚刚拉开帷幕,我就不知道接下来该如何演下去。

我把自己关在操场旁边的女厕所里,压低了声音哭泣,还掏出手机给沈一辰发了一条短信:你浑蛋!

他回复:我就是看不惯别人欺负你!

其实我知道,教官那不是欺负我,那是他的职责,身为一名合格的教官有义务把每个学员都训练成他心目中的"钢铁战士",但是,我也的的确确在全班同学面前丢尽了颜面。

这,本不该是我憧憬了千遍万遍的大学生活该有的最初。

厕所围墙外只能用巨大来形容的白杨树上知了聒噪得要命,我从墙上抠下一块碎砖,嗖地一下掷向那只知了,碎砖偏离了方向。

沈一辰的电话还在不停地打来,我怕被人发现,只得连忙按下手机的关机键。我不知道自己在闷热且气味刺鼻的厕所里蹲了多久,就在我马上要晕厥时,许艺橙被教官派来找我了。她在外面唯恐天下不乱地大喊着我的名字:"顾小庄,你在哪儿?教官那是为你好……"

我意识到,如果任由她再这样喊下去,全校同学都会知道"顺拐妞"这个外号了。于是,我缓缓站起身来,用最后一丝气力推开了厕所门,气若游丝地对她说:"别喊了,我在这儿。"

然后,便眼前一黑,栽倒在面前的草坪里了。

迷糊中,我隐约听见了许艺橙更大声的呼喊声,似乎还看见了小时候的蔷薇花墅,看见了铺天盖地的花朵、衣着时尚打扮入时的妈妈,还有留着短发、胡须剃得一丝不苟的爸爸,他们的脸上洋溢着满当当的幸福。

我还看见了小时候的自己,跟在爸爸身后奔跑,在沙滩上留下了大小不一的脚印,笑声和海浪声混杂在一起,漂洋过海,消失在了很远很远的地方。

我猛一激灵,努力睁大眼睛,模糊地看见一群穿迷彩服的家伙向我快速聚拢过来。

"她怎么了?要不要送医院?是中暑了吧?"

这个熟悉的声音让我极其无奈,因为它来自刚刚还在为难我的教官,然后我感到一双有力的大手开始拼命摇晃我的肩膀,可是,越是这样,我的视线就越模糊。

再然后,我的视线里出现了一个瘦高的身影,和他背后白蓝相间的云层。我听见他冷冷地对围成一圈的人低吼道:"闪开,她需要新鲜空气!"

他的名字叫梁寒,他的下巴上有一颗俏皮的黑痣,我庆幸自己还没完全失去意识。

他蹲下身,缓缓地拧开了手中矿泉水的盖子,然后,一股脑浇在了我的头上。

要知道,那可是原本放在操场边冷柜里的冰水啊,一下子浇在我滚烫的额头上,强烈的刺激让原本昏昏沉沉的我直挺挺地一下子从草坪上坐了起来。

瞬间清醒,我抬起头,一脸委屈地看着面前依旧面无表情的梁寒,我看见他将剩下的半瓶冰水"咕咚咕咚"地倒进了喉咙里。

我红着眼睛,还好在落汤鸡一样的情况下,没人能分得清湿答答的脸上到底有没有掺杂着我的泪水。

我听见他一边向训练场的方向折返,一边冷冷地对我说:"中暑了,要不了命的。"

我好想诅咒他!

不就是长得帅一点儿,家里有点儿钱,从小在"沙漠"长大吗,有什么了不起的,在我面前装什么高冷?有本事你去青牛镇问一问,我顾小庄除了怕麻雀之外还怕过谁。

不过,更让我难过的是,偌大一个校园,初来乍到的我一下子落了单。

原来,大城市里的人们,并不一定会比青牛镇的居民更友善。

4 <<<<<

是否,每个人都有一段悲伤的故事,写在只有一个人能读懂的眼睛里。

就在我在学校里被众人围观的同时,吵闹着要留在姐姐的手机店里当CEO(首席执行官)的沈一辰被沈迪强行塞进车里送回了家。

学校医务室里,我大口大口地喝着许艺橙从餐厅里带来的绿豆汤。

从小被欺负惯了的我,其实有着强大的自愈能力。

看似柔弱的我,其实内心比谁都强大。我要快一点儿好起来,在教官面前走个漂漂亮亮的正步,我要用实际行动向那些看我笑话的家伙证明——"士别三日"这个典故到底是怎么来的。

吃着烧鸡腿的许艺橙还在不停地八卦着:"现在打听清楚了,梁寒根本就不是自己

骑车掉进沟里的,而是被一群男生挤着撞到沟里的。也难怪,像他这样的男神无论走到哪里,都会成为一些人的眼中钉。"

我"咚"的一声将空碗拍到桌子上,暗示许艺橙不要再提梁寒半个字。

许艺橙冲我翻了个白眼:"知道你讨厌他啦,但是他也算'救'了你一命好不好,你不要好赖不分哦。"

我确定了,许艺橙对梁寒有好感,而且应该早就认识他。

后来我才得知,他们俩从高中就是同学。

我懒得听许艺橙再说下去,转身背对她面向了墙壁,打开手机的一瞬间,沈一辰的短信就井喷而出。我随便瞄了一眼,大部分都是求我不要生气了的软话,便顺手删了。

而这却再次引起了许艺橙的好奇:"是那个男孩发来的吗?他挺有意思嘿,居然想跟咱们教官练练,你没听说过吗,咱们教官是侦察员出身,是个尖兵呢!"

我冷哼一声,虽然沈一辰的确有些莽撞,但现在看来,他比梁寒好太多了,如果当时看我晕倒在地的是沈一辰的话,他一定会二话不说就背起我往医院跑。

算了,算了,不再想他了,仔细算来,我们也就是刚刚认识半天的一陌生人吧。

很长一段时间里,我无论如何也想不明白的是,班主任秦大伟敲门走进医务室的时候,那么长一根鸡骨头到底被许艺橙吞到了哪里。

"怎么样,好点儿了吗,小庄?"

班主任表情慈祥,甚至还伸出手来摸了摸我的额头。他的年龄跟我爸爸差不多大,这一举动让我一下子放开了对他的防备。要是我爸爸还在,他也一定会这样翻转手背摸一摸我的额头吧。

"事情我都听说了,老师不怪你,所以你没必要有任何顾虑,等病好了还是要参加军训的,以后你就知道了,这对你有好处。只是,我建议你啊,以后少跟那个男孩子来往,那样目无尊长的男生,长大后也不会有什么大出息。"

我张了张嘴,想要替沈一辰反驳,可最终还是违心地在他面前点了点头。我若告诉他,十几年来,沈一辰几乎已经成为我生活中无法割舍的一部分,不知道他会不会觉得眼前这个女学生也无药可救了。

因为答应了秦老师,那天晚上,我顶着昏沉沉的脑袋去操场上参加了晚上举行的拉歌比赛。

被足球场四角四只巨大的射灯照亮的球场上,穿着迷彩服的同学们已经排排坐好了。灯光聚拢在一起,仿佛把整个操场变成了一个巨大的舞台。肆虐了一整天的阳光消失后，夜风也比白天凉爽了很多，轻轻地吹拂在脸上，让人无比惬意。

许艺橙拉着我的手，向我们的方队跑去，边跑边说："快点儿啊，小庄，梁寒他们在那边呢！"

这算是她的一种特异功能吧，总能在人群中准确定位梁寒的位置。

"就是她，就是她，居然在军训时晕了！"

一个长得胖胖的男生，在看见我们跑过时，用胳膊肘捅了捅身边的另一名男生。

我下意识地停下脚步。

"别理他们，讨厌！"

虽然许艺橙一直在劝我不要跟这种男生一般见识，免得又被教官罚。但我最终还是转过身，看着那名男生，拧开了手中的矿泉水瓶。我笑着向他走去，站在他面前，将水瓶举过他头顶，整瓶倒下。

他身旁的同学们发出一阵哄笑，我仰起下巴，在男生一脸错愕下，扬长而去。

那一天，同学们拉歌的情绪高涨，但是此起彼伏的歌声的确无法用美妙来形容。

梁寒依旧坐在我的身后，他似乎一直没有唱出声音。当许艺橙自告奋勇地走到队伍前面去表演节目的时候，梁寒居然伸脚踢了踢我，递过来一个小小的白色塑料瓶，说话的声音依旧没有任何情绪，就像是一台机器："明天军训时，把里面的药丸含在嘴里，可以预防中暑。"

灯光将他的身影透射在我左手边墨绿色的草坪上，我连忙向右挪了挪身体。

他是在以这种方式向我说抱歉吗？

我冷笑一下，漫不经心地拧开瓶盖，倒在掌心，躺在掌心里的是几粒黄豆大小的中药丸，气味非常刺鼻，但是明显有种醒脑的作用。

我捏起其中一粒，碰了碰他肩膀，举到他眼前，点了点头，示意他做点儿什么。

可是令我万万没想到的是，梁寒真的把那粒药丸给吞了下去。

之后他定定地看了我一眼，仿佛在对我说——怎么样，没毒吧？

我本想将药丸摔到他面前，心中却有一股说不清道不明的神奇力量作祟，最终，拧好盖子，放进了口袋里。

第二天，我把药丸含在了嘴里，果然一整天的军训都非常顺利。然而，近在咫尺的梁寒却好像这件事情从来都没发生过一样，看我的眼神，依然跟看其他人那样毫无分别。

怪人！

我在心里默念着。

我终于不再顺拐，终于可以在教官的口令下，准确无误地做完一整套动作。

我本以为自己会累倒在军训中的，好在，一个星期后，军训顺利结束，我们班还在最后的检阅中拿到了训练标兵的称号。

我不知道那群女生送教官登上军车离开学校回部队的时候为什么要哭，难道还没有被他虐够？我只是跟梁寒一样，站在人群的最后面，象征性地向从车窗里探出头来的教官挥了挥手。

也许，我和梁寒，原本就是那种不善于表达内心感情的家伙。

这一点，我们俩和沈一辰还有许艺橙截然相反。

跟我尚不算很熟，许艺橙就像竹筒倒豆子一样，把她从高中开始对梁寒的感情全都倒了出来。然后，一本正经地反问我："我现在就盼望着我和梁寒'互粉'的那天尽快到来。你也有喜欢的人对不对？就是刚开学的时候那个送你来班里的男孩吧？"

我没有承认，也没有否认。

是的，我是挺喜欢沈一辰的，但是这种喜欢，又似乎跟她所说的那种喜欢不一样，到底哪里不一样，我现在还说不出来，毕竟，我还没有经历过她所说的那种过程。

彼时的沈一辰，还是每天晚上睡觉前照例给我打个电话，汇报工作一般向我汇报我走之后青牛镇发生的所有事情。

他告诉我说程铁第一次上车实战的时候，把挖掘机当成了坦克，直接冲破了工地的围墙。

他告诉我，沈迪已经帮他联系好了高中一位副校长，不用交复读费就能回校复读。

我一边泡着脚，一边有一搭无一搭地敷衍着他。

我的手边放着那个老旧的日记本，我曾借许艺橙的电脑偷偷查过去蔷薇花墅的路线，坐哪一路公交车，在哪一站下车，再换乘另一路车，就到了。

我盘算好了，等国庆假期时，我不回青牛镇，借宿在沈迪家，然后偷偷回蔷薇花墅一趟。

我要偷偷翻进那座序号为16的小别墅里，看一看房子周围的花朵是不是还跟小时候一样茂盛，草坪是不是还跟以前一样鲜亮。如果那里因为人去楼空而长满了蛛网，杂乱不堪，我会用整个假期的时间来打扫，那样的话，某一天爸爸妈妈回家，应该会感到一丝欣慰吧。

可是，我错了。

10月2日上午,当我早早起床,换了两路公交车,在城郊山区的蔷薇花墅下车,躲过保安的盘查,在排布在山腰上的别墅中间摸索着找到那座门牌上写着"16"的小别墅时,眼前却不是我想象中的情形。

10月的蔷薇花虽然早已落败,但是那座小别墅还是那样美丽。被粉刷成黄色的墙壁的阴影里,长满了细碎的青苔,一只背着厚壳的蜗牛爬到一米左右的高度,骨碌一下掉了下来,落在铺着青砖的地面上,发出"啪嗒"一声轻响。我蹲下身,将它捡起,放在了不会被人踩到的角落里。

围墙的东南角有一片模糊的水彩画,画中有比例严重失调却十分美丽的大鲸鱼,有歪歪斜斜的灯塔和房屋。

轻轻摸着已经被雨水淋褪色的水彩画,我的心情一下子低落起来。我想,这里如果真的曾经是我家,那幅画应该是我画的吧?而如今,那个陪我画画的人去了哪里呢?

拴在院子里的大型高加索犬,还没等我走得更近就"汪汪"大叫起来。因为眼睁睁看沈一辰被狗咬过,导致从小就怕狗的我,连忙后退几步,隐藏在一簇夹竹桃花丛后面,等到前面的狗不叫了,才小心翼翼地扒开花叶去看。

我的心"扑通扑通"跳个不停,里面有狗看守,就说明有人住,也许我爸爸妈妈根本就没有离开这里?但是,他们为什么要把我送到奶奶家呢?

从枝叶缝隙间看过去,我看见了里面修剪平整的草地,看见了二楼白色露台上种满了五颜六色的花朵,一张躺椅就摆在露台上,上面还搭了凉棚。躺椅前的玻璃茶几上摆着一杯牛奶,看样子刚刚还有人坐在那里。

我屏住呼吸,揉了揉眼睛。

我听见了一个女人说话的声音,然后,我就看见一个穿着白色T恤的瘦高身影出现在了二楼露台上。他缓缓地在躺椅上坐下,顺手拿起玻璃杯,悠闲地喝了一口牛奶。而那一刻,我的心跳变得更加剧烈了,我不敢相信自己的眼睛,因为那个坐在躺椅上玩着iPad(平板电脑)、喝着牛奶的男孩正是梁寒。

"小庄,记住了,走丢了要告诉警察,咱们家住在蔷薇花墅16号。"

蔷薇花墅16号!

蔷薇花墅16号!

妈妈的声音一遍遍在耳边回响,我努力翻出脑海最深处残存的记忆,是的,我确定妈妈说的就是这里,就是这个16号。

可是,爸爸和妈妈去哪儿了?

这里为什么会住着梁寒?

一个个问题在我脑海里喷涌而出，我忍不住向前一步想要将一切看得更加清晰，却一失神抓住了围栏内探出来的一根蔷薇花枝，尖锐的花刺刺入掌心的那一刻，我不禁吃痛叫了一声。

紧接着，狗再次叫了起来，原本在花丛里晾晒衣服的中年女人下意识地冲着我的方向吼道："谁？"

我一个踉跄沿着墙根撒腿狂奔。

我怕被保安捉到，只得沿着崎岖的小路一路迂回。

我不敢回头去看，总觉得有人在背后紧跟着我，在跳下一块长满了青苔的岩石时，还不小心跌了一跤，摔破了膝盖。

我蜷缩在岩石的阴影里，大气都不敢喘，我怕自己哭出声音，只得紧紧捂住嘴巴，任凭泪水打湿了手背。

怎么会这样？

为什么会这样？

我不在的这些年，这里到底发生了什么，难道，爸爸妈妈真的不会回来了吗？那他们又去了哪里？他们为什么不要我了？

以前，在爷爷奶奶面前，我从不敢说起有关爸爸妈妈的任何事情，也不敢哭。

有时候，镇子上的其他长辈问我想不想爸妈，我都会无比决绝地按照爷爷的交代，告诉他们——不想，他们死了！

我更不敢在爷爷面前哭。

然而现在，躲在位于茂密树丛的山石后面，隐忍了那么久的眼泪终于夺眶而出，哪有孩子会不想自己的妈妈呢，就算从小就被抛弃，但我也会在睡不着的深夜里，偷偷替他们想一千个一万个不得不离开的借口。

后来，也不知过了多久，我擦干了眼泪，竖起耳朵听了听周围的动静，确定没人后，缓缓地站起身，一瘸一拐地向着山下走去。

当我回到沈迪租的小四合院时，看见沈一辰正在大口大口地吃西瓜。

沈迪之所以租一个农家小院，是因为院子可以当车库。而沈一辰对此的解释却是："你别看我姐穿金戴银像个土豪，其实她骨子里还是个农民。"

看见我后，沈一辰一下子从竹凳上站了起来，向前一步，抓住我胳膊劈头盖脸地问："你去哪儿了，不知道今天我来找你吗？"

没等我说话，他突然盯着我哭红的眼睛愣住了，在上上下下左左右右查看了一遍，发现除了膝盖上的擦伤,我并无大碍后,换上一副关心的口吻问道:"是不是谁欺负你了?"

我没有说话,顺势坐在了凳子上,拿起一块西瓜吃了起来,虽然已是10月,但G市的天气依然闷热,直到回到家,我才感到自己渴得要命。

沈一辰对我无比了解,他知道,只要我不愿说的事情,任凭他怎么追问,我都不会说的。

于是,他悻悻地走回屋子里,从冰箱里拎出了沈迪的一瓶名贵洋酒,直接淋在了我擦破的膝盖上。

我被突如其来的刺痛刺激得打了一个激灵,他赶紧用纱布按住了我的膝盖,一边用棉棒一丝不苟地擦着上面的沙砾,一边埋怨我:"别动,都多大了,走个路都能摔一跤,要不,我还是到我姐这儿替她看店得了,至少还可以看着你。"

说完,他又像想起了什么,问我:"对了,我走了以后,教官没再为难你吧?"

我摇了摇头,长长叹出一口气,转移话题道:"你没去复读?"

"去了啊,这不是国庆放假吗,别人都放一个星期,我们只放三天,明天就得回去。"替我清理完伤口的沈一辰站直了身体,一边向屋内走去,一边对着门口的玻璃理了理头发。

直到这时,我才发现他居然换了一个很时尚的发型。他的个子跟梁寒差不多高,但明显比梁寒结实不少,皮肤也更黑一些,笑起来的时候牙齿很白,表情干净得就像是个孩子。

后来我才知道,他上次来学校送我的时候,专门偷拍了一个男生的发型,回去后让镇上的理发师模仿着给他剪了一个。

这款发型很清爽,两边很短,头顶稍微长一些。不知道他偷偷用了沈迪多少定型水,才搞得那么油光锃亮。

我记得以前的沈一辰总是不修边幅的,最爱穿的就是一条破牛仔裤随便搭配一件集市上买来的廉价T恤。没想到,进了一趟城对他影响还是蛮大的。

"怎么样,我留这发型是不是一点儿也不比你们班那小白脸差?"

我知道他说的小白脸指的是梁寒,上次,从他瞪梁寒的眼神中就能看出端倪。我微微一笑,很认真地点了点头。而他却又突然失落了起来:"那小子也就比我成绩好点儿,等着吧,明年我一定能考上G大。"

那天晚上,沈迪有应酬没有回家。

她在电话里指挥沈一辰在书架上的一个小布偶里掏出了一大沓人民币,让我们自己找个饭店解决晚饭。

见钱眼开的沈一辰眉飞色舞地数钱,居然有3000块钱。他笑着告诉我说:"沈迪这家伙属金鱼的,记忆只有七秒钟,她告诉我这里塞了1000块钱,可居然有这么多,嘻嘻!"

沈一辰将剩下的钱分成两份,一份揣进了自己口袋,另一份居然想塞给我,我连忙推了回去:"这是你姐的钱,我不能要。"

"咱姐!是咱姐好不好?"

见我翻了一个白眼,嬉皮笑脸的他连忙补充道:"算了,算了,请你吃大餐怎样?"

沈一辰一边说着话,一边拉起我向外走,我们打了一辆车,直冲着G市最繁华的地带开去。

那一天,沈一辰找了一家看起来很高大上的西餐厅,而他在西餐厅里大喊大叫着问服务员要筷子的时候,我恨不得找个地缝钻进去。

几分钟后,他用服务生去隔壁火锅店借来的筷子,戳着牛排对我说:"味道不错,要是蘸点儿豆腐乳就完美了!"

我想,要说他做人的"率真"程度,也算是练到炉火纯青了吧。

这都不重要,重要的是,我们吃过饭,在霓虹闪烁的马路上溜达时,居然遇到了沈迪。

彼时在我们面前飞扬跋扈的沈迪,居然做小鸟依人状,一只胳膊挎着一位谢顶了的老男人,一只手拎着好几个巨大的包装袋,里面塞满了各种名牌衣服、手包。

就在上个星期,她还拿来一个名牌包包让我帮忙去二手奢侈品店卖掉呢。我记得,那时她还跟我说,她在G市也算是有头有脸的人物,这种跌份的事儿,只能由我这种小人物代劳。作为回报,她给我充了200块钱手机话费。

眼看两个人离我们越来越近,沈一辰一下子愣住了。

然而那时的沈迪并没有发现他,不知道在巧笑嫣然地说着什么,等快要撞上来的时候,沈一辰上前一步,抓住沈迪的胳膊,猛地将她从男人的身边拉开,大吼道:"沈迪,你在干什么?"

望着极度愤怒的弟弟,沈迪先是微微一愣,紧接着拍了拍沈一辰的肩膀,微笑道:"别闹,快回家!"

在我的印象中，沈一辰一向对沈迪言听计从，而那次他却一反常态，居然紧紧地拉住沈迪的胳膊，不让她上前一步，还作势要上前和那个秃顶男人对峙。

见此情形，沈迪赶紧对男人抱歉道："张总，您先回车上，我一会儿去找您！"

人来人往的商业街口，被沈迪唤作张总的男人很知趣地笑了一下，向着地下停车场走去。

"有病吧你！沈一辰！"

那男人一走，沈迪立马摘下了伪善的面具，猛地甩开弟弟的胳膊："你以为你是谁啊，有什么权利管我的事情？"

沈迪气得"呼哧呼哧"地喘着粗气，一下子抢过我手中的饮料"咕咚咕咚"地喝了下去："我知道你怎么想的，沈一辰，告诉你，我跟他之间什么都没发生，这就是我做生意的方式。你以为我的汽车哪里来的，这些衣服哪里来的，你以为你的手机哪里来的，对了，还有顾小庄的！你听说过庖丁解牛吗，我要是能让他们占了一点儿便宜，我'沈小刀'的名号就是白得的！"

"那你也不能这样低三下四吧！再说了，你开手机店，不是一样能赚钱吗？"

沈一辰依旧不依不饶，但语气明显比刚才委婉了不少，额头上的青筋也没方才那么明显了。

"你去电子街看看，现在电子产品价格那么透明，比街边卖烤串的利润还低，开手机店的多了，有几个能赚钱的？我要告诉你，在我店门口贴膜的大妈赚得都比我多你会相信吗？沈一辰，很多事情需要游走奔波，需要左右逢源，请你不要在我面前假清高！"

沈迪无奈地冷笑一下，在顺手将喝了一半的饮料丢进身边的垃圾桶后，拉开钱包，掏出两张百元大钞，举到沈一辰的眼前甩得哗哗响："来，来，你告诉我，这两张钱哪张比较干净一些！"

她的声音很大，引得路人纷纷围观，刚才还在气头上的沈一辰似乎一下子泄了气，只低头站在她的面前，不再说话。

昏黄的路灯将他的影子拉得很长，长到可以越过马路，被疾驰而过的汽车碾过，一如碾过他那早已破碎一地的自尊。

我轻轻地碰了碰他的指尖，想以此来安慰心情低落的他。

事实上，这些年沈一辰家的经济状况并不好，他爸爸有严重的糖尿病，本是普通工人家庭，到了中年，好不容易攒了一些钱，还被我爸爸拉去集资，赔了个精光。在我和沈一辰还在上小学时，高中辍学的沈迪就已经一个人在外打拼了，爸爸的医疗费、弟弟

的学费，家里的一切开销几乎都是她出的。

见弟弟不再说话，沈迪的语气也软了下来，伸手摸了摸沈一辰的脑袋，小声安慰道："放心啦，现在做生意很难，正常的应酬还是得有，姐姐有分寸的，我向你保证，不该做的事情绝对不会做！刚才那位张总公司里的所有电脑马上就要换代了，姐姐一定得拿下这一单。"

借着路灯的灯光，我看见有晶莹的液体挂在她长得有些过分的假睫毛上，她猛抽了一下鼻子，握紧拳头在沈一辰的胸口捶了一拳，然后，低头快速掠过我身边向着地下停车场走去。

我想，我将永远记得那一天沈一辰对着沈迪消失在阴影里的背影喊出的那句话，他说："姐，我会争气的，早晚有一天，我要让你离那些臭男人远远的！"

他的样子，像是一个真正的男子汉。

我定定地站在原地许久，我想了很多，虽然沈迪信誓旦旦地说自己是有分寸的，但我却觉得她干的就像是刀口游走的生意，就算她庖丁解牛游刃有余，早晚有一天也可能河边湿鞋。但这些话，我只能藏在肚子里，毕竟别人家的事情，别人选择的生活方式，我没有任何权利插足。又何况沈家现在这种情况，也跟我爸爸当年做过的事情有直接的关系。

"以后我回了青牛镇，你得帮我看着点儿我姐，我怕她出什么事……"

回去的路上，一直低头不语的沈一辰最终还是担忧地请求我。

"嗯……好。"

我答应得有些牵强，并不是我不愿意帮这个忙，在我心目中沈迪跟我的亲姐姐没什么区别，可是，你若让一只手无缚鸡之力的小猫去看牢一头老虎，沈一辰简直是有些高估我了。我所能做的，也就是在发现苗头不对时给他打个电话提醒而已。

那一晚，我知道窝在客厅沙发里的沈一辰整夜辗转难眠，我知道他是在担心夜不归宿的沈迪，好在，在天快蒙蒙亮的时候醉得东倒西歪的沈迪回来了。被沈一辰强行灌下一碗醋的她倒在弟弟怀里哭得稀里哗啦，抱怨现在的钱有多难挣，抱怨亲弟弟沈一辰不争气，遇见事情连个能给她出主意的人都没有。

那也是我第一次见到沈迪睡觉时的样子，我本以为像她这样的女孩，睡觉时一定会呈豪放的"大"字，不时还会发出震天的呼噜声。可是我错了，床上的沈迪像只小猫一样窝在墙角，怀里紧紧抱着一只布偶，睡梦中还会时不时地传来哽咽。

我记得自己小时候也是这样睡觉的，每次被其他小朋友欺负后，我都会把自己关在房间里，怀里搂着的是爸爸临走前给我留下的玩偶。

把沈迪安置好以后，我没有再睡，坐在院子里努力去想爸妈的样子，我的脑海里浮现出了蔷薇花墅，浮现出了鲜衣怒马的少年梁寒。

我突然觉得人与人之间真是不平等，凭什么他就能含着金汤匙长大，从小在迪拜生活，长大后还能住在美丽幽静的别墅里。而且，他的样子偏偏又那么好看，使人忍不住妒忌——为什么上天把最好的一切全都给了他！

# 第二章
## chapter 2
## 女巫与王子的赌约

1 <<<<<

　　遇见你之前，我有一把雨伞。遇见你之后，我把它藏在身后，告诉你，最喜欢这突如其来的大雨和夏天。

　　留在我膝盖上的伤很快就好了，它慢慢地结痂，掉落，变淡，最后恢复如常。
　　可是，留在心里的隔阂却始终难以磨灭。
　　也许是因为亲眼见到了如今的蔷薇花墅16号，加重了我的心事，那些日子里我总是会梦到小时候的情形。我梦见那个城堡一样的美丽别墅，在一场大雨里轰然倒塌，蔷薇花被连根拔起，被巨大的泥石流裹挟着，向着山下的大海奔涌而去。
　　我在大海里拼命挣扎，拼命呼喊，坐在小船中飘摇不定的爸妈却无论如何也听不到我的求救声。
　　接着，一头巨大的、白色的鲸鱼出现了。
　　它潜游在我的不远处，喷出了巨大的水柱，驮起我，向着阳光明媚的彼岸游去。
　　那鲸鱼的样子，像极了小时候我画在蔷薇花墅围墙上的水彩画。

　　因为上次在蔷薇花墅见到他，国庆节回学校后，我更加关注梁寒的一举一动。
　　慢慢地我发现，彼时的他跟小时候我的处境差不多，都是因被同学们疏远，而显得那样形单影只。
　　但又是不同的，我被疏远是因为小朋友们"恨屋及乌"，他们觉得我是爸爸养出来的"小骗子"，大家以跟我做朋友为耻，觉得那是叛徒才干的事。而梁寒被疏远，是因为他就像是一颗太过闪耀的星星，离得太近容易被灼伤眼睛，另外还有一个原因就是他的确很闷，是个很无趣的家伙。
　　那时候，班上的男生分为好几伙，他们有着各自的小团体，课上偷偷说话，课间一起做游戏，放学一起踢球。而我好像从没见梁寒有过任何朋友。女生们对他敬而远之就更好理解了，我们好像默默地达成了一个协议——梁寒这样的男神是所有女生的共同财产，要放在橱窗里，谁也别想染指，只能远观。
　　当然，敢冒天下之大不韪的许艺橙是个异类。
　　她从不避讳自己对梁寒的好感，每天中午去食堂吃饭，总会笑着端着饭盒坐到空无一人的梁寒身边，跟他说当天学校里发生的新鲜事。这一点对她来说并不难，以我短短几天对许艺橙的了解，就算是眼前摆着一截木头，她都能找到共同话题。
　　几次之后，某天中午，我终于鼓起勇气，跟在许艺橙身边，跟梁寒坐在了一起。我心里有一百个问题要问他，却始终找不到开口的理由。我总不能直接开门见山地问他为什么会住在蔷薇花墅16号吧。他如果反问我是怎么知道的呢，难道我还要告诉他自己曾躲在花丛后面偷窥他？

有些事情，就像是侍奉娇贵的花朵，需要非常的耐心，长时间的付出。

我已经忘了那一天许艺橙到底跟梁寒聊了些什么了，我只记得自己一直在埋头吃饭，而梁寒时不时地"嗯"一声，算是对她的回应。

我们三个人吃过饭，去餐厅旁边的水房洗饭盒时，遇见了高年级那群打扮得流里流气的坏男生。

其中一个身材魁梧，皮肤黝黑的男生冲着梁寒吹了一声口哨："哟，有你的啊，梁寒，魅力不减当年啊！"

梁寒没有搭话，仿佛根本没有听见，径直朝着水龙头走去。

可正当我们打算匆匆洗完想赶紧离开这个是非之地时，那男生却从地上捡起橡胶管，拧开龙头对着梁寒的脑袋浇了下去。

已经是10月末了，北方的天气早已转凉，冷水溅到我身上，我忍不住连连打寒战，而被浇了一个透心凉，落汤鸡一样的梁寒却木然地站在那里，眼神里一片死灰，仿佛那个被欺负了的人不是他一样。

这种情形，要换作沈一辰的话，恐怕早就飞扑上去跟那个男生厮打成一团了。

"警告你，梁寒，识相的话，赶紧让你那有钱的老爸帮你转学，G大不是你该来的地方，小心下次还会不小心掉沟里！"

说完话，男生便把水管扔在地上，和其他三四个男生扬长而去。

我和许艺橙担忧地看着浑身湿透的梁寒，只见他伸出细长的手指揩了一下脸上的水，继续洗饭盒。

橡胶管里汩汩流出的冷水，漫过他的白色帆布鞋，流向了地势低洼的排水口。

"梁寒，他们就是上次故意把你撞进沟里的那群人吧？"

终于，还是把水管踢开的许艺橙忍不住问出了我心中的疑问。

梁寒没有回答，洗完了饭盒他径直朝着教室的方向走去，滴滴答答的水渍滴落了一路，背影孤单，让人看了有些心疼。

"浑蛋，以多欺少算什么本事！"

见梁寒走远，许艺橙将饭盒摔进水池里，骂了一句后就跑掉了，还是我帮她把饭盒洗好带回了教室。

我回到教室的时候，气喘吁吁的许艺橙正在将一套干爽的男装递给梁寒，可是固执

第二章　女巫与王子的婚约

的他就是不肯换。

　　下午的课上,许艺橙告诉我,那套衣服是她在男生宿舍楼下花200块钱跟一个男生买的,没想到梁寒根本不领情。

　　我记得清清楚楚,那天整整一下午,梁寒都穿着那套湿透了的衣服,等到下午放学时,衣服几乎已经被他的体温蒸干了。我偷偷看了他好几次,看着他瑟瑟发抖的样子,我竟微微有些心疼。第一节课下课后,我还佯装若无其事地走到他侧后方的窗口,关上了一扇开着的窗子。

　　放学后,我站在三楼教室窗口,看他推着单车缓缓地走出校门。夹在熙熙攘攘的人群中的他,是那样无助,那样落寞,就连走路时,也是微微低着头。

　　被我目送到门口的梁寒上了一辆每天都来接送他的黑色奥迪车。

　　他每天早上骑着一辆价值不菲的折叠单车来上学,下午再和单车一起被塞进豪车接回家。

　　许艺橙告诉我,梁寒的爸爸是个近乎变态的完美主义者,每天六点钟吃晚饭,全家人必须准时出现在餐桌旁。而梁寒如果五点半放学后骑车回家,绝对不可能30分钟内骑行到家。

　　我的肩膀被做完了卫生的许艺橙拍了一下,听她半开玩笑似的对我说:"不许多想哦,顾小庄,我可在高中时就盯上他了!"

　　我笑着走回自己的位置,拿起书包,锁好房门后跟许艺橙一起走出了教室,向着宿舍走去。许艺橙原本不跟我住同一间宿舍的,是她主动跟我下铺的女生换了宿舍,用朝阳的铺位换到了这间阴冷的宿舍。

　　她对我说:"不知道为什么,我第一次见到你就觉得很亲,就像我妹妹一样,我们俩以后肯定能成为全世界最好最好的朋友。"

　　那天吃晚饭,许艺橙的心情一直不好,很明显她是在为中午的事情生气。我也知道,口口声声说着早晚有一天要好好教训一番别人的她,从来都是雷声大雨点小,真的遇见事情反倒蔫了。

　　反而,当我想起梁寒被欺负时那种坚定的眼神,那个眼神让我坚信,他的隐忍是有自己的道理的,并不是因为害怕,假以时日他一定会找到一个完美的解决方法。而且,我还从他的那个眼神中看到了一种叫愧疚的东西,对于那个坏男生的愧疚。

　　算了算了,这都不是我该想的,我只需弄明白他们家是怎么搬到蔷薇花墅16号的就足够了。

周末是沈迪店里最忙的时候，通常我都会去帮忙，其实所谓的帮忙也就是帮她看着一小撮趁乱混进来，心怀不轨的特殊顾客，免得手机被偷，真正谈下生意来，靠的还是左右逢源的沈迪。

为此，她还专门为我买了几套很时尚的衣服，不由分说地套在我身上，在她心目中，光鲜靓丽的女孩子对顾客比较有吸引力，可以起到意想不到的宣传效果。

沈迪为我置办的"工作服"虽然很漂亮，但是穿在身上总让我有种如芒在背的感觉，我时不时地靠向墙角站在那里。

我就是那时候懂得了水货、美版、卡贴机等一系列民间专有名词，也结识了章西。

章西是个女生，确切地说，她在生理上算是个女生。

穿着一件镶满铆钉的短夹克，皮短裙，头发染成紫色的她一进店，好似一股风刮过，直接卷向了正在数钱的沈迪，经过我身边时抬起手指，顺手戳了戳我的下巴："沈迪，哪儿请的小姑娘？不错嘛！"

我跟她的距离那么近，能清楚地看见她眼角暗红色的眼影，以及小巧挺拔的鼻翼两端那闪闪发亮的粉底。

"行了章西，收起你那套，别吓着小庄，她可是我弟弟的女朋友哦！"沈迪一看是她，连忙把钱放回盒子里，开玩笑似的解释道。

"哟，原来你还有弟弟啊！"章西一脸惊讶，那表情就像是听到了天方夜谭。

"我还有爹妈呢！"沈迪冷冷地剜她一眼，"你以为全世界的女孩都跟你一样是从石头缝里蹦出来的啊？"

"嘿嘿！"

章西不再搭话，迈着有些夸张的八字步，走到了柜台前："听说最新款的iPhone（苹果手机）到了？给我来一部。"

沈迪微微一笑，从柜台里拿出了那部早就准备好的手机，直接扔到了章西面前的玻璃柜台上。章西拿起手机，胡乱按了几下揣进兜里后，再次将目光转向了我，意味深长地笑了一下，居然大摇大摆地走了出去。

我赶紧上前一步，拦在她面前："您还没给钱呢！"

"小庄！"

沈迪赶忙喊道，似乎是在提醒我，眼前这位是不用付钱的VIP（贵宾）客户。可是，章西却连忙摆手制止了她。接着，她一把将我推到墙边，单手撑着墙壁的她就那样定定地看着我，嘴角微微上扬，一脸的桀骜不驯。

"好了好了，别吓着她。"

在听到沈迪的劝告后，坏笑着的章西后退一步，然后，轻轻撩开了自己的上衣，指着肚脐偏右一点儿的地方对我说："看见这刀疤没有，小姑娘，这刀当年原本是该捅在沈迪身上的。"

说完，不等我言语，便将我扔在原地，直接冲过马路，向着停在对面的一辆大马力摩托车走去。"轰"的一声，伴随着一阵低吼，相对于她那两条纤细修长的美腿来说，显得异常笨重的摩托车消失在了我的视线里。

"呵，小庄，别听她瞎说。不过，她的确有恩于我，送她几部手机玩玩应该的。在这里开店，有些时候不得不让她帮忙。"

"那她肚子上的刀疤？"

听到我的问题，沈迪"扑哧"一下笑出了声音："前年夏天跟我一起吃烤串，扎啤喝多了，引发了阑尾炎，割了！所以说，是我害她挨了一刀，也没错！"

很久很久以后，我才得知，那时的沈迪是故意对我隐瞒了一些事情的，章西的确是喝酒喝多了引发了阑尾炎。可是，她喝多却是因为沈迪。

彼时，沈迪因为生意上的事情跟别人产生了纠纷，对方找了几个小流氓跟她谈判，而他们的规矩，是先把面前整整一大桶扎啤喝光再谈。那一次，要不是章西拼上一条阑尾，沈迪的店恐怕早就被人砸了。

"小太妹"这个词是章西留给我的最初印象，她和沈迪之间的恩恩怨怨我也不想知道太多，我就没打算以后的生活里跟她有过多交集。

像她这种骑着重型摩托，性格大大咧咧肆意妄为的女生，确实是让我们这种女孩羡慕的人。可羡慕过后，生活还要重新回到正轨，若是老天给我一个机会，让我变成她那样，我是不会接受的。

但我没想到，章西会在两天后，开着她的"二轮坦克"轰到G大来找我。

她说，前些日子把一些很重要的东西放在了沈迪家，而沈迪那两天去另外一座城市进货了，于是，只能按照沈迪的指示来学校找我拿备用钥匙。

章西的到来引起了校园内小小的轰动，这一点在我意料之内，她那么高调，拆掉了消声器的摩托车声音就像是一只背着喷气发动机的蚊子，不引起点儿议论才怪呢。

不过，真正让我感到意外的是梁寒的反应，在我把钥匙交给章西，回到教室后，从未和我说过半句话的梁寒，居然让许艺橙传给我一张字条。

我屏住呼吸打开字条的时候，能清楚地感觉到旁边的许艺橙正虎视眈眈地盯着我。

*下课后，我有话问你，不要乱走！*

许艺橙在桌子下面狠狠地踩了一下我的脚,我强忍住疼痛,最终下定决心背对着他点了点头,我确定自己的那个动作他能看见。

"踩线了啊,顾小庄!"

目不转睛地盯着前方的许艺橙几乎是从牙缝里挤出这几个字的。我拿起铅笔,在作业本上写下一句话推给她看。但我却觉得她有点儿小题大做了,什么叫踩线了啊,跟梁寒那么多年同学,难道她还不明白,梁寒那钢铁防线,就算我们俩组成敢死队,也不一定攻得下啊。

我写:我也不知道他找我干什么!

许艺橙猛地夺过我手中的铅笔——有何进展,如实汇报!

在确定我已经将"密旨"尽收眼底后,她用铅笔将我们的对话涂成一团团杂乱的线条,揉成纸团,丢进了不远处的废纸篓。

我要告诉许艺橙,梁寒是因为章西才找我的,她该不会相信吧,但是,站在楼梯拐角的梁寒,用招牌式冷冰冰的语气问我的那句话的确是——"你怎么会认识章西!"

他的眼神里充满了疑问,就像我无论如何也想不明白他为什么住在我曾经的家里。

而且,我更加搞不明白的是,他怎么也知道章西的名字,像他这种身份的家伙应该不可能跟章西那样的女孩有任何交集吧?

"我……我不认识她,沈迪认识她,她只是来我这拿钥匙的。"

"我有沈迪家的钥匙,周末我帮她看店,住在她家。"

我不知道自己的解释梁寒能不能听得懂,反正他的眼神似乎变得更加茫然了,眉头皱得更紧了些。于是我着急补充道:"上次我在沈迪店里是第一次见到她,只知道她叫章西。"

听我说完,梁寒的神情放松了不少,沉思了一会儿,仿佛把想说的话全都吞回了肚子里,最后只淡淡地说了句"以后离她远点儿",便重新回教室了。

我单独会见了梁寒这件事情让许艺橙如鲠在喉,虽然我把事情的经过一五一十地在她面前坦白,但她还是将信将疑。

她的眉头皱成了一个疙瘩,她纠结的是梁寒最后那句"以后离她远点儿"。

"梁寒肯定对你有好感,要不然以他的性格,就算是第三次世界大战了,也不会多说一个字的。"

只有我们两个人的阶梯教室里,夕阳的光芒散落在她挑染成蓝色的一缕头发上,她猛地一拍课桌,似乎找到了事情的重点:"这么看来,他们两个人之间一定有故事!"

许艺橙的思维跳跃太快,搞得我有点儿蒙,好在她终于将炮火指向了别人。

两天后,突发灵感的许艺橙为了弄清章西的底细,申请账号加入了G市的摩托车论坛。看着趴在电脑旁目不转睛地看帖子的许艺橙,我苦笑一下,给了她一个终极建议。

"既然你那么在乎他,怕别人把他抢走,还不如直接把话挑明了。"

"喊,你懂什么,你知道这种感觉有多美妙吗?"

一脸幻想的许艺橙合上了笔记本电脑,端起塑料脸盆,在我头上敲了一下后,哼着歌走向了水房,似乎,她真的很享受那种为了一个人如履薄冰般美妙的感觉。

她刚一出门,沈一辰每天一个的电话就准时打过来了,他在电话里异常兴奋地告诉我,程铁已经能用挖掘机挖出一个标准的方坑了。在此之前,程铁刚刚经历了整整一个月的魔鬼军事训练,据说负责训他们的是海军陆战队的特种兵,比我们教官还要"心狠手辣"。

而他联系沈一辰最主要的目的,并不是炫耀自己现在能挖出什么样的坑,而是让他往自己卡里打500块钱。

我们这群小伙伴中,因为经常有沈迪的接济,沈一辰还算是比较富裕的,而且这家伙对钱好像从来都没有什么概念,程铁那群人从小就养成了有困难找沈一辰的"好习惯"。

电话那头的沈一辰笑得很邪恶:"我猜这小子肯定是有女朋友了,所以钱才不够花。要说铁子这家伙也够神的,居然能在挖掘机学校找到女朋友。"

说到此,沈一辰话锋一转:"你现在怎么样啊,那家伙没有再找你麻烦吧?就给他换了一次位置,应该没那么小气的。"

我蜷缩起食指,慵懒地敲击着桌子上那只小小的玻璃鱼缸,下巴贴在桌面上,透过鱼缸向窗外看去,能看见法国梧桐的树叶已经在开始掉落了。被树梢分割成一片一片的天空,也变得更加蔚蓝高远。

我知道他口中的"那家伙"指的是谁。据说,他还专门在青牛镇一起考上G大的同学中找了一个"眼线",监视着梁寒对我的动向,这一点让我有些哭笑不得。

"没有,你管好你自己就行了,不会明年还想留级吧。"

一听到有关学习的事情,沈一辰就会变成一只被戳破了的气球,通常都会找理由挂电话。这也是这些日子以来,我为了结束通话总结出来的经验。

"挺好呀,上周物理老师还表扬我了呢,好了好了,我还有作业没完成,先挂了啊!"

"咔嗒"一声,话痨沈一辰果然中招,匆匆挂掉了电话。

2 <<<<<

我与你站在一起，对面是一整个充满敌意的世界。我才不管这到底算是自以为是的救赎，还是义无反顾的沦陷。

以"伪骑士"的身份加入G市摩托车论坛的许艺橙，开始四处搜寻关于章西的点点滴滴，最终查到章西的底细是在两个星期以后。

爆炸性的新闻出现了：章西居然是章帆的龙凤胎妹妹，而章帆正是那个在食堂里纠集了一群人欺负梁寒的家伙。

"这样就能说得通了，他们三个人肯定有恩怨，所以章帆才那样对梁寒。"

许艺橙大口喝着我放在桌子上的奶茶，压低了声音，以防别人听见后将这话传到梁寒的耳朵里。

"还有还有，梁寒的爸爸跟章西的爸爸曾同在一个大公司，公司是梁寒家的，据说当时章西的爸爸是梁爸爸雇的职业经理人。"

我不知道许艺橙是怎么搞到这些"机密"的，但我的确从梁寒说到章西时的眼神里看到了不一样的东西，是仇恨，却又如此敷衍；是关切，却又那般遮遮掩掩。

"你高中不是跟他们一所学校吗，这些事情应该早就知道啊。"想到这里，我忍不住追问。

"其实也不能完全这么说，章西是在贵族学校上的高中，就连梁寒也是在高二下半学期才转到我们学校的，据说他是被那所贵族学校开除的。"说到此，许艺橙尴尬地吐了吐舌头，承认了自己"段位"不够。

我一下子明白，原来表面上看起来跟梁寒很熟的许艺橙，其实并不怎么熟。

如此说来，除了蔷薇花墅16号，我想问梁寒的问题又多了一个。

可体育课上的我，却只敢站在操场隐蔽的角落里，偷偷看着拿着一个篮球，在球场上百无聊赖地拍着的他。而离他不远处的篮球场上，一群男生正玩得火热。

他脚上穿的篮球鞋一看就跟其他男孩的不同，鞋子上的logo（标志）我甚至连见都没见过。整整一节课的时间里，除了许艺橙曾给他送过一瓶特意加热过的温水外，好像连体育老师都不太爱搭理这个话少的男孩。

下课前，全班人站好队等待老师做课堂总结的时候，手贱的许艺橙甚至伸出两根手指帮站在前面的梁寒抖了抖起皱的运动装。梁寒条件反射似的转过头时，许艺橙却立马立正，于是，他的目光便落在了我身上。

我的脸一下子涨得绯红，仿佛坏事真是自己做的。

我看见，他冷冰冰的脸上渐渐有了变化，左边嘴角微微上扬，对着我，露出了一个善意的、微微的笑容。

我赶忙垂下头，避开他的视线。

许艺橙一脸坏笑地撞了撞我的胳膊。

下课铃敲响后，我远远地跟在梁寒的身后，经过侧门走进教学楼之前，再次听见了章帆的声音。

彼时，他正跟其他几个男孩站在二楼窗户边上说笑，看到我们经过，想也不想，就将手中的矿泉水瓶直直地朝着梁寒砸下来了。

我条件反射般地向前一冲，猛推了一下梁寒使他躲过了还装着半瓶水的塑料瓶。

"砰"的一声。

半瓶水重重地砸在我面前。

要是这瓶水砸到梁寒的脑袋上，后果肯定很严重。

那一刻，义愤填膺的我不知道哪里来的勇气，居然捡起水瓶，狠狠地朝着二楼窗边的章帆丢了回去。

要说章帆的身手还真不是盖的，他面不改色心不跳，在水瓶直击面门之前啪地一下牢牢地将它抓在了手中。面对楼下怒目相向的我，他漫不经心地从口袋里掏出手机，"咔嚓"，对我拍了一张照。

他那是什么意思？是用那种方式告诉我他记下了我的样子吗？

我突然想起了小时候沈一辰教育过我的那个大道理，他说："打得一拳开，免得百拳来。"

于是，我心下一横，朝着楼上快速冲去。

事后想一想，那时的我的确是因为梁寒在身边而有些冲动了。平常，我不是这个样子的。

可是，梁寒在我从他身边经过时，居然一下子拉住了我的胳膊，眼中满是"不要把事情闹大"的祈求。

我就不明白了，梁寒到底欠了章帆什么，为什么在面对他的时候要如此忍气吞声，我都替他感到不平。

不过，冲到楼梯口的我最终还是被梁寒拦了下来。

随后赶来的许艺橙一下子将梁寒的手扯开，不无担忧地对我说："疯了吧你，你不知道章帆做事从来不讲道理的吗，你干吗去招惹他？"

我就是不想看梁寒被别人欺负！

涌到嘴边的话最终还是硬生生吞了回去，我只得在许艺橙的胁迫下，夹在人群中向着教室走去。

一路上，背后都在有人小声地议论着梁寒和章帆的事情，但我觉得，章帆之所以处处刁难梁寒，绝非像他们说的那样，是因为梁寒的到来，动摇了他"男神"的地位。

罢了罢了。

我打开课本，翻到老师布置的课后题，强迫自己不再去想这两个男生的问题。眼下，蔷薇花墅16号才是我要追查的重点。

然而，很多时候，那些你明明不待见、真心希望他能彻底从你的世界里消失的家伙，反而总是有意无意地以各种"奇葩"的姿态出现在你的生活中。

比如，那个周末，我居然在沈迪家看到了章帆。

最令我难以置信的是，彼时的章帆是在干什么呀？

系着一条碎花围裙的他，居然在沈迪和章西两个美女的帮助下，挥舞铁铲，炒一锅香喷喷的麻辣虾。看到我后，他甚至还极其自然地朝我挥了挥手打招呼，就好像我跟他特别熟似的。

我怀疑，这一幕要是让梁寒看到，肯定会认为我是他安插到自己身边的卧底。

"小庄来了啊，快洗洗手，马上就要开饭了，今天我们尝尝章帆的手艺。"

沈迪一边向我打招呼，一边又想到了什么似的猛拍一下章帆的肩膀："对哟，章帆，你们俩是一个学校的呢，要论起来你还是学长。以后，小庄就拜托你照应着了，据说，你在你们学校那可是风云人物。"

"喊。"

一旁择菜的章西鼻子里发出一声冷哼，仿佛很不认同沈迪的这个说法。

而章帆则耸了耸肩苦笑一下："恐怕轮不到我照应噢。"

好在，应付着油盐酱醋的沈迪没有听清这句话背后的意思，要是她真的刨根问底，我还真不知道该怎么解释。

是的，我承认，那天我的确吃了章帆的麻辣虾，我也承认，他的手艺的确挺好的。

但这不证明，以后在面对梁寒时我会站在他这边，对我来说，这是一个原则问题。我怎么也不可能站在"侵略者"这一边，哪怕他是章西的亲哥哥，沈迪家的座上宾。

章西和沈迪吃饭的时候喜欢看美剧，而且越是重口味越能引起她们的兴趣。所以，每次跟沈迪一起吃饭的时候，都像是一场战斗，我都会选择背对着电视的方向。而章帆明显没有经验，吃饭的时候脸色很难看，还必须要在沈迪面前假装无事。面对身旁两个尖叫连连的女生，章帆不时地翻着白眼，我心里暗爽。

正当我暗自希望那让人无语的剧情再激烈些的时候，对着麻辣虾大快朵颐的沈迪却突然想到了什么似的，转头问我："刚才我听他的话，似乎你们学校有愿意给你当护花使者的男生了？"

"啊？"

我被沈迪这神来一笔般的问话问蒙了，旋即把脑袋摇得像是拨浪鼓。万一有什么风声传到沈一辰的耳朵里，这家伙肯定会大老远风风火火地杀过来。

"唔……"

嘴里塞满米饭的章帆似乎想搞点儿破坏，我连忙伸出脚去，在桌子下面狠狠地踩了他一下，没料到却把正专心致志看电视吃饭的章西踩得吱哇乱叫："顾小庄，你踩我干什么？"

我的脸一下子涨得绯红，好在章帆似乎意识到了事情的严重性，没接着往下说。

沈迪狠狠地瞪了我一眼，接着说道："我不管你们两个人有什么'猫腻'，但你要记着，章帆既然是章西的哥哥，就跟你哥哥一样，学校里如果有人欺负你，就找他，他要是不帮你，看我怎么收拾他！"

说到此，她咽了一口米饭，着重强调道："重点啊，重点是在那遥远的青牛镇还有我弟沈一辰。"

话未说完，她又用筷子敲了敲章帆的手背："还有你，不要对顾小庄打什么歪主意哦。"

其实，那一天我特想问问沈迪，如果学校里欺负我的那人就是章帆，该怎么办呢？

因为没有参与做饭，饭后洗碗的活自然落到了我头上。我洗碗的时候，沈迪接了一个电话出去了，客厅里的兄妹俩不知道从哪里翻出了一副手柄，玩起了电子游戏。想来，他们俩就是在我洗到最后一只碗时打起来的。

客厅里，两个人一边往彼此身上丢着所有能丢的东西，一边大骂。

"干吗又提梁寒，不是说好不提了吗？"这是章西的声音。

"只是顺口说一下啦，不是要故意揭你伤疤！"

"顺口说也不行，以后谁在我面前提梁寒，我就跟他玩命！"

……

一只塑料杯偏离了轨道，朝着厨房的方向径直飞了过来，好在我躲闪及时，杯子重重地砸在了玻璃门上。而此时的章西居然一头撞在了章帆的肚子上，看着章帆表情痛苦地蜷缩在地的样子，那一刻我的心情竟无比畅快。那也是我第一次发现，原来，世界上还有这样当兄妹的两个人……

我暗暗告诫自己，以后一定要离这两个人远一点儿。

这一次，我确定了，章西跟梁寒肯定是有渊源的，而且渊源匪浅，如果跟她走得近一些，说不定能了解很多梁寒的情况。

我断定，关于梁寒，她所掌握的情报，远非许艺橙那种"粉丝级"选手所能比的。

这样想着，我不免朝章西多看了几眼。

眼下，她已成功地将章帆撞倒在地，整个人骑到了哥哥的身上。我生怕这场战斗会发展到溅我一身血的阶段，我慢慢从她身边经过，蹑手蹑脚地蹭向门外，耳后还能听见她愤怒的咆哮。

我知道，那个周末，章西肯定会住在沈迪家。

所以，对于我来说，最好的选择就是识趣地回学校去。

想来，狼狈不堪的章帆就是在我站在车站等车的时候追上来的。

公交车开动，他毫不见外地坐在了我旁边的位置上，搞得我如坐针毡。一路上，他都整理着自己的衣服，还对着窗玻璃特臭美地看着自己的样子。

我只能皱起眉头，很厌恶地将背往后使劲靠。

"你还是离梁寒远一点儿吧。"

他说话的声音虽然很小，但因为距离太近，我听得清清楚楚。

"能看出来，你是喜欢上他了！"

他用的肯定句式让我很反感，忍不住用胳膊肘狠狠地撞了一下他的胸膛。也许是我的功力远没达到章西的境界，被我撞了一下的章帆居然面不改色心不跳，继续说道："我答应过章西，很多事情不会告诉任何人的，所以只能提醒到这儿，希望你好自为之！"

说完话，他咳嗽了一声，微微挺直了脊背，原本还在聊着天的我们，好像一下子变成了陌生人。

我掏出手机，打开喜欢的音乐，将耳机塞进耳朵里，声音调到最大，目光转向窗外，脑海里再次浮现出章帆欺负梁寒时的种种情形。

内心，有个无比清晰的声音告诉自己：是的，顾小庄，你永远不可能跟身边这个男孩做朋友。

霓虹初上的街道与每到夜晚就幽静无比的青牛镇有着天壤之别，人心似乎也更加复杂。

后来，我从沈迪那里得知，那天章帆之所以出现在她家，是因为他周末回家后被他老爸赶了出来，才去投奔章西，是章西带他去蹭饭吃的。

"你跟章帆也很熟吗?"去手机店里帮忙的我这样问沈迪。

从纸箱里往外掏着手机电池的沈迪抬头看了我一眼,苦笑一下:"太天真了吧你,章帆这种身世显赫的家伙,怎么可能真心跟我这种小贩做朋友。要说章西嘛,还有可能跟我交交心。"

"为什么,他俩不是一家人吗?"

我听见沈迪叹了一口气:"算是吧,不过,两年前章西就被她老爸赶出来了,据说是因为一个男生。具体是什么情况,我也不太了解,也不敢问,有一次我不小心提到了这件事,章西差点儿没把我的店给掀了。"

"哦。"

我漫不经心地回应了一声,眼前再次浮现出章西和章帆因为这事打得热火朝天的情形。不用去问,只要稍微一联想,便知道沈迪口中的"一个男生"指的是谁了。

我强迫自己不要再想这件跟自己并无瓜葛的事情,快步走到门口,将正常营业的牌子挂好。

因为新款手机刚刚上市,店里的生意不错,才刚开门不久就卖出去了三部。

望着三个化着浓重眼影的女孩子,我头也不敢抬,只得乖乖地将价值不菲的手机推到她们面前。

"沈总,老客户了,要打折哦。"

其中一个头发像是被放进微波炉里烘烤过的女生,一边把玩着新款iPhone,一边漫不经心地对身后的沈迪说道。

"那当然,章西的朋友就是我沈迪的朋友,全部九折。"

在几个女生付了款,拿着新手机心满意足地出门后,沈迪朝我眨了一下眼。彼时的我也渐渐明白了沈迪为什么像供财神一样把章西供着。她一大部分客户,都是章西介绍来的追赶潮流的小姑娘。

2014年圣诞节,沈迪曾指着客厅里那群被章西邀请来参加圣诞party(派对)的女生,开玩笑似的对我说:"别看这群女孩咋咋呼呼,每个都像公主似的,其实一个个穷得要命,有的为了攒钱买一个名牌包,甚至连续几个月不吃早餐。"

说话间,她脸上难免露出了鄙夷的神情,见我不接话,继续说道:"其实我最想不通的是章西,她家那么有钱,非得跟这群非主流混在一起,成天还要到我这来混吃混喝的。不就是一点儿儿女情长的破事吗,跟她爸低个头不就完了!"

沈迪躲在厨房跟我说这话的时候,窗外正在纷纷扬扬地下着大雪,而客厅里,守着电暖气的女孩们正在跟章西玩"真心话大冒险"游戏。

想来,我的手机就是在那时收到一个陌生号码发来的短信的。

快回学校,有好戏看!

"没脑子的家伙,号码都会记错。"我暗自嘟囔了一句,把手机塞回口袋里。

可能是贼心不死,几分钟后,同一个号码的短信再次发到了我的手机上,而且这次是有署名的。其实署名"章帆"那两个字并没让我多么惊讶,让我感到惊讶的是他短信的内容。

关于梁寒哦,你不想知道吗?

梁寒?

像他这种很少参加集体活动的人,怎么会在圣诞夜留在学校?也正是因为想到了这一点,我才没有留在学校里看音乐系牵头举办的圣诞晚会。

本不打算搭理章帆这种人的,可是那条短信却一下子抓住了我最致命的弱点,我不知不觉地心不在焉起来。

终于,我还是忍不住跑到客厅里,抓起沙发上的书包,冲向了学校的方向。

雪已经铺满整个路面,白茫茫的街道上,就连出租车的尾灯也变得那么微弱,有气无力地闪烁着,就像是两只深冬季节里奄奄一息的萤火虫。

好不容易打到一辆要下班回家的出租车,还只答应把我捎到距离学校两条街的路口,想到如果不坐这辆,很可能接下来很久都打不到车,我只好硬着头皮钻了进去。

短短几公里的路程,出租车却整整用了半个小时的时间艰难地行驶,在风雪之中将我捎到那个路口。我下车的时候,看见学校里已经有人在放烟花了,绚丽的烟火在夜空当中四散,仰头观看的我忍不住微笑了起来。

我拉紧了羽绒服的衣领,加快了脚步。

路边,有几个孩子在打雪仗。

突然想起初中时,沈一辰和铁子他们一群男生也是这么爱闹腾的,可恶的程铁还总是趁我不注意,将冰凉的雪球塞进我的衣领里。有一次,沈一辰为了让他们以后不再欺负我,带着我去报仇。在出发之前,他先用一捆宽胶带将我的衣领、袖口、裤管全都扎了个结结实实,搞得我像是一个稻草人。

那一回,他打着为我报仇的旗号,伙同其他几个男孩将铁子在电线杆上绑得结结实实,然后,按照他的形状,在外面堆雪,最后,在鼻孔和眼睛处帮他挖了几个洞。

虽然程铁的体质一直特别棒,但也经不起沈一辰这么闹,当天晚上,程铁就发起了

高烧。第二天一大早,程婶便挥舞着一根擀面杖把沈一辰家的铁门擂得震天响。

想到这里,低头前行的我不禁哑然失笑。

不得不承认,虽然偶尔也会因为爸爸的事情被镇子上的人欺负,但是,跟沈一辰他们在一起的那些年,是我最快乐的时光。

我抬头看见学校校门时,以前特别负责的保安,如今也龟缩进开足暖气的岗亭里不出来。

走进学校后不久,一个白影就从旁边的宣传栏下跳到了我的面前。

"就知道你会来的。"

是章帆的声音。

不等我回答,他居然一下子拉起了我的手,开始向着大礼堂的方向飞奔。

猛烈的跑动下,成块的积雪从他羽绒服的袖子上脱落,一块块掉在我的脚下,夜晚的寒意浸透衣服,章帆的手却是那样暖,也不知道他等了我多久。

我努力抽出被他抓着的手,终于在被他强行拉扯了十几米后甩开了他的手。

我站在原地看着他,从他那一脸狡黠的表情里我意识到自己似乎上当了。于是,话也不说,扭头便走,还不知道回去该怎么向沈迪解释呢。

身后的章帆连忙上前几步,再次不由分说地拉住了我的手,嘴上不停地解释着,说是听了沈迪的话,要在学校里对我好一点儿,才想到用这种方式邀请我来参加他们班举行的圣诞晚会。

说到此,他的语气低沉下去:"我知道,如果不拿梁寒骗你,你是不会来的。"

我几次三番努力挣脱,却无论如何也甩不掉橡皮糖一样的章帆。

好不容易再次挣脱他,逃到校门外的我,只能一屁股坐在路边的雪堆里,脑袋紧紧地埋进臂弯,让他找不到可以拉我的地方。

沈一辰就是那个时候骑着章西的摩托车来到我们面前的,他骑得太快,路面太滑,刹车又太急,结果,失去了平衡的摩托车直直地撞向了对面的路牙,"丁零当啷"一阵乱响后,章西的爱车已经面目全非。而那个从泥泞的路面上摇摇晃晃站起来的"雪人",走到我面前的第一件事,居然是一头盔砸在了章帆的身上。在将章帆打翻在地后,瞅准机会,在他屁股上猛踹了两脚。

"顾小庄,是不是他在欺负你?"

我缓缓地合上被刚才那一幕惊得半天合不拢的嘴,点了点头,又摇了摇头。然后才想起问他:"沈一辰,你怎么来了?"

我不敢相信,这种连城际公交车都停运了的鬼天气里,他是怎么从遥远的青牛镇赶到这里的。我更不知道，这样的天气里，他为什么要来这里。

双颊冻得通红的沈一辰的回答却是那样简单，简单到让我微微有些难过。

他呵呵傻笑着对我说："来找你一起过圣诞节啊！"

3 <<<<<

我相信，时间其实是个心口不一的东西，在无情地摧毁一切，留下一片狼藉的同时，也会毫不吝啬地在某个已残败的角落里施舍给你零星的美丽花朵。

其实，那一天我们根本就没有过成圣诞节。

几分钟后，巡逻的警察就将扭打在一起的沈一辰、章帆，还有无辜的我，以及那辆没有牌照的大马力摩托车拖进了派出所。

后来，他们俩居然还敢在派出所里大吵大闹，最后被分别关进了两个房间。再后来，悲催的沈迪就再次来接我们了。

派出所大院里，望着早已面目全非的心爱摩托车，章西几乎是在咆哮了，担心再出乱子，沈迪和章帆紧紧地拖住了她，强行把她拽出了派出所。

空无一人的大街上，我们五个人踩着齐踝深的大雪，"咯吱咯吱"前行，这个时候，梁寒在干什么呢？如果我猜得没错的话，他一定躲在开足暖气的蔷薇花墅16号里，和父母一起开开心心地装点圣诞树吧，圣诞树上挂着的也都是国外进口的精致小糖果。

想到这里，我难免有些难过。

我突然有些不明白，自己怎么会因为简简单单的一条短信而上了章帆的当。我不知道从什么时候开始，那个名字，居然在自己心中变得那么重要。

走在前面的章西还在大声地责骂着把自己爱车弄坏了的沈一辰，不时还会气急败坏地飞起一脚踢在他的屁股上："口口声声说自己会骑车，我看你是骑过驴吧。"

"好了好了，我会想办法把车弄出来修好的。"

沈迪一边拍打着落在弟弟肩头的雪片，一边没好气地安慰章西。而彼时的罪魁祸首章帆在经过一家西餐店门口时，居然一把将我拉到身旁，站在挂满彩灯的圣诞树前，掏出手机，"咔嚓"，自拍了一张合影。

"你！"

我瞪圆了眼睛，恨不得一口把他那只微微翕动的鼻子咬下来。

之后他却坏笑着指了指走在前面的几个人。

这个时候，我如果跟他争执起来，肯定会再次引发他与沈一辰之间的"战争"。于

是，我只能强忍着心中的怒气，压低声音恶狠狠地吼他："章帆，快把照片删了！"

而他却像是一个耍无赖的孩子，蹦跳着向着前方跑去，得了便宜还卖乖似的对我说："我都在朋友们面前夸下海口了，一定能约你一起过圣诞，要不证明给他们看，以后我还怎么混啊！"

我隐约从他的表情中看出事情绝非他说的那么简单。但是，当着这么多人的面也不好跟他争辩什么。

走在前面的沈一辰见我被落在后面，也下意识地放慢了脚步，等我走到他身边时，小声悻悻地对我说道："我还以为你回学校找梁寒了呢，怎么是这个家伙和你在一起啊？你说，他是不是对你有什么企图？"

我低头看着路面上凌乱的脚印，不知道该怎么回答他。

我若实话实说，本来对"梁寒"这两个字就敏感的沈一辰一定忍不住多想，可是，我又不想欺骗他，所以，只能沉默。

沈一辰重重地叹了一口气，在看到我不停地揉搓着冻红的双手后，脱下自己的手套，不由分说地塞进了我的手中。戴上手套时，我的手机振动了一下。

我对着手掌哈了半天气，一个个敲上密码，冰凉的手机反应了半天后，显示了来自梁寒的一条微信。

一瞬间，我愣在了原地。

时间仿佛一下子停止，就连零星落下的雪花也栖在了眉梢——屏幕中显示的居然正是章帆刚刚趁我不备拉我拍的那张合影。

我像是一个突然被拉上了刑场的罪犯，僵立在那里，等待着最后一声枪响。可是，手机却再也没有反应。直到原本走在前面的沈一辰过来撞了一下我的肩膀，我才条件反射般把手机塞回兜里。

"怎么了，小庄，脸色这么难看，是不是太冷了？"

说话间，沈一辰已经脱下了自己的羽绒服，不由分说地套在了我身上，也顾不得自己只剩下一件薄毛衣。

"咻——"

一声短暂挑衅的口哨声从不远处章帆的方向传来，明显是在挑衅。

"哎，还记得吗，顾小庄，小时候，程铁家的沙皮狗也是这么打呼噜的吧？"

沈一辰故意大声对我说，同时朝着不远处的章帆挥了挥拳头。

我连忙按下他的胳膊，把衣服重新塞进他怀中，六神无主地往前走去。

那一刻，我终于明白了一件事情——章帆那张照片是故意拍给梁寒看的。

显然，他也并不是很在乎我跟梁寒到底什么关系，他在乎的只是让梁寒难堪，就是要不择手段地让那些接近梁寒的人一个一个地离开。

可是，除了转发来的那张照片外，梁寒却一个字也没有说。我不知道，自己在他心中到底是什么分量。

看到章帆发去的那张照片后，他的心会微微刺痛一下吗，又或者根本就不痛不痒，对他来说，我只是他和章帆争夺的一枚棋子。

我突然不知道，自己到底在扮演一个什么样的角色。

我只知道，此时此刻，已经失去了强迫章帆删除那张照片的意义，因为，它已经落在了那个我最不想让看到的人手中。

几分钟后，我们五个人一同挤进了沈迪那辆狭小的车里，章西本来想坐副驾驶座位，却被沈迪赶了下去，她拍了拍座位对我说："小庄，你坐这里！"

我想，久经沙场的她肯定已经嗅到了沈一辰和章帆之间那久久没散的火药味，如果把我这根导火索塞进他们两个人中间，无异于引火自焚。

出了政府机构林立的行政街，路上一下子热闹了起来，不远处的酒吧在举行圣诞派对，一帮打扮得花枝招展的年轻人簇拥在酒吧门前的空地上放烟花。五颜六色的花火腾空而起，绚烂地炸开，而后四散熄灭。

坐在后排的章西首先坐不住了，大呼小叫，让沈迪停车。十分清楚她性格的沈迪只好找了一个车位，勉强把车子停了进去。

车门打开，突如其来的冷空气让人的精神为之一振，章西率先向那群放烟花的人冲去，我们几个远远地跟在后面。我看见她从一个女孩的头上顺势摘下一副闪亮的小魔鬼头饰，戴在了自己的头上。

"借我玩玩，别那么小气嘛！"

面对女孩的抱怨，章西一副无所谓的表情，她居然还兴奋地跳上了旁边一辆车的车顶。可是，穿着一双恨天高的她跳到什么车上不好啊，非得跳到一辆进口豪车上，还把人家引擎盖踩出了一个坑。

说来也巧，那辆车的车主，正好是她和梁寒在贵族学校念初中时的学长。在大骂几句并把章西从车顶拖下来扔到地上后，才发现彼此居然是熟人。可是，一切都已经晚了。章西的脑袋重重地磕到了路边的花坛上，转瞬间整个人就已经抖成了一团。

"滚开，都给我滚开！"

　　章帆炮弹一般冲进了围观的人群，挥舞着不知道从哪里抢来的一根荧光棒，在驱散人群后，一下子跪到了地上，把章西从雪堆里拉起后，紧紧地抱在怀中，用力掐住她的人中。

　　那是我第一次看见小太阳一般的章西狼狈的样子——一只高跟鞋甩飞到了远处，赤裸着的右脚毫无规律地乱踢乱蹬，专门为圣诞节做的头型也散乱开了，沾满残雪的嘴角，有白沫涌出，翻白的双眼，死命地瞪着昏沉沉的天空。

　　章帆拼命撬开章西的嘴，将自己的手塞进去，他怕妹妹不小心咬到舌头。很显然，慌乱之中的他已经顾不得这种方式正确与否了。我看得清清楚楚，那一刻，失去了意识的章西狠狠地咬住了他的手指，她那么用力，章帆的手转瞬间已经血流如注。

　　"快打120！"

　　眼见被吓傻了的我们无动于衷，章帆狠狠地把荧光棒丢了过来。直到被击中了脑门，沈迪才手忙脚乱地从包里掏出手机，慌忙拨打电话。

　　"你们不知道她是癫痫病人吗？大的情绪波动或者脑部受撞击都有可能引发严重的后果！"

　　病房门前，结束了抢救工作的医生一脸愤怒地看着我们。

　　听到"癫痫"二字，我的脑袋嗡地一下就大了，章帆一定是知道妹妹的病情的，要不然刚才他的抢救动作也不会那么行云流水了。

　　从以往处处让着她的表现来看，沈迪也应该知道，只是面对突发状况，没有男孩子那么从容罢了。

　　"癫痫？是不是就是羊痫风啊？"

　　沈一辰的声音很大，一下子喊亮了走廊上所有的声控灯。沈迪连忙推了他一把，暗示他不要让病房里的章西听到，虽然章西早就知道自己的病情，但被外人讨论的话，也还是会很难过吧？

　　"那么年轻怎么会得这种病啊？"

　　意识到了自己错误的沈一辰立马压低了声音，表情有些痛心疾首。

　　"哼！"

　　此时此刻，一直站在门口向病房内观望的章帆却冷笑一声："还不是拜梁寒所赐！"

　　梁寒？怎么又是梁寒，怎么这世界上似乎所有的事情都跟他有关！

　　我在心里默念。

"梁寒？是不是你们班那个小白脸？"沈一辰把脸转向我，脸上仿佛写着"果然是个孽障"六个大字。

可是，当沈迪追问原委时，想到了什么似的章帆却再也不提那个名字了，还恶狠狠地告诫我们："今天这事到此为止，谁也不许在章西面前再提起那个人。"

说到此，他顿了一下，目光转向了我："还有你，今天的事情胆敢向梁寒透露半个字，信不信……"

我的手里还拎着章西的那只高跟鞋，廊灯那惨白的灯光照射在他咬牙切齿的脸上，让人脊背发凉。

我缓缓地坐到身后的椅子上，梁寒的样子不停地在眼前闪现，那个面无表情的少年，那个递给我药丸的少年，那个在蔷薇花墅16号露台上的白衣少年。

这其中一定有什么误会吧，一定是的，梁寒可能只是不善表达、不知道该如何跟人接近罢了，绝不是章帆口中的十恶不赦的家伙。

可是，为什么章帆让我离他远一点儿，初次见面的沈一辰也让我离他远一点儿？难道，他的身上真的有一种别人能看见，而我偏偏视而不见的东西，足以毁掉我，也毁掉所有人的一切？

沈迪和章帆进到病房去看章西时，寂静的走廊上只有沈一辰陪我坐在长椅上。

那只红色的高跟鞋放在我的右手边，残留的雪水从上面滴滴答答地落下，敲打着地面。我把头轻轻地靠在沈一辰的肩头，就像小时候我们坐在青牛镇废弃的食品加工厂楼顶。那里有肆意滋生的野草，有能把阳光折射成七彩光线的碎玻璃，还有那些叫不出名字的各色野花。

据说，那里就是爸爸曾经工作的地方。后来，他走了，工厂一直荒废至今。

不过，时间在留下一片狼藉的同时，也会毫不吝啬地在某个残败的角落里施舍给你零星的美丽花朵。

小时候，那里是我和沈一辰的天堂。

也只有他愿意陪我在那片废墟上荒废整个下午，抬头看天，唱随意改了曲调的歌曲，安慰我说爸爸妈妈很快就会回来了。

眼泪一滴滴落在沈一辰的肩头，这似乎让他有些不自在，他叹了口气后才试探着问道："顾小庄，你跟梁寒感情没那么深吧，不至于为他掉眼泪吧？"

我没有说话，他不会明白，其实我是在为自己难过。

我突然发现以前的自己是那样单纯，我以为等长大后，找到了蔷薇花墅16号，一切

问题都会迎刃而解,都会云开雾散。可是,当我鼓起勇气,穿过了眼前的迷雾,后面却是更大的谜团。

也许,蔷薇花墅16号只是我的一个梦吧,我爸妈从来都没有住进过那个开满鲜花的殿堂。

所有的一切,都只是我一厢情愿的臆想,仅此而已。

4 <<<<<

*我不知道,下一个春天来时,会不会融化你脸上的冰霜。就像我不知道,你灿若星辰般的眸底遗落的种子,已在心房最柔软的土壤里生根发芽。*

我决定为章西保守秘密,就算我并不知道保守这个秘密的意义。

我对最好的朋友许艺橙都只字不提,而她,还在孜孜不倦地刺探关于章西和梁寒的情报。

我难过的是,关于那张我与章帆的合影,梁寒好像忘记了,学校里,迎面撞见他时,他甚至都不曾跟我打个招呼。

我断定,他的心里根本就没我。也许,他的心没给任何人留下空间吧。

而功夫不负有心人,许艺橙终于在寒假过后的第三个月,刺探到了新情报,可惜,她的情报似乎有点儿隔靴搔痒。

她神经兮兮地告诉我,几年前,章爸爸带走了梁氏集团的一大批客户,自己跳槽单干了。

那时,三号教学楼门前黄白两色的广玉兰正开得好。暖洋洋的阳光洒在身上,让人十分惬意。

彼时,学校里关于我和梁寒的流言也渐渐尘埃落定,再没有人把我跟男神梁寒联系在一起。以前,这曾让我非常苦恼,而如今,苦恼如同冬日的薄雾一样烟消云散了,我却并没有想象中那样轻松,反而有些失落。

我拿出手机,拍了一张玉兰花的照片,发到沈一辰的手机上,问他我们学校的玉兰花美不美。

我的本意是督促他好好学习,今年考进美丽的G大。我甚至故意拍了几张美女的照片发给他,我觉得在他心目中,那些活力四射的女孩子的吸引力要远远大于真正的花朵。

可是,用正常人的思维来衡量沈一辰是我大错特错了。

这家伙都干了什么呀?

两天后，当他扛着一根手腕粗细的开满白色花朵的玉兰花枝出现在阶梯教室门口，还贼兮兮地叫我名字的时候，我恨不得找个地缝钻进去。要知道，就在几分钟前，英语老师兼副校长还在教导我们——我们的学校就像一座美丽的花园，花园里的每一朵鲜花，每一片树叶都是我们的共同财产，要像爱护自己的财物一样爱护它们。

"那货居然扛了一树玉兰花！"

教室里，不知道是谁喊了一句，整个广告系二百多双眼睛齐刷刷地转向了门口。

我的脸火辣辣的。

在对身边的许艺橙低声说了句"帮我拿书包"后，就火速冲向了门口，打算拉上他一起溜之大吉，可是，慌乱之中我在冲出门口的那一刹那，居然绊倒在门槛上，一下子扑进了他的怀里。突如其来的一撞，让沈一辰条件反射般把我抱紧的同时花枝掉落在地，月白色的花瓣扑簌簌落了一地。

我撞进沈一辰怀里时还看见了正从身边经过的梁寒。

看到我和散落在地的玉兰花瓣，梁寒微微一愣，目光与我交错而过时，读不懂里面到底写着什么。

此时，走廊的另一头响起了保安的喊声："在那儿，就是那个男生！"

说话间，几个保安已经向这边跑来。

沈一辰居然还愣了几秒钟，然后迅速把我放开，一边从地上捡起花枝扛在肩头，一边拉起我的手向着对面的楼梯拐角跑去。

我对沈一辰的智商感到忧虑。难道他没发现那花枝的目标很大吗？扛着它逃命，就像是在举着一面大旗告诉全世界的人——他就是那个蠢货。

我们一边跑，玉兰花朵一边簌簌掉落，形成了一道花径，为保安们的追捕指明了方向。身后的保安越来越近，而沈一辰还在拉着我左突右撞。而且，他跑路也没脑子，居然往楼顶跑，难道最后被逼到角落时要从楼顶跳下来吗？

几分钟后，我们终于气喘吁吁地将保安们甩在了看不见的身后，双双靠在楼顶器材室的墙上大口大口地喘气。其实，我们都明白，用不了多久，保安就会追过来。

想来，那个神秘的身影就是在那千钧一发的时刻冲到我们面前的。

只见他一把将花枝从沈一辰手中夺过来，跑到楼顶边缘，猛地朝楼下扔去。

然后，转过脸来，面无表情地对我们说："跟我走！"

那表情，太过熟悉，因为它经常出现在我的梦里。你不知道，在梦里我是多么想捏一捏那张脸，使劲将他的嘴角向上拉扯，强迫它微笑，强迫它的主人快乐起来。

"梁寒？"

沈一辰似乎不敢相信自己的眼睛:"你有病吧,干吗扔了我的花!你知道我费了多大劲才搞到这么大一根吗?"

面对不识好歹的沈一辰,梁寒并没有争辩半个字,而是转身向着对面的楼梯快速走去。一边走,一边冷冷地说道:"如果被抓住,顾小庄会被记大过一次!"

此时此景,沈一辰暗骂一声,只得拉起傻在一旁的我跟在他身后跑下楼梯,而我则甩开了沈一辰的手。

走廊两旁是几间办公室,因为顶层离教室太远,很少有老师会来这里办公。在一间门牌上写着"名誉副校长室"的办公室门口,梁寒停下脚步,掏出钥匙打开了房门,示意我们进去。

在三个人进入房间后,梁寒轻轻掩上了房门。

我和沈一辰将耳朵贴在木门上,紧张地听着外面的动静,我们听见吵闹着的保安从门口经过,爬到了楼顶,又从楼顶骂骂咧咧地冲下来:"见了鬼了,跑哪去了!"

直到门外的吵闹声彻底消失在远处,我们才回过头来,看向坐在沙发上的梁寒。

这样一个少年,就连坐姿都让人感到孤独。

他的双手在膝前交叉,佝偻着背,低头看着自己的脚尖。

在他的身后,是一张巨大的办公桌,阳光从窗外射进来,能看见上面落满了尘土。

办公桌的对面摆着一张单人钢丝床,床上的被褥倒是干净整齐,是那种低调而有质感的深蓝色。

后来我才知道,每天中午,作息几近苛刻的梁寒都会到这里午睡一小时。而这间办公室是他父亲梁子安的,当初,他父亲为了能让梁寒进入G大,捐款修缮了G大的供暖设施,并为学校内的贫困学生建立了奖学金基金会,G大聘请他为名誉副校长。而父亲从没来过的校长办公室,就成了梁寒的秘密小天地。

因为陈设很少,办公室显得异常冷清,寂静得一如现场的气氛。

我缓缓上前一步,鼓足了勇气,对一直端坐在那里的梁寒说了句"谢谢"。

梁寒没有抬头,也没有回应我。

身后的沈一辰憋不住了,上前一步踢了踢他的鞋尖:"别以为你这次救了我,我就会对你感恩戴德,平生最看不惯你这种闷油瓶,你爸妈没教你怎么和别人说话吗?"

梁寒依旧不说话,只是抬起头来意味深长地看了我一眼,然后抬起手来指了指背后的木门:"建议你们分开走!"

我张了张嘴,想借这个机会解释下上次跟章帆合照的事情,话到嘴边却又吞了回去。

"走就走，谁稀罕在这破地方看你这张臭脸啊！"

话音未落，沈一辰已经上前一步，一下子拉开了房门，在看到我还定在原地后，没好气地拉了我一下，几乎强行把我拖了出去。

刚一出门，沈迪的电话就打了过来，她在电话中忧心忡忡地说："章西到你们学校门口堵你去了。"

她用了"堵"这个专业性质很强的词，仔细想来，很符合章西的特点。

可是，我想来想去也想不出自己到底哪里招惹了章西。

由于担心被校门口的保安认出来，沈一辰提前翻墙出了学校，在校门口的公交站牌前等我。我从许艺橙那里拿回书包后，向学校门口走去，还没出门，便看见单腿跨在摩托车上的章西了。

她的刘海染成了湛蓝色，耳钉闪闪发光，看见我后，拍了拍后座："顾小庄，这里！"

我缓缓走上前去。

而她的第一句话就把我问蒙了："那事儿……你没告诉梁寒吧？"

"哪件事啊？"我抬起头来，望着她那张意气风发的脸。

眼前这个女孩实在无法让我跟一位癫痫病人联系在一起，几天前的场景还历历在目，让人心疼。

"就是那次，酒吧门口！"

她这么一说我就明白了，连忙把头摇得像一只拨浪鼓。

章西长长地舒了一口气，拍了拍我的肩膀："那就好，上车吧。"

"对了，还有沈一辰，你告诉他，不要让他乱说。"她突然又补充了一句。

我噘起嘴来，冲着公交站牌的方向撇了撇："喏，人在那儿呢，你自己告诉他得了！"

章西跟我说话的时候，沈一辰一直紧张地看着这边。见我和章西脸上露出了笑容，他的表情也缓和了不少，猛跨一步向这边跑来。

突然，伴随着一道尖厉的刹车声，再看时，沈一辰已经被一辆奥迪撞倒在地。

望着屁股重重跌在地上的沈一辰，章西把摩托车猛地一丢，火速冲了上去。

"找死啊，没长眼睛吗？"

按下了电动车窗，西装革履的小司机没好气地冲着正在章西的搀扶下缓缓站起来的沈一辰怒吼。

本来打算"先救人"的章西，明显被那名狐假虎威的小司机惹恼了，明明没什么大

碍的沈一辰挣扎着要从地上爬起来的时候，她又猛地把他推倒在了地上。

"怎么办吧？你看你把我弟撞成什么样了，我看八成得残废！"

面对无奈下车的司机，章西一边大呼小叫，一边朝我和沈一辰使了个眼色。郁闷的是，沈一辰居然跟她配合得天衣无缝，马上趴回地上，哼哼唧唧起来："哎哟，我的腿，我的腿断了！"

小司机明显慌了，掏出手机，哆嗦着问："要不要打电话叫救护车？"

"叫什么救护车啊，叫你老板，看你这样肯定不是车主，赔不起的！"

章西的话目的性太明显，直白得让人无地自容，就算她真是一只刺猬，也没必要无时无刻不万箭齐发吧。

我鼓足勇气，走向了手忙脚乱的小司机。

在距离他一米远的地方站定："你走吧，他没那么严重！"

是的，我跟沈一辰的确是朋友，也无比惧怕章西的"威力"，可是，我不能允许任何人被冤枉，而且我也从不撒谎。

眼下，本来想要好好教训一下小司机的二人，在看到居然被自己人拆台后，一下子变得气急败坏起来。章西"唰"地一下站起来，猛地将我推向一边，抬起下巴，恶狠狠地看着小司机，大有一副死猪不怕开水烫的样子。

"受害者"沈一辰也想要爬起来，爬到一半，被章西猛地一脚踹在屁股上，重新倒在了地上。

场面一下子尴尬起来。

"你们几个闹够了吧！"

一个熟悉的声音从背后某个地方响起，章西"唰"地一下转过头，在看到对面人后，立马蔫了下来，一边跑回去扶起自己的摩托车，一边对我们喊道："剩下的事情你们处理吧，姐姐我还有点儿急事先走了！"

我转过头，梁寒不知道是什么时候已经站到了我们身后。

他就那样轻轻地倚在公交站牌的栏杆上，从脸上的表情不难推断，刚才那一场堪称闹剧的表演，他已经尽收眼底。

我不禁有些庆幸，庆幸自己刚才坚持了原则。要是我和他们两个沆瀣一气，同流合污的话，梁寒该怎么想我啊。

眼见已经没戏演的沈一辰骂骂咧咧地从地上站了起来，一边拍打着身上的灰尘，一边向公交车站走去。

"顾小庄。"

刚走了没几步，身后的梁寒突然喊道。

他就那样定定地看着我，许久，居然露出了罕见的微笑。

他说："谢谢你！"

他的身旁是两棵高大的广玉兰树，据说还是建校时第一任校长亲手种下的，微风徐来，浅黄色的花瓣缱绻飘落，"啪嗒啪嗒"地落在地上，仿似敲在我的心头。

我的神情有些恍惚。

我张了张嘴，想着至少也应该回应一句"不客气"吧。可是，随后折返回来的沈一辰完全不给我机会，猛地拉起我的手，像是绑架一般，将我拉往了公交车站的方向。

我刚踏上公交车的第二秒钟就接到了章西的电话。

我相信，电话里将我骂了个狗血淋头的章西的确不知道那辆奥迪车是梁寒家的，在看见梁寒之前我也没想到事情会那么巧。毕竟那种车太低调，太常见了，虽然价格不菲，却不比章西那声浪能够轰炸整条街的大排量摩托车给人的印象深刻。

但彼时的我怎么也想不明白章西为什么那么怕见到梁寒，完全就像是木马病毒遇见杀毒软件。

后来我才知道，她是担心自己情绪太激动引发病症，让梁寒看见自己丑陋的一面。

想来，她千方百计地不让梁寒知道自己的病情，也是想在他心目中留下一个完美的印象吧。

拥挤不堪的公交车上，手扶栏杆的沈一辰故意把后背弓起，像只大龙虾似的为我撑开一块空间。

"那家伙干吗总是三番五次地帮你？"

他的眉头皱出了一个深深的"川"字，黝黑的皮肤让倔强的脸显得更加立体，然而声音很小，夹在嘈杂的人声中，更是难以分辨。

我头一次见他说话这么没有底气。

我微微一笑，抓紧了他的衣襟，小时候，我被其他小朋友欺负，也是这样紧紧地抓着他的衣襟，躲在他身后，看他挥舞着小拳头为我打开一条"血路"的。

车窗外，路边栏杆上的蔷薇花已经发出了嫩绿色的叶芽，过不了多久，那种细小的红白两色花朵便会覆盖整座G市。

据说，蔷薇是G市的市花，代表着坚强与隐忍。

蔷薇，特别是白色的蔷薇，是我最喜欢的花朵，也许，这跟那段残存在脑海里的记

忆有关吧。

沈一辰却不喜欢蔷薇花,确切地说,他不喜欢所有只开花不结果的花朵。他喜欢他爷爷果园里的苹果花、梨花、杏花甚至韭菜花!

想到此,我不禁哑然失笑。

我想,梁寒肯定很喜欢蔷薇花吧,要不然,他们家怎么会买下蔷薇花墅16号呢。

我曾想过,如果有一天看到别人住进了蔷薇花墅16号,自己肯定会非常痛恨他们。

然而,那天我看见二楼露台上的梁寒时,却无论如何也恨不起来了。我甚至觉得,那样美好的男孩比我更适合住在城堡一样的蔷薇花墅里,他眉目之间那样忧伤,比我更需要温暖家庭的呵护,比我更容易受到伤害。

我原本想要接近他,可是他却那般拒人于千里之外。我用了几个月的时间,都还未了解他分毫。他就像是有着一种莫名气场的高深法师,在周身结下了一圈透明坚韧的结界,固执地隔绝了外界的一切。隔绝了伤害,隔绝了世俗,同时也隔绝了刺破阴霾,给他带去温暖的阳光。

"加油!"

我暗暗地给自己打气,我坚信,真正的梁寒不是表面上那般冷若冰霜。

5 <<<<<

你就像是早春突如其来的一场大雨,我不知道自己是否该破釜沉舟地冲过去。如果我一走,太阳就出来了呢?或者我没走,雨一直下个不停……

"章西曾经和梁寒在楼顶打赌,看谁敢闭着眼一直走向边缘!"

这个爆炸性的消息从许艺橙口中说出来时,刚刚拉直了头发的她正在将一只乌龟放生到学校的景观湖里。那只乌龟,是她从美发店附近的花鸟鱼市场买的,当时它被囚禁在一个狭小的透明塑料盒里,很可怜。

被放生的巴西龟吐了一个泡,头也不回地离开了。

碧蓝色的湖水倒映着这天空中的飞机云,天空貌似很近,某个人却又很远。

"真的,这件事情他们高中时很多同学都知道!"

见一脸惊讶的我似乎有些怀疑,许艺橙一下子扳正了我的肩膀,新发型也遮不住她的婴儿肥,她的脸上写满了肯定:"不信你可以去问问章西啊,她不是你朋友吗?"

我宁愿相信她说的是真的,也不愿在章西面前提到"梁寒"的名字,她连她哥都能暴打,何况是我。但是,这种被添油加醋后更显神秘的事情总让人浮想联翩,虽然我已经在努力克制自己的好奇心，到最后，还是没忍住问道："为什么呀？"

许艺橙将手中的馒头顺势往鱼群里一扔，眉头皱成了一个疙瘩："这个嘛，还有待考证。有好几个版本呢。不过，我可以确定的是，高中时，章西就很喜欢梁寒。可惜，梁寒是不会喜欢章西那种女生的。"说话间，她不禁向着湖水里自己的倒影看了一眼，样子要多自恋有多自恋，好像是在用那个动作暗示我，梁寒喜欢的正是倒影中这种佳人的类型。

湖水里的半个馒头浮浮沉沉，许艺橙说，从此以后，她要天天来湖边丢馒头，目的不是喂那只巴西龟，而是把湖里的鱼养大，那样，她的巴西龟就有新鲜的鱼肉吃了。

其实，我挺羡慕许艺橙的。

这种单纯的女孩，心中通常有一座臆想出来的强大城堡，固执地隔绝了城堡外一切不好的东西。在城堡中，她们就是住在塔顶的长发公主。她们坚定地认为，总有一天，会有一位英俊的王子攀着发梯而来，和自己幸福地生活在一起。

我的心目中，也有一座城堡。而且比许艺橙心中的更具象，它甚至有一个美丽的名字——蔷薇花墅16号。

可如今，花瓣散落，砖石崩塌，城堡一点点陷落。

我都未走近，就已经感觉到了现实中那座城堡的险恶与复杂。

性格孤僻的梁寒，章西、章帆，以及他们中间那看似永远无法弥合的恩怨。

坐在湖边的我长长地叹了一口气，微风掀起涟漪，一下下拍打在脚下的台阶上。湖对面的凉亭里，坐在小马扎上的梁寒正在用画笔描绘着春日的美景。他的目光偶尔扫向这边，在与我目光碰触的刹那却又连忙躲避。

"他往这边看了哎！"

仅是短暂的一秒目光，许艺橙就已惊喜连连，双脚踩着碎步跳个不停，仿佛见到了可以主宰一切的天神降临般兴奋。

她挺直脊背，压低声音，几乎是在用腹语对我说："我决定向梁寒表白了，大不了多表白几次。"

我的心"咯噔"一下，就连自己都不知道为何会有这样的反应。于是，只能强颜欢笑地对她点点头，以此来表达自己对她"舍生取义"的支持。

事实证明，不怕死的许艺橙果然"死"得很悲壮。

两天后，当她专门去美发店做了新发型，穿着网购来的波西米亚风格的连衣裙，出现在湖边的凉亭时，就连老天都似乎在跟她作对。前些天明明已经升温到20摄氏度以上，却突然变天，不但气温骤降，还下起了零零星星的小雨。

好在，上课时接到了微信的梁寒如约出现。

打着一把黑伞的他，在距离凉亭十几米远的地方站定，抬起头来问紧紧抓着我手的许艺橙："你们俩到底谁找我？"

直到那时，我才想起，微信是许艺橙怂恿我发的，她不敢亲自约他，而我发信息的时候，忘了打上女主角的名字。

我只发了一句：公共课后，湖边凉亭见。

许艺橙上下打量了一番自己漂亮的连衣裙，又看了看穿着随意的我，很明显，很主次分明好不好。

"是我。"

许艺橙的声音很小。这一点，她就跟章西明显不同了，要换作章西，她肯定想也不想直接吼出一句："你瞎呀？"

而我，则做了个鬼脸，伸出手指了指身边的许艺橙。

对面的梁寒愣在了那里，雨点从雨伞边缘"滴滴答答"地滑下来，遮挡了他的表情。耳边只有"沙沙"的雨声，还有我"咚咚"的心跳。我预感到了似乎有什么不好的事情即将发生，隐约却又有那么一丝欣喜。

接着，站在雨中的梁寒直接转过身，头也不回地离开了。

我曾想过，这种从小在金丝笼里长大的孩子会不谙人情世故，却万万没想到他这么不会做事，他这样明摆着是在告诉许艺橙：不是顾小庄约的，我不来。

这样一来，置我于何地啊。

奔出了凉亭的许艺橙向前追了几步，旋即想到了什么似的愣在了雨中。我连忙上前，将雨伞举过她头顶，替她挡住雨滴。

啪地一下，向来好脾气的许艺橙一下子将雨伞打翻在地，恶狠狠地瞪了我一眼后，大跨步向女生宿舍楼走去，走了没几步，又想起了什么似的，朝我恶狠狠地剜了一眼，捡起了地上的雨伞，举在头顶，小跑着走掉了。

这下，只剩我一人独自站在冷雨中了。

直到那时，我才发现自己才是最无辜的那一个。

我苦笑一下，只得重新回到凉亭，打算等雨停了再回去。

可是，这雨却下个没完没了，湖水也渐渐浑浊起来，整个亭子除了四根光秃秃的柱子以外没有任何一点儿可以挡风的地方。有那么一刻，我甚至觉得自己下一秒钟就要冻僵了。我突然有点儿后悔刚才没破釜沉舟地冲回教室了。

雨终于小了一些，我下定决心，正准备冲出去，不知道从哪里套上一件薄羽绒服的许艺橙重新跑了回来，怀里还抱着另外一件外套。

凉亭中，她一边没好气地甩着雨伞上的水珠，一边歪嘴看着我："我想明白了，珠穆朗玛峰如果那么容易登上去，就不会那么有魅力了。他梁寒要是那么容易追到手，我反而觉得没意思呢。"

说话间，她将外套甩到了我怀里，示意我穿上。

"别得意，你不觉得梁寒之所以对你感兴趣，不过是因为你认识章西吗？"

说到此，她又话锋一转："不过，如果非要让我在你和章西之间选一个的话，我倒宁愿你成为梁寒的女朋友。"

她的双眼眯成了一条线，笑起来脸上有两个浅浅的梨涡。

我想，这样的女孩跟梁寒在一起，他才会真正快乐起来吧，要知道没心没肺也是会传染的。不然，我跟沈一辰在一起的时候为什么就会本性暴露无遗呢，而换作梁寒在眼前，我却连大气都不敢喘。

也许这就是梁寒特有的能力吧，就连平时像个小炮仗一样的章西，在看见他之后还不是立马就偃旗息鼓了！

我抽了一下鼻子，乖乖地穿上了她借来的外套，她抬起手像捏孩子似的捏了捏我的脸，轻轻叹了口气："革命尚未成功，同志仍需努力。"

我连忙讨好道："我支持你！"

她翻我一个白眼："你别背后插我一刀就好了！"

她说："不知道为什么，明明知道你没那实力的，但为什么总有种最后鹿死你手的预感呢？"

6 <<<<<

*很多时候，我们被感动，只不过是借着别人的眼睛哭一场。*

我没想到许艺橙说的是真的。

在我印象中，喜欢窝里横的章西也就玩玩另类，吓唬吓唬我们这些小女生罢了。可是这话是章西亲口对我说的，就由不得我不信了。

那是她第二次"堵"我，而且把我一个人"堵"在了沈迪家。

彼时，淋了一场冷雨的我患了重感冒，请假窝在沈迪家里养病。我正悠闲地嗑着瓜子，塞着耳机，半躺在床上赏雨呢，她就来了。

骑着摩托，淋得像一只落汤鸡似的她，见到我后，直接开门见山地对我吼："你跟

梁寒说什么了？"

那样子，就像是刚才不小心被雷劈了，蓄了一身电，直接以一万伏的高压向我喷射一样。

与此同时，她把屏幕早已经摔花的手机扔到了我面前。

屏幕上，正是梁寒发给她的一条短信。

他说：章西，让你哥离顾小庄远一点儿，你们兄妹俩能不能别那么无聊。

裹挟着雨滴的大风一下子吹开了虚掩着的窗，砸在了墙壁上，我连忙起身去关窗，却被章西一下子推到了床上。

她还不知道章帆跟我拍合照的事情，所以误会我在梁寒面前说了他们兄妹的闲话，这是难免的。

后来我才知道，那条短信，她两天前就收到了，只是那时她正跟一群朋友在秦皇岛玩，要不然按她的性格肯定忍不了那么久，这不，她一回来，就冒雨杀到了这里。

这样算来，梁寒给她发短信的时间已经距离合照事件过去了很久，看样子，梁寒内心也是做了很大的斗争，才再次联系了她。

见缩在墙角的我不说话，章西开始在沈迪家客厅里叮叮当当地翻找东西。

起初，我以为她会找把刀，我甚至做好了对着窗外大喊救命的准备。我知道，沈迪家隔壁住着十几位建筑工人，今天下雨，他们肯定都躲在家里打扑克。

好在，章西随后的话打消了我的顾虑："沈迪的外套呢，先暖暖身子再跟你算账，冻死姐姐我了。"

她说话的时候，我甚至能清楚地听见她牙齿打战的声音。

也不知道翻了多久，功夫不负有心人，章西终于翻到了一件运动外套，胡乱套到了自己身上。

她的脸上渐渐有了血色，眼神也迷离起来，而且，话越来越多。

缩成一团的她摇摇晃晃地踱步到我面前，居然直接掀起被子，浑身湿漉漉地挤进了我的被子里。

她眼神迷离地看着天花板上的吊灯，笑着对我说："我说你啊，招惹谁不好，干吗非得招惹梁寒啊，你不知道他一家人都是冷血动物吗？我老爸也算是梁氏集团的元老了，不也说开就开了？

"还有，当年我拉他上楼顶，只是跟他打个赌，他不喜欢我，也至少给我个死心的理由吧？"

说话间，她轻轻地闭上了眼睛，似乎把床想象成了楼顶："我们就这样闭着眼睛，一步步往边缘走，看谁没胆，看谁先睁开眼睛，谁就输了。

"我发誓自己要是输了，就再也不缠着他了。他要是输了，就得答应做我男朋友。"

说到此，原本眉飞色舞的章西神情一下子低落下来，抽了抽鼻子，居然"哇"的一声哭了出来。她前后两秒钟的变化太大，搞得我有些猝不及防，我听见她像个受了很大委屈的小孩似的，哽咽着，断断续续地对我说："他居然……把我……甩……甩到了一边，根本就没正眼瞧我！他连跟我赌一场的勇气都没有！"

虽然本就是一场闹剧，梁寒的做法也是最正确的选择。

因为有些游戏，一旦你决定参与，就代表你已经输了。

可是，我为什么还是觉得眼前的章西有些可怜。浑身湿透的她，就那样瑟瑟发抖地缩在被窝里，像一只佝偻着背的刺猬，虽然浑身布满尖利的芒刺，可又是那样柔弱。

我俯下身来，轻轻地搂了搂她的肩膀，试探着轻轻地抱住了她。

我本以为她会接受我的好意，却听她压低声音对我吼了句："别碰我！"

她是一只受伤了的小怪兽，强撑着尊严，就算是奄奄一息也只能躲在角落，自己舔伤口。

"我不知道是不是我哥误会了，但是梁寒那种人不适合任何女孩，特别是你，你这么单纯。

"明明那么恨他，为什么在听到他跟你有瓜葛的时候，心还是会疼。明明知道自己跟他从来都没有可能……"

用被子蒙住了脑袋的章西上一秒钟还在这样对我说，下一秒钟就已经累得轻轻打起了鼾。

在确定她睡熟之后，我蹑手蹑脚地下了床，走到厨房里，为她熬了一锅姜汤。

窗外的雨还在下个不停，雨滴打在蔷薇花刚发出的嫩叶上发出"噼里啪啦"的声响，我从衣柜里翻出羽绒服，把自己包成一只粽子，躺在沈迪的躺椅上，抬头望向灰蒙蒙的天空。

谜团已经一个接一个地揭开，不知道蔷薇花墅16号秘密揭开的那一天，会是云开雾散还是满目疮痍呢？

章西放在床头的手机一直响个不停，熟睡中的她被铃声吵得很烦，直接伸手抓起手机，啪地一下扔到了地面上，估计屏幕就是被她这么摔坏的。

电话依旧尽责地响着，最终，我忍不住拿起来，来电显示：章帆。

我拿着电话走到洗手间,将门轻轻关上后,按下了接听键。

"你犯什么病啊,不知道家人多担心你吗!下着那么大的雨,谁让你骑车从那么远的地方回来的!"

我把电话拿远了一些,听他骂完后,才回答道:"章帆,章西在沈迪家睡着了,安然无恙。"

电话那头的章帆听到是我的声音,顿了一下,换上一副挖苦的口吻:"原来昨天还真把你冻病了。"

他的话,让我打了一个激灵浑身发冷。

要是你身后一直有双眼睛盯着,肯定跟我一样的感觉。直到那一刻,我才发现章帆的可怕。

我愣怔了片刻,感觉自己浑身都在发抖,手一抖,不小心将手机掉进了马桶里。

直到看到"咕嘟咕嘟"冒着泡的手机屏幕渐渐变暗,我才意识到,手机是章西的。

当晚,沈迪赔给了章西一部新手机,在接过手机的一刹那,章西搂住我的脖子在我脸上猛亲了一口。

而我对沈迪说谢谢的时候,她翻了我一记白眼:"谢什么谢,以后反正都是一家人!"

很难想象,当时我要是告诉她,我似乎喜欢上了别人,她会怎么想呢?

不光是她,小时候整个镇子上的人都认为沈一辰和我长大后肯定会在一起,有时候,我甚至潜移默化地接受了这一点,直到看见梁寒的那一刻。

"丁零当啷"一阵乱响后,沈迪把碗筷一股脑塞进了洗碗池,然后拍了拍我的肩膀:"顾小庄,现在报答姐姐我的时刻来了。"

我苦笑一下,目送她到客厅跟章西一起看剧去了。当我洗到倒数第三个碗的时候,外面的两个"妖孽"果然就又吵起来了。

"你脑袋是不是傻啊,全世界都知道《行尸走肉》不知道什么时候才能更新一集,你再换一万个播放器也还是这几集,就不能先看一集别的吗?"

事情的起因是章西来回搜台查找追了很久的美剧是否有更新的剧集,而晚上还约了大客户的沈迪希望先看一部别的片子。

其实,她骂章西的那句话挺稀松平常的,甚至没发挥出她平时一成的功力。

可是,在听到那句"脑袋是不是傻啊"之后,章西一下子就爆发了,她猛地将遥控器砸到电视屏幕上,用手指戳着自己的脑袋:"我脑袋就是有问题,怎么了?还把我变成疯子了呢。变得只要我一激动,就躺在地上吐泡泡,你信不信?可是我想这样吗?"

猛地将目光转向我的章西,声音比刚才低了一些:"我也想跟她一样,每天坐在教室里,穿着难看的校服,跟同龄女孩子嬉笑打闹。我也不愿意某一刻突然倒地,被你们嘲笑。可是,我就偏偏是全世界最倒霉的那一个,又能有什么办法?"

说话间,她使劲拨开自己的浓密黑亮的长发,一条蜈蚣一样的疤痕赫然在目。

原本站起身来,想跟她对吵的沈迪似乎后知后觉地意识到了什么,定在原地不再说话。

我赶忙上前打圆场:"沈迪姐不是说你真傻啦!"

我这么一说,直接把章西的怒火引向了我自己。只见她放下头发,咬牙切齿,指着我的鼻子嚷道:"最傻的那个人是你好不好?你知道我这疤怎么来的吗?全都是拜梁寒所赐!他明明就是个火坑,你还往里跳!"

说完这句话,原本气势汹汹的章西却抱着双肩嘤嘤地哭了起来。

上次,医生曾经再三嘱咐我们,章西最怕的是情绪波动太大。如今,她这过山车似的情绪变化,让我的心几乎悬到了嗓子眼。

从来不怕事,向来都是在我们惹了麻烦之后出面平事的沈迪也怕了。她走到章西面前,缓缓地蹲下身,用招牌动作拍了拍她的肩膀:"姐姐没想故意刺激你,姐姐忘了那事了……"

她不安慰还好,一安慰,章西整个人就崩溃了,猛地扑进沈迪怀里,一边狠狠地搂住她肩膀,一边瓮声瓮气地骂自己:"都怪我自己太傻,都是我自找的。"

幸运的是,这一次,章西没有发病,她在被沈迪强行灌下两杯掺了药的饮料后沉沉睡下了。那些药,是医生开的,可以暂时缓解她紧张的情绪。

直到章西睡着,一直躲在角落的我才敢上前好奇地问沈迪:"姐,她脑袋上的疤怎么回事?"

"她之前喜欢那位公子哥,放学时追着人家跑,结果撞上了车。"

其实沈迪当时说的不完全对,后来听章帆说,章西其实是为了救梁寒才撞到车上的。彼时,梁寒对于穷追猛打的章西很反感,一天放学后,梁寒骑车回家,在发现章西骑着摩托车追在后面时慌不择路,在拐弯时迎面驶来了一辆卡车。

事态紧急的情况下,章西只能加大油门把他撞到了一边,自己却被卷到了车底下。

梁寒不知道那次的车祸给章西留下了那么严重的后遗症,而知道内情的梁爸爸,担心儿子知道实情后觉得亏欠章西,从而跟这个有癫痫的女孩交往过密,于是私底下补偿了章家一大笔钱,并强迫梁寒转校。梁寒所知道的,只是爸爸补偿了章西家很大一笔

钱。也正是有了这笔钱，章爸爸才另起炉灶，并且带走了公司里一大批业务员。

所以，章家人眼中的梁家人忘恩负义。

梁家人眼中的章家人见钱眼开。

而章西拼了命也要对梁寒隐瞒自己的病情，其实只是不想让梁寒知道她已经变成一个无法根治的病人。

也就是那时，伤愈后的章西做了最后一个赌徒般的决定，跟梁寒玩了一个轰动整个校园的游戏。

沈迪对我说的这些，几个月后得到了章帆的印证。

章帆对我说这些的时候，第一次也是唯一一次在我眼前落泪，他哭，是因为章西不见了。

据说，她跟一群朋友去了遥远的四川，然后便与所有人失联。

在此之前，我还一直犹豫着要不要找机会将章西的病情告诉梁寒呢，我不希望梁寒一直误解她，可是更不希望他因此而觉得愧对章西，从而……

我纠结了好久，章西就失踪了。

第三章 / chapter 3
带上关于你的秘密
去流浪

1 <<<<<

我只敢把你的名字写在沙滩上，缱绻的白浪，以及归航渔船的汽笛，是你的耳语。你用柔软的海草，在岸上写一句只有我能看懂的诗。你说，你停留在这里，所以，我哪也不敢去。

章西失踪的那天，远在青牛镇的沈一辰参加了全校第二次摸底考试。

我记得清清楚楚，那天下了一场小雨，教学楼前的玉兰花已经落败，厚厚的叶片上挂满了晶莹的露珠。

也就是同一天，我在许艺橙的怂恿下，参加了学校里的一个非官方认证组织——青山侦探社。

那个听起来不伦不类的组织，据说名字跟漫画《名侦探柯南》之父青山冈昌有关。

我本以为这么高大上的社团，能为我查清"蔷薇花墅16号"的秘密提供一些帮助的。结果，等我交了180元的会费，得到一枚胸章后才发现，那哪是什么侦探社，就是一个小道消息集散地。

里面大部分成员都是女生，功能类似于学校里的私家侦探，帮人查查男神女神的生日、兴趣爱好什么的。

令我万万没想到的是，许艺橙居然还是组织里的一名骨干。直到那时我才恍然大悟，原来许艺橙以前那些关于梁寒的八卦，都是团队合作的结果。

侦探社的社长是个男生，许艺橙带我去报名的时候，他正在跟新入社的一位美女吹嘘自己暑假单独骑行西藏的经历。他眉飞色舞、夸大其词的样子，让第一次见面的我就对其充满了厌恶，冷笑了一声。

"社长，这是新入社的顾小庄！"

许艺橙拉着我走到他面前做介绍时，他的目光始终未从那个女孩子身上收回来，只冷冷地回应了一句："既然是你招募的，以后就跟着你吧，一定要遵守社规。"

说完这句话，又立马跟身边的女孩攀谈起来。

他那么做明摆着是无视我的存在了，于是我故意咳嗽一声，对身边的许艺橙说道："许艺橙，麻烦你把会费退给我，我不喜欢这个社团！"

这句话明显让眼前的社长在美女面前丢尽了颜面，只见他猛地转过脸来，看着我一字一顿地说道："青山侦探社是你想来就来，想走就走的吗？退会可以，会费一分不退！"

见他有些耍无赖，我冷笑了一下，转眼看向了身后一直扯我衣角的许艺橙："许艺橙，你家养狗吧，180块钱能买多少狗粮啊？不退就不退吧，我就当喂狗了！"

我这句话，彻底激怒了社长，他居然毫不绅士地吼了一句："你再说一遍试试？"

此时，胆小怕事的许艺橙已经拼命拉我往外走，而社长居然跟了上来，大喊大叫的样子与刚才那位与美女侃侃而谈的男生判若两人。

想来，"社长大人"是在大学生活动中心隔壁的副校长室门口将我拦住的，于是，作为"下属"的我，只好在他的强烈要求下，把刚才那句话又大声地、完完整整地重复了一遍。

恼羞成怒的他猛扑上来，完全把自己还是位男生这件事情抛到了九霄云外，在拳头即将落在我身上的前一秒，副校长室的门突然猛地向外打开，"咚"的一声，恰巧拍在了他脸上。

"社长大人"捂着鼻子，痛苦地蹲在地上，梁寒的声音响了起来："顾小庄，进来！"

门是梁寒推开的，时机选择得恰到好处，看样子，原本躲在副校长室里的他早就听到了门外的一切。

他穿了一件蓝灰色的立领衬衣，袖口的纽扣反射着阳光，就那样站在门前，天神降临般默然地审视着一切。

我推开许艺橙的手，三步并作两步，跑进副校长室，躲在了梁寒身后。从地上站起身来的侦探社长原本想冲上前来抓我回去，可是被梁寒猛推了一下，一个趔趄后，愣在了原地。

"私人地盘，外人莫入！"

梁寒伸出食指，在副校长室门前的虚空中画了一条线，扬起下巴，冷冷地看着对面的男孩。

想来，消息灵通的侦探社社长，一定非常了解梁寒的底细，于是只能歪着脑袋，恶狠狠地看了我一眼，气急败坏地离开了。

那一天，躲在梁寒地盘里的我，吃了他的水果硬糖，喝了他的咖啡，还玩了他那边缘已经磨得很光滑的魔方。

那一天，许艺橙极不情愿地得出了结论——综合各项指标来判断，梁寒可能真的对你有意思。

她将这个结论摆在我面前时，义愤膺地吃光了我的MM豆。然后，猛地托起我的下巴，来回审视了半天，眯着眼睛对我说："看来梁寒的眼光的确有点儿问题。也许，他在迪拜时间久了，就喜欢你这种皮肤有点儿黑的吧。"

我将她的手推开,讲台上,老师已经调整好了荧幕。

我们系规定,每个学期必须选修三门公共课,我和许艺橙选的是美妆、电影欣赏以及服装设计。

许艺橙有个梦想,就是把服装设计学好,结婚的时候亲自给自己设计婚纱,为我设计伴娘装,为梁寒设计中西风混搭的新郎装。

花痴如她,有这样的憧憬我能理解……

而梁寒,我就不能理解了,有着那么大家族企业的他,为什么要选择学广告设计呢?那些搞广告设计的不都是为他们这种人打工的吗?

对于此,许艺橙一言以蔽之:"他这种人学什么不都一样吗,就算是清华大学博士毕业,能有哪家公司聘他当董事长?大部分人,上大学选专业是为了生存,而另一小部分人,也许仅仅是为了好玩。我们是来奋斗的,人家是来养老的。何况,G大离他家最近。要把他丢在另外一座城市上大学,按照他这种生活不能自理的样子,估计早就受不了了。"

许艺橙这个观点我只敢苟同前一半,在我心目中,梁寒是冷漠,不会与人交往,但怎么能说生活不能自理呢。他这种情况,请上一个排的保姆也不过分吧。

教室里灯光熄灭,黑漆漆一片,电影开始播放。

我那该死的手机,很不识时务地铃声大作。

一片漆黑中,我几乎是连滚带爬地冲到了门外,接起了沈迪的电话。

"顾小庄,你有没有看到章西?她又跟她爸吵架了,打电话还关机!"

沈迪的声音连珠炮似的从听筒里蹿出来:"据说她现在正在四处找人借钱去四川,我告诉你啊,她要找你借钱,你打死也不能借。据说她这次是要玩真的。"

"玩什么啊?"连珠炮间隙,我终于找到个机会插嘴问道。

"你说玩什么,玩失踪啊。章帆告诉我,她在家跟老爷子大吵了一架,发誓要永远消失在老爷子面前。"

直到第二天,章帆到沈迪家商量对策时才告诉我们,章西本来报名参加了一个骑行团,那个骑行团要在成都会合,然后骑行全国。她回家跟老爷子要装备费时,章爸爸打了她一巴掌。

于是,父女两人就第N次决裂了。

据章帆推断,这一次章西是下定决心了,因为以前爸爸从来没有打过她。

当然,这都是我第二天才知道的事情了。

眼下，接着沈迪电话的我，抬头不经意地一瞥，果真看见了火速向我冲来的章西，此时，再躲已经来不及了。

她的眼睛红红的，像是刚刚哭过。快速冲到我面前的她一把夺过手机不由分说地按下关机键，旋即，在我面前摊开掌心："借我点儿钱，有多少给多少！"

这套行云流水的动作哪里是借钱，分明是在打劫。

见我没动作，她居然自顾自地翻起了我的口袋，最终把钱包里所有的钞票卷成一卷，塞进了自己的靴子里，又迅速打开我手机盖，将里面的电话卡抠出来装进自己口袋后，把手机还给我，接着惨笑了一下："免得你通风报信，明天再去补张卡吧。"

说话间，她转身就走，却被一个不知道什么时候出现的身影挡住了去路。

"把钱还给她，你需要多少钱，我给。"

我看见本来想开骂的章西嘴巴张得老大，最终却只能无奈地摇了摇头。而站在她面前的梁寒挡住了她所有的退路。

"你给我让开。"

她的声音很小，却有种不容拒绝的决绝。

站在前面的梁寒依然纹丝不动。

"你是真喜欢她喽？"

章西歪着脑袋，用一双通红的眼睛瞪着对面的男孩。而梁寒不说话。

"不说话？那就是默认。"章西苦笑一下，突然极力地抬高了声音，大吼一声："给我起开！"

章西的胸口剧烈起伏着，脖子上青筋一根根暴出，握紧的拳头抖个不停，甚至能听见牙齿咬得咯咯作响的声音。

见此情形，我连忙上前把梁寒推开，给她让出一条路。我害怕下一秒钟章西整个人都会崩溃，会发病。我也无比清楚地知道，一个女孩到底有多不希望自己在心爱的人面前出丑。究其原因，军训时我已经出够了洋相。

我几乎是在哭着乞求梁寒了："求求你了梁寒，让她走吧，让她走！"

望着章西消失在黑暗里的孤单身影，我很想哭，我突然觉得她才是最可怜的那个女孩。我想把她所受的一切委屈都告诉身边这个男孩，却又答应过她，会替她保密。同时，又微微有些担心眼前的梁寒会被她抢走。

我缓缓地蹲坐在地上，胸口憋闷无比。我用眼角的余光发现梁寒从衣服里拿出了自己的钱夹，抽出一沓粉红色的钞票递到了我面前："没有别的意思，他们处处为难你，

其实都是因为我。"

他口中的"他们"指的自然是章氏兄妹。

望着他递过来的钱,我苦笑一下,眼泪"啪嗒啪嗒"地落在水泥地面上。我第一次用鄙夷的语气对梁寒说:"有些东西,钱是买不来的。"

那一天,我把梁寒甩在原地,冲向章西消失的方向找了好久,还是没能把她找回。

值得庆幸的是,最终,她在心爱的男孩面前保全了自己。

我独自坐在学校门口公交车站的排椅上,周围是汹涌的车河,两旁的路灯依偎着行道树,渐次向远方无尽排开。

喜欢流浪的章西也曾这样坐在另一座陌生的城市里吧,那时的她该有多么孤单,多么绝望啊。

我有种不好的预感——章西可能真的不会像以前一样花光身上的钱后重新回到我们身边了,因为这次伤到她的是梁寒。

那一天,跟我一前一后回到沈迪家商量对策的章帆一夜没睡,那一天,我听到了章西更多的故事。

当天晚上,沈迪发动了所有认识的人,下到章西那帮十六七岁的小姐妹,上到人过中年事业有成的各种张总李总,几乎找遍了G市章西可能去的每个地方。最后汇总来的消息是,有人曾在火车站附近看到过章西,然后就再也没有消息了。

第二天,章帆利用爸爸的关系找到了车站站长,我们三个人在监控室像捉贼似的盯着十几个显示屏看了半天,只找到三段关于章西的影像。

一个是她在售票机处买票,另外一个是她一个人蹲在人满为患的候车厅角落里啃面包,她吃面包的样子只能用狼吞虎咽来形容,一个面包只三两口就吞进了肚子里,让人特别心疼。

最后一段视频看起来有点儿搞笑,二楼电梯口,她居然从一个三四岁的小女孩手中抢了一个棒棒糖,塞进了自己的嘴巴里。

视频中的小女孩看起来也不是善类,居然挣脱爸爸的手,抬起脚来狠狠地踢在了她的小腿上。

她对着摄像头站定,仿佛知道我们会来这里找她一样,抬起哭红的眼睛,含着棒棒糖,努力挤出一个微笑,朝着我们挥了挥手。

她说的"再见"两个字我们虽然听不见,却能看见她的口型。

而后面的四个字,我们三个人凑在一起研究了好久才弄明白,视频中的她是在向我们无声地大喊——不要找我!

几乎同时,站长拿着一张打印单推门走进了监控室。

"刚才按照你们提供的证件号码查了,她买了去成都的火车票。"

章帆把打印单紧紧地握在手中,揉成了一团,像是在安慰自己一样说:"她我还不了解,钱花光了就会回来的。"

然后,章帆居然像个赌气的孩子一样,跑到候车厅旁边的便利店里,买了十几个章西吃的那种豆沙面包,分给面面相觑的我和沈迪一人一个,自己拎着剩下的一大包,冲向了对面的车站广场。

那一天,我们三个像流浪汉一样,坐在喷水池旁边的台阶上啃面包。

章帆一边啃一边埋怨章西:"从小就跟我爸像仇人一样!回家多好,非得吃这种垃圾食品。"

我和沈迪连一个都没吃完,夹在中间的章帆却已经狠狠地啃到第四个,在第五个豆沙包刚吃到嘴里的那一刹那,他终于忍不住跑到喷水池边,大口大口地干呕起来。

他扶着水池沉默了片刻,眼中的凶光像是能把整个水池的水蒸发殆尽一般。接着他转过头来,对着我们吼:"你们记住了,不论是谁,以后如果拿梁寒当朋友,就是我敌人!"

他那句话分明是说给我听的。

我突然有些后悔不该把昨天章西和梁寒碰面的事情告诉他了,这无疑加深了他们两个人之间的误解。

望着头也不回跳上出租车的章帆,沈迪苦笑一下,按下了车钥匙的开门键。

车里,沈迪漫不经心地问坐在副驾驶上的我:"看样子,你跟梁寒的确有点儿瓜葛喽?以前他们这样说的时候我还以为是误会,现在看来原来是我误会了。"

"我们只是普通朋友。"我不知道该怎么接话,只能用这种老掉牙的理由敷衍她。

她冷冷一笑:"别担心,虽然沈一辰是我亲弟弟,但从小到大你也跟我亲妹妹差不多。感情这事,是强迫不来的,我初中的时候还喜欢过学校门口那个修车的年轻人呢。当时我就觉得他光着膀子修车,蹭得满脸机油的样子特帅气。要是沈一辰留不住你,那只能怪命运的安排不公。"

沈迪喜欢修车少年这件事情我知道,其实,整个青牛镇的人都知道。我记得清清楚楚,当时,那男孩还用修车换下来的零件给她组装了一辆可以变速的自行车。

她每个周末骑着那辆车回家时,沈一辰还有程铁他们几个别提有多羡慕了。

直到如今,那辆锈迹斑斑的组装车还在沈一辰家的车棚里放着。

后来，沈迪辍学来到了城里，赚的钱越来越多。

据说，她第一次开着汽车回青牛镇时，还为那少年买了一件名牌衬衣。

而等她第二次回家时，修车少年就不见了。

他把修车店盘给了一位大叔，自己离开了青牛镇。

那一次，修车店的大叔把叠好的衬衣完好无损地还给了沈迪。

"不过，还是要提醒你，这世界上都是要分等级的，要不然谁还去奋斗，谁还去拼命啊。你忘了吗，那修车匠就是活生生的证明……"

是的，那个少年哪里都很好，只是一条腿有残疾。

说到此，她的神情忽然低落下去，轻轻叹了一口气。

她的话虽然没有说完，但我明白那是在提醒我——你和梁寒根本就不是一路人，你们在一起的可能极其渺茫。

我转过脸看向车窗外，不再说话。

窗外的G市火车站被称为全中国最美的火车站，因为它傍海而建，坐火车到这里就好像走到了世界的尽头一样。

沈迪的车子开出去没多远，就驶上了滨海公路。摇下车窗，迎面吹来的海风温润且不阴冷。

岸边的护栏上爬满了蔷薇花，一直延伸到半岛型的花山下。而花山上，那些黄白亮色的别墅，便是著名的蔷薇花墅了。

我慵懒地靠在座椅上，抬头看向花山，有些蔷薇已经开了，而大部分还只是骨朵。整片山坡已是一片郁郁葱葱的景象，而花山的正下方，是一片白色的沙滩。

那片洁净无比的沙滩，是三年前蔷薇花墅的住户自己筹款建造的，夏天，只有那里的住户才被允许进入。

我爸妈住在蔷薇花墅里时，那里还只是一片凌乱不堪的礁石，我印象中至今还残存着爸爸带我去那片礁石丛中撬蛤蜊、抓潮汐蟹的情形。棕色的小螃蟹被放在透明的玻璃瓶子里，上面漂着绿色的细小海带。

那时候，爸爸总会把我扛在肩头，赤脚踩在湿滑裸露的礁石上，朝着远处山坡上的妈妈大喊着炫耀我们的战果。

在我的印象中，站在护栏里的妈妈总是穿着一袭长裙，长裙和长发一起迎着海风飘荡，像极了童话里美丽的公主。我闭上眼睛努力回想，却无论如何也想不起她的样子。

眼泪顺颊而下。

沈迪把车停到了护栏边，率先甩门下车。

我走下车，看见不远处的黄色方形石柱上用醒目的红色油漆写着几个大字——私人沙滩，外人莫入。

"哼！"

很显然，沈迪也看到了那几个字。但她视若无睹，双手抓住护栏，动作敏捷地翻了过去。我四下张望一番，确定无人后，本想学着她的样子来个帅气的翻越。结果，事实却再一次残酷地证明，沈迪的帅气不是人人都能学得来的。

我双腿跨过护栏的时候卡在了U型栅栏中间，挣扎了很久，还是翻倒在地，脑袋像只鸵鸟似的栽进了沙子里。我用了好久才从沙滩上爬起来，重新捡回甩出去两米远的鞋子。而彼时的沈迪已经走到了海边，只见她弓起腰，朝着海对面若隐若现的小岛声嘶力竭地大喊了一声："啊——"

她那一声长啸底气十足，却又夹杂着那么一丝凄惨，那么一丝不甘。

她喊完一声后，便一屁股坐进了冰冷的海水里，我用了很大力气才把一会儿哭一会儿笑的她拖出来。

在我记忆中，那一天的沈迪比章西还疯狂。

她甚至绞尽脑汁，用仅会的几个单词，在沙滩上写下了一句巨大的英文，外加二十几个感叹号。

"Come back !!!!!!!!!!!!!!!!!!!!!!!!"

回来！

我不知道，那句话她是写给死党章西还是写给那个自卑的修车少年，或者是写给已经朝着相反的方向走了太远的自己。

我只知道表面风光无限的沈迪现实中好像只有章西这一个可以掏心掏肺的好朋友；我只知道她在夜里，会偷偷啜泣；我只知道，那个修车少年离开后的好多年里，沈迪再也没有谈过恋爱，她衣柜的角落里，还留着那件叠得工工整整的雪白衬衣。

"沙滩上的那两个女孩，这里是私人沙滩，如果不是蔷薇花墅的住户请马上离开！"

不知何时，不远处设在崖边的保卫室里冲出来一个保安，正手持扬声器，对着我们大喊。

这一下彻底惹恼了沈迪，只见她嗖地一下站起身，沾着一屁股细沙大步流星地朝着崖边走去，一边走一边朝着对方大喊："最看不起你这种狗眼看人低的家伙了，去，去问问你们8号住户吴启明吴总，问问他，我！沈迪！有没有权利来这里玩儿！"

小保安似乎被她的气场唬住了,犹豫了片刻后,回到了玻璃瞭望台里打电话,再也没出来。

我没去问手眼通天的沈迪那个吴总到底是谁,我只是担心地问道:"姐,你不怕吴总的太太听到吗?"

眼前的沈迪笑得更放肆了,她笑了一会儿,凑近我的耳边,轻声对我说:"告诉你一个秘密哦顾小庄,吴启明是个女的!"

然后,我便躺在沙滩上跟沈迪一起放声大笑起来,我笑的时候其实心里是有那么一点点难过的。我难过的是,这位叱咤商场,不可一世的"沈小刀",终究还是弄丢了那个小小的修车少年。

2 <<<<<

纵然,遇见你之后,我的花园里只在漫布的荆棘之上,长出零星细小的花朵。也好过,遇见你之前,整个世界荒芜一片。

第三次摸底考试中,沈一辰取得了全校第47名的好成绩。

按照这个排名,两个月后的高考,他应该能够考进我所在的G大。

在儿时玩伴组成的微信群中,沈一辰似乎有些飘飘然,居然大言不惭地用"我们家小庄"来称呼我,他要我和沈迪在周末准备好饭菜,自己要"大宴八方"。

他还私信我说,最好请梁寒一起去,他要用事实告诉梁寒,梁寒的好日子到头了。

我当然没有请梁寒。

我有什么理由请他呢,沈一辰请的那些人中他根本一个都不认识。而且,就算我去请,也没把握能请得来。

沈一辰宴请名单上的人,大部分都是在G市的同学或者儿时玩伴,其中很多人小时候都欺负过我,后来全被他一一驯服。

而前来赴宴的人中最让我大跌眼镜的就是程铁了,我要是告诉你程铁那天是开着一辆巨大的挖掘机前来赴宴的,你会相信吗?

轰隆隆的挖掘机旁,穿着一身蓝色工装,戴着黄色安全帽的他拍了拍挖掘机的铁壳,大声地对我们喊:"豪车,一百多万呢!"

他的那句话差点儿没把系着围裙的沈迪笑趴下。

他告诉我们,那天他正好在沈迪家附近的工地干活,晚上必须留人睡在挖掘机里,免得有人偷柴油。他没找到顶班的工友,索性直接把车开到了沈迪家门口。

而令我万万没想到的是，沈一辰居然会请章帆来，而且不知何时开始，两个人好像已经变得关系很好。直到那时，我才隐约明白了为什么沈一辰会那么了解我在学校的所作所为。看样子，他们俩私底下早就串通好了。

我唯一请的一个朋友是许艺橙。之所以请她，是因为她爸是特二级厨师，从小耳濡目染的她能做一手好菜。

不负众望的，许艺橙那天用自己的手艺证明，以后谁要是娶了她这样的女孩子，肯定会以光速变成一个可爱的大胖子。

那一天，吃得开心的沈一辰破天荒地允许了姐姐买酒的请求，并且自告奋勇拉着我骑上许艺橙的电瓶车去采购。

明明距离沈迪家不远的地方就有一家小超市，而他非得载着我去十几里以外的大型商超。一路上，他骑得飞快，口哨声满天飞，意气风发，张扬无比，就好像取得47名的他已经征服了全世界的名牌大学一样。

他大声地对我喊："怎么样，我就说我肯定能考进你们学校吧，要是能跳级就更好了！"

有时候，我特羡慕这种人的盲目自信，我不愿打击他，双手紧紧抓住电瓶车后座，仰起头，看着马路两旁被雨水洗得一尘不染的白杨树叶。

初中时，他也是这样骑着一辆自行车载我放学回家的。

那时，我们一行人的笑声能洒满一路，心中也装不下那么多想起来就会轻声叹息的事情。

可悲的是，那时的我还固执地盼望着长大。我傻傻地认为，长大后，只要我们能像书中写的那样对着往事潇洒地打一个水漂，小时候的那些苦难、梦魇就都会沉底。后来，我才绝望地发现，这世上也许永远都找不到那块可以穿过海洋的石头。

车子划了一道漂亮的弧线，在停车场附近的充电桩前停下。沈一辰跑到不远处的小店里换了两个硬币，刚回到充电桩投进去，就看到梁寒和他妈妈了。

彼时，他们母子正从停车场内的一辆车上一前一后地下来。

梁妈妈穿着一件奶白色的风衣，虽然已人到中年，但依然风韵不减。我立马联想到我的妈妈，如果当年没出变故，她应该也是这么美丽优雅吧？

看见我和沈一辰后，跟在妈妈身旁的梁寒微微一愣，旋即向我们礼貌性地点了点头。

"嘿，那么巧啊梁寒，我带女朋友来买点儿东西！"

居心叵测的沈一辰故意向我靠了靠。

也许是错觉,我似乎看见梁寒在听到"女朋友"三个字的时候左边脸颊轻轻抽搐了一下。

"梁寒,他们是你同学吧?你们好。"不等梁寒回答,梁妈妈已经上前一步,伸出了右手。我连忙向前,伸出手去,却被沈一辰猛地拽了一下。

我听见他小声地从牙缝里挤出几个字:"那么着急搞好关系干吗?"

我的脸一下红到了脖子根。

对面的梁妈妈和蔼地笑了笑:"看样子你们还有故事哟?"

然后她示意梁寒陪我们聊,自己走进了商场。

明明很尴尬的场面,却被梁妈妈玩笑似的一句话轻易化解,看样子,成功人士的太太在待人接物这种事情上真的是游刃有余。

见妈妈走远,梁寒歪着脑袋看了沈一辰一会儿,饶有深意地笑了一下,缓缓地走掉了。

望着消失在商场入口处的梁寒,我猛地推了一下自我感觉良好的沈一辰:"有完没完了,沈一辰,从我刚进G大开始你就别出心裁变着花样地羞辱我,这样做有意思吗?谁是你女朋友啊,我什么时候答应你做你女朋友了?"

我的情绪很激动,声音越来越大。

眼前的沈一辰本想反驳,但看到我情绪激动后一下子就蔫了,憋了许久才说出一句:"我以为有些事情是明摆着的。"

我懒得再理这个自以为是的家伙,转过身独自向着商场相反的方向走去,商场我是不敢进了,要在商场里再次碰见梁寒母子那就更尴尬了。

我掏出手机约了一辆车,站在商场侧门口等车。我看见商场对面的金融大厦最顶端立着一个巨大的广告牌,上面写着——G市梁氏集团新推34平米到99平米精品SOHO,背山观海,毗邻蔷薇花墅,拎包入住首付仅需8.88万。

看来,靠海产品和农产品起家的梁氏集团,已经开始涉足眼下炙手可热的房地产了。

仔细想来,从脚下到楼顶广告牌的长度就是我和梁寒的距离吧。

从他的位置看我,完全是可以用"俯视"这个词的。对我来说,他就像是一个生活在云彩之上的男孩,我努力踮起脚尖,伸长了胳膊,也终难碰触。

不知何时,网约车已经开到了跟前,见我一直望着对面的广告牌发呆,按了好几次喇叭:"顾小姐?你是顾小姐吗?是你约的车吗?"

我连忙收拾起碎了一地的自尊,钻进车子里。

司机是个健谈的年轻人,他看我一直盯着广告牌,笑道:"他们说的好听,首付不到十万，怎么不提月供多少呢？你是大学生吧？看来你暂时还买不起。当然，我这个开车的，肯定也付不起哟。"

我斜了一眼这位年轻的司机，要是告诉他我曾经住过蔷薇花墅，他肯定会把我当成虚荣心作祟或者幻想症患者。

"其实也没必要羡慕那些有钱人，就拿这位商界大佬梁子安来说吧，当年还不是把几个合伙人坑得家破人亡，自己撇得一干二净，从此才发家的？他们这种人，晚上睡觉肯定都得睁着一只眼吧。"

沈迪曾说过，在G市每一位出租车司机都是无所不知的"私家侦探"，他们的话要挑着听，不能全信也不能不信。

因为他话中提到了梁寒的父亲，本来没打算接话的我难免产生了兴趣："坑了谁呢？"

小司机猛按了几下喇叭，超过一辆挂着实习标的跑车后，悻悻地说道："这些有钱人真是大胆，实习期开这车出来不是明目张胆地'谋财害命'吗？"

在将那辆豪车远远地甩在远处后，他透过后视镜看了我一眼："据说当初跟他合伙做生意的有十几个人呢，后来那公司涉嫌非法集资，被抓进去好几个，有几个跑了。其实主谋是梁子安，不过人家有关系啊，后来不光没担任何责任，还走了个拍卖流程，低价买来了那几个人的产业，从此独霸一方！对了，据说他现在住的别墅就是以前一位合伙人的。"

"蔷薇花墅？"

"对对，就是那什么花墅！"

听到此，我的脑袋"嗡"的一声大了起来，我想起了因为非法集资跑路的父母，想起了小时候的家，想起了青牛镇那一个个被我爸坑惨了的父老乡亲。

不会的，不会那么巧的。

车里，再也听不进任何一个字的我一遍遍地给自己打着麻醉针，这种民间传言真的能相信吗？眼前不停地浮现出小时候的情形，爸妈离开时那场滂沱大雨、漫山遍野的蔷薇花、被同伴们绑在电线杆上的小女孩……

下车后，我给出租车司机评论是这样写的：*技术不好、路怒症、危言耸听、吹牛皮！*

沈一辰是在半个小时后回到沈迪家的，在看到我安全到家后，脸上露出了如释重负的笑容，没脸没皮地挤到我和许艺橙身边，用胳膊撞了撞我说："我想了想，今天的事

情是我过分了。顾小庄，别生我气好不好？"

我的脑海里一直盘旋着小司机的那些话，根本没时间跟沈一辰生气，况且，从小到大我早就被他坑得麻木了。

见我不说话，沈一辰又开始了曲线救国那一套："许艺橙，祝你早日拿下梁寒！"

"梁寒是谁啊？告诉你啊沈一辰，不要乱点鸳鸯谱，从今天开始，我要追许艺橙了，早晚有一天，她会成为我女朋友。"

插话那人是程铁，不知道我和沈一辰出去这一会儿家里到底发生了什么，不过，他似乎已经彻底被许艺橙俘获，至少他的胃已经缴械投降。

我本以为他那话是在开玩笑，不过，接下来几个月发生的事情证明沈一辰的朋友跟他一样都是简单的单细胞生物，而且程铁的"单细胞程度"已经达到青出于蓝的地步。沈一辰顶多是蔫坏，挥舞着小铲子偷偷挖墙脚，而程铁，本来就是开挖掘机的。

当天晚上，因为沈迪家人满为患，我只能跟许艺橙一起回到她在城市另一端的家过夜。

那是我第一次看见许艺橙那贴满梁寒照片的"闺房"，搞不清状况的还以为那是洗照片的暗房呢。

台灯上、桌子上、天花板上、墙壁上，甚至抱枕上都印着各式各样偷拍来的梁寒的照片。

我惊讶地审视着眼前的一切，不无担忧地问她："许花痴，你妈不管你吗？"

四仰八叉摔到床上的许艺橙双肩一耸："我告诉我妈这是韩国明星！"

我被她逗得哈哈大笑起来，我说："我要有你这么一个女儿，肯定想把你拖出去，让你流落街头。"

我把鞋子甩到门板上那巨大的"韩星"脸上，翻滚上床，脸却碰到了抱枕上梁寒的脸。许艺橙立马像被侵犯了领地似的把抱枕抽走："你知道搞到这样一张正面照有多难吗？"

我猛地从床上直挺挺地坐起来。

"诈尸啊你！"

"不是，我突然想到了一件事情。也许你能帮上忙。"

"只要不是关于梁寒的，有事尽管说！"

我小心翼翼地说："那能不能和梁寒他爸有关？"

许艺橙的笑容凝滞在了脸上，将抱枕丢向了一边，没想到下一秒她又"扑哧"一声笑了起来："哈哈哈，顾小庄，为什么要提梁寒他爸？"

我正色道:"你不是青山侦探社的骨干吗?我是想让你帮忙查一查梁寒家别墅的上一位主人是谁!"看到我一本正经,许艺橙快速盘腿坐了起来:"你打听这干什么?这跟你一点儿关系都没有吧?"

"哎呀,其实就是想帮沈迪一个忙,她认识一个姓吴的老板,据说原来蔷薇花墅的产业全在她名下,看看她是不是在吹牛。"

我说这句话的时候没敢看许艺橙的眼睛,向来不会撒谎的我,突然发现原来自己还可以这么机智,这么临危不乱。

"真不是为了挖我墙脚?"

"真的!"

"算了算了,不管了,帮你查就是了,小事一桩,咱们社一位成员的妈妈在房管局上班。"

"呼。"我长长地呼出一口气,转身,看着台灯上梁寒的照片,缓缓地闭上了眼睛。

3 <<<<<

*突然间,我若消失在了你的世界,你会不会有一丝慌乱,你会不会在人群里找我,穿过千万张陌生却又熟悉的脸。*

章西的爸爸破天荒地放下架子,叫上好几个人一起到成都去找女儿,是在章西失去联系两个星期之后。

在此之前他们报了警,而警察给他们的回复是——当初跟章西一同进山的探险队全都回来了,只有章西一个人消失不见。

警察还联系了事发当地的搜救队,结果一无所获。

章帆也跟爸爸一起去了成都。

他去成都之前还专门来我们班把梁寒叫了出去,梁寒刚一出教室,就伴随着女生们的一阵尖叫,他被章帆一个勾拳打倒在地。

我和许艺橙一前一后条件反射似的冲出了教室,分别抱住了章帆的两条胳膊。

此时此刻,梁寒已经捂着肚子从地上缓缓地站了起来,在看到我们拼命把章帆拖走后,不光没有见好就收撒腿就跑,反而一步步地跟了上来。

"你傻啊,快跑!"

我对着梁寒大喊大叫,而他仿佛根本没有听见似的,依旧不远不近地跟着我们。

"顾小庄,你从小被寄养在奶奶家,没人教你分辨是非是不是?难道你看不出来我妹妹就是因为他才不回来了吗?你难道不知道她受了多少委屈!"

双手被缠住的章帆恨不得用牙咬我了。

而听了他的话,对面的梁寒终于停下了脚步,在看了凶神恶煞的章帆一眼后,目光最终停留在了我身上:"章西又失踪了?"

我张了张嘴,不知道该如何回答他,最终只能难过地点了点头。

"对,又失踪了,就是上次跟你见过面之后!"咬牙切齿的章帆大声回敬,终于找到一个让我和许艺橙分心的机会,猛地甩开了我们二人,向前冲去。

第一拳,梁寒没有躲。

第二拳,依旧没有躲。

他高高举起胳膊打算打下第三拳的时候,已经有鲜血从梁寒嘴角处泛出。然后,"咚",第三拳打在了扑上去的我的头上。

一阵眩晕,我趔趄了几步,被梁寒扶在怀中,缓缓地靠在了墙上。许艺橙一下子横在章帆面前,大喊大叫:"专打人家脸,你是不是妒忌啊你!"

章帆没有理她,在撂下了一句话后,恨恨地走掉了。

"这次要是章西找不回来,我跟你没完!"

狼狈地坐在地上的我渐渐恢复了神志,对梁寒惨然一笑。

他努力扯了扯嘴角,却不知道该怎么回应我。

"章西是怎么失踪的?"

我深吸一口气,看着他的双眼说道:"那天,她在阶梯教室外抢了我的钱就走了,据说,她在成都参加了一支探险队,然后再也没回来。"

梁寒的眉头皱得很紧:"像她那种自以为是的人早晚会出事的。"

我知道,他还对章西存在深深的误解,可是我又不能食言将真相和盘托出,只能无奈地笑了笑道:"你不要这么说她,以后也许你会后悔的。"

梁寒缓缓地站起身,转身望向了远方,许久,才对身后的我和许艺橙说道:"你们女孩子是不是都认为只要自己对一个人付出了真心,就必须得到回报?难道这就是真正的公平吗?呵,道德绑架!"

说完这句话,他就头也不回地沿着拐角的楼梯向上走去。

我知道,六楼有一个冷冷清清的办公室,是他受伤之后独自休养的地方。

其实,他的那句话我能理解,特别是经过差不多一年的大学生活过后,我和沈一辰不也正是如此吗?他的确是对我好,可是却从未问过这种好是不是我需要的。

此时，教学楼顶的大钟敲了三下。许艺橙突然使劲拍了一下脑门："坏了坏了，社里今天下午三点钟有会，我要迟到了。"

望着急匆匆向着青山社办公室方向跑去的她，我扶着墙缓缓地站起了身，贴着墙角向前走，楼梯口，我抬头向上望了望，最终，还是鬼使神差地向着六楼走去。

副校长办公室的房间外，我试探了很久，才弯起食指敲响了房门。

"你在里面吗？"

屋里没有反应，我叹了口气，转身离开，刚走了两步，身后的门突然"吱呀"一声打开了。

"你也认为章西离家出走应该怪我？"

房间里，梁寒开门见山。

我摇摇头，又点点头，忐忑不安地望着背对着我站在阳台上的他。

"很多事情你不了解，我欠章西的，我爸已经补偿了，而且补偿远远高出他们的损失。"

我知道，他是在说章爸爸拿了钱之后另立门户的事情。

有那么一秒钟，我几乎就要将章西的病情告诉他了，也许是因为那个诺言，也许是因为自私心理作怪，最终我还是选择了沉默。

"是她始终不明白，有些事情强迫不来的。"

说到此，他突然转过身，双眼直勾勾地盯着我："你应该能看出，我不是那种擅长解释的人，但这件事情，我唯独不希望你误解。"

我不知道他那话具体什么意思，因为不敢多想。

我看见西斜的阳光将楼顶钟塔的影子映到了他的胸前，仿佛一把黑色的利剑直直地插入他胸膛。而我，想要变成一缕阳光，照进他的世界。因为很久很久以前，我就觉得性格阴郁的他肯定有难以启齿的苦衷，可是又不敢去问。

我局促不安地站在原地，不知道该如何把话题继续下去。

他仿佛看出了我的为难，自言自语地说道："章西以前也经常玩失踪，玩够了就会回来的。"

我上前一步，下定了很大的决心才试探着问他："也许，我是说也许啊，也许你爸爸的确有做得不对的地方呢。"

说完这句话我本来以为他会反驳，可万万没想到他居然冷笑了一声，转过身去背对着我说道："他做的错事太多了！"

言语之间，竟充满了浓浓的恨意。

我不敢再往下说,只得木然地站在原地,等待着他下一句话。

不知过了多久,想到了什么似的梁寒猛地转向了我:"顾小庄,你能做我朋友吗?"

我被他问蒙了,一时间不知道该如何回答。我听见向来少话的他一反常态地解释着:"是做普通的朋友,其实除了你之外我也没有任何朋友……"

说话间,他的脸上居然浮现出了一丝乞求,就像是小时候被小伙伴们排除在圈子外不愿意一起玩的我。

那一刻,我突然有些难过,突然有种同病相怜的感觉,轻轻地点了点头。

他嘴角那一丝真心的笑意一闪而过,却掩饰不住眼中孩子般单纯的兴奋:"谢谢,谢谢你,顾小庄。"

我成了梁寒的"朋友",其实内心里我早就把他当成了朋友,而他却非要当着我的面下一个正式的"通告"。

也许,这也正暗示着"高高在上"的他,是多么孤独,多么缺乏安全感。

当然,这件事情我没有告诉任何人,包括早就要求过我,关于梁寒的一切要一字不落向她汇报的许艺橙。

不过,自从上次一起去参加了沈一辰的庆功宴后,许艺橙就惹上了一个大麻烦。这麻烦就是程铁,我们本来以为他上次说要追许艺橙是闹着玩的呢,没想到这家伙居然来真的。

一段时间以来,程铁总是隔三岔五地往沈迪的手机店里跑。

因为他从沈一辰那里打听到我和许艺橙周末会一起到店里打工,那时候许艺橙看上了一款智能手机,沈迪答应她只要她卖出10部手机,就送她一部。

事实上,在我作弊把自己的订单转给许艺橙,帮她一起为沈迪卖出第六部手机的时候,许艺橙就得到了那款朝思暮想的手机。

许艺橙得到那款手机是机缘巧合,也可以说是程铁"吃饱了撑的"。

那个周末,我、许艺橙还有"义工"程铁一起搬着桌椅去电子城广场上搞促销——买手机送话费活动。结果,沈迪店对面手机店的老板四眼刘玩得更离谱——吃包子送手机!而且送的手机正是许艺橙最想要的那一款。

然后,心猿意马的程铁就趁我们不注意当了叛徒。

当我们发现穿着沈迪手机店宣传衣的程铁不知何时已经登上吃包子大赛的擂台时,一切都已经晚了。

对方那眼疾嘴快的主持人连忙用高分贝音响大喊:"快看,重量级选手登场了,这位帅哥可是对面手机店的营业员,如今也加入了比赛,这意味着什么,大家心知肚明了吧!"

望着程铁面前那一筐白花花的肉包子,我眼珠子都快瞪出来了,而许艺橙居然还在手舞足蹈地为他加油。

擂台上的程铁一直拼到最后,当台上只剩下他和一位买菜大妈时,他已经吃了整整六笼小笼包。

你不知道他无辜地看着对面大妈时的眼神有多迷茫,似乎是在问那大妈:"阿姨,智能手机你会用吗?该买菜买菜去呗。"

好在气喘吁吁的大妈终于停了下来,连连摆手,最终笑骂着走下了擂台。而象征性地将最后一个包子含在嘴里的程铁一屁股坐在了地上,朝着我们这边不停地挥着剪刀手。

吃包子大赛冠军程铁是被两名工作人员搀扶着走下擂台的,当他蹒跚着脚步将那部崭新的手机交到许艺橙手中时,气氛庄严得像是在教堂里交换戒指。

许艺橙两只眼睛里放着光,小心翼翼地将手机捧在掌心。

"怎么样,许艺橙,我为了你连胃都拼了,你就答应做我女朋友吧?"

程铁的话让我"扑哧"一声笑了出来,连忙躲到一边看着这一对妖孽。

许艺橙的眉头皱成了一团,痛定思痛,最终还是缓缓地将手机送回到了程铁面前。

"我有男朋友的。"

摸着肚皮的程铁有些猝不及防,却迟迟没有接过手机,最后把手机往许艺橙面前重新一推,笑着说道:"我可以等的,可以一直等到花儿都谢了,果子都结了。"

那一天,许艺橙把手机寄存在了沈迪的店里,要沈迪帮程铁卖掉。

那一天,程铁养成了一个毛病,以后,只要一见到许艺橙,打招呼的第一句话必是:"许艺橙,你们家花儿谢了吗?"

4 <<<<<

某些故事还没有开始就注定已经结束。某些书,才刚刚翻开了序言,就已经看到了结局。

五月的G市已经有了炎夏的感觉,好在一早一晚,海风从三面袭来,带给人们惬意的凉爽。

此时的沈迪又把目光瞄向了手机店门口的那块空地,决定搞一个热火朝天的海鲜大排档。

为此,她还专门花重金聘请到了许艺橙的老爸——许大厨。

她盘算着把大排档搞得红红火火,不但可以赚钱,还能顺带着提高手机店的人气。

要说在商场摸爬滚打了这么多年的沈迪的确会钻营,短短两个星期,不但大排档每天人满为患,本来夜间不开门的手机店营业额也直线上升。

某天夜里,坐在手机店里看着门外熙熙攘攘人流的她,突然长叹一口气,转身对正在收拾柜台的我说:"章西要在就好了,肯定每天都会带着她那一帮小朋友来给我捧场!"

我微微一笑,没有回答。

这些日子,我好像在刻意回避"章西"这两个字似的,一想到她,胸口的某个地方就会猛然疼一下,像是被一只手突然握紧。

不远处,程铁正在任劳任怨地帮许爸爸打下手,他还曾大言不惭地要认许爸爸当师父,好在爱惜手艺的许爸爸没有答应他,估计在他的心目中开铲车的人跟挥铁铲的人本质上还是有些区别的。

但是,程铁的勤劳麻利很显然博得了许爸爸的好感。

从这一点来看,我不得不佩服程铁的迂回进攻的能力。

而彼时,系着小围裙充当服务员的许艺橙已经用上了那款心仪已久的手机。手机名义上是沈迪给她的奖励,其实是程铁暗地里资助的。程铁还曾把手机的后盖打开,用从电子维修系同学那借来的小烙铁,在盖子内侧烙上了一个心形,心形的里面写着两个字母——CX。

我不知道,许艺橙要用多久才能发现这个小秘密。

他们之间的秘密是那样温暖,让人想起来就忍不住会微笑。

而章西和梁寒之间的秘密,却是那样让人绝望,让人心疼。

请假去四川找妹妹的章帆失望而归回到学校的那天,我和许艺橙都很紧张。好在,我们等了整整一天,章帆也没有来找梁寒。

快放学的时候,梁寒的微信发过来。

没找到她,对不对?

我打了很多字,本来想要安慰一下他,到最后却又全部删除,只发过去一个:嗯。

我掏出书包里的小镜子,放在身体左侧,偷偷观察坐在后面的梁寒。

我看见，看到微信的他轻轻叹了一口气，将目光转向了窗外。

他的头发有些长了，已经盖到了耳际，教室里的空调没有开，空气有些闷，细密的汗水布满了他的鼻尖和微微皱起的眉头。

沿着他目光的方向看过去，窗外是一道蔷薇花栅栏围墙，越过围墙是一条有很多卖水果的小商贩的街道，街道往东几公里是亟待开发的G市棚户区，沈迪租的房子就在那里。再往东就是大海了，据说不久的将来那里要建成第四海水浴场。隐约地，还能看到远处海牛岛上白色灯塔的塔尖。

我合上小镜子，惴惴不安地等待着放学铃响。

放学后，一旦踏上那辆等在门口的奥迪车，梁寒就彻底安全了吧。

如果第一天章帆没来找他麻烦，以后再来找碴的概率就小很多。

好不容易放学铃声响起，吵醒了美梦中的许艺橙。

"放学了，放学了吗？章帆没来？"

一下子坐起的许艺橙四下张望，发现的确没有章帆的身影后长舒一口气，捅了捅我的胳膊："感谢你帮我放哨哈，看样子梁寒又逃过一劫。"

我一边笑一边收拾书包，一边用眼睛的余光观察着梁寒的动向。

今天的他好像在故意磨蹭，等后排的人几乎走光后，才缓缓地走到我和许艺橙身边："能不能帮我约一下章帆？"

"自投罗网吗你？"许艺橙率先喊了出来。

跟她一样，我也几乎不敢相信自己的耳朵，在确定他不是在开玩笑后，我犹豫不决地点了点头："什么时候，去哪？"

"就现在吧，地点他定。"

他说得那样笃定，就像是一个视死如归的战士。

我打电话给章帆，电话的那头却陷入了长时间的沉默，许久，才冷冷地回了句："我不认识梁寒！"

我的电话开着免提，章帆的话梁寒和许艺橙都听到了。

许艺橙吃惊地张大了嘴巴，而梁寒脸上的表情却没有丝毫变化。然后，转身，缓缓向门外走去。

我和许艺橙面面相觑，直到他已经消失在视野中，才交换了一个"这世界真微妙"的眼神。

熟悉的微信提示音响起，我连忙打开手机，屏幕上显示的是章帆发过来的一张短信截图。短信是章西发给章帆的——

章帆,告诉章同书不要再找我了。给我几个月时间,等我想明白一些事情,我会变成你们想要的样子,我会回到他身边,做一个听话的乖女儿。我会忘掉梁寒,彻底将他从我的生命中剔除。也希望,你永远不要再以任何方式让我想起生命中还有这样一个人。让我们一起忘掉过去吧。章西。

短信是用一个陌生的号码发到章帆手机上的,他将电话打过去,接电话的却是一个男人,他告诉章帆,就在刚才,一个戴墨镜的女孩借他手机发了一条短信,还非塞给他十块钱。

所以,以后不要再跟我提梁寒这两个字。

看着章帆的微信,我突然有些茫然。

我明白,梁寒之所以主动约章帆,是想早点儿解决这件事情,免得心烦,当然也有对章西的担心。而章西干吗突然之间要跟他断绝联系呢?从她以往的种种表现来看,她绝对没那么容易放过梁寒,跟他两清的。

反倒是一直眉头紧锁的许艺橙一语惊醒梦中人——"这都想不明白吗,章西只有这样说,章帆才不会再找梁寒麻烦!"

我还在恍惚,许艺橙已经把我的手机夺过去,趁热打铁般替我打字回复:是男人就说到做到!

她是在利用这个方式为梁寒"永绝后患"。

章帆的微信很快发过来:自求多福,顾小庄!

刚刚被海水洗礼过的夏夜,风吹过云端,发出"呜呜"的声响,星空就像是一个干净透明的玻璃罩,罩住了G市的霓虹,仿佛暂时封印了所有有关年少的欣喜与忧伤。

沈迪租住的四合院的平房顶上,吃着草莓的我平躺在巨大的床垫上,透过薄雾般的蚊帐看向低垂的夜空。我的身边放着手机,我每天都在等着一个人的微信或者电话,但是少言寡语的他仿佛忘了我这个"朋友"的存在。

酸甜的草莓,似乎正是他给我的感觉。有些讨厌这种暧昧不明,又似乎有些喜欢上了这种滋味。

我坐起身来,探出头看向下面热闹的四合院。

院子里,许爸爸做了一大桌丰盛的晚餐,庆祝几周来大排档运营成功。这种场合自然缺不了想要见缝插针的程铁和劳苦功高的服务生许艺橙。

本来沈一辰也是要来的,可是,他下个月就要参加高考,被沈迪强行喝止了。

我之所以躲到楼上来,是因为不太喜欢沈迪请来的那几个朋友,还有程铁那张时刻不忘讨好许家人的嘴脸。他难道看不出来吗，许艺橙对他那张粗犷的脸不感冒。

听着下面嘈杂的声音，我缩在蚊帐的角落里，戴上巨大的耳机，把iPod（苹果音乐播放器）调到最大音量。

这个白色的iPod是章西落在沈迪家的，是最老旧的款式，昨天是帮沈迪大扫除时，她从沙发缝里抠出来直接甩给了我："算这个月的奖金了！"

事实上，她总是善于这么"借花献佛"，许艺橙的新手机，我的iPod，诸如此类，林林总总。

我清楚，iPod名义上是给我了，实际上是让我替章西保管，沈迪家人太杂，放在那里说不定什么时候就丢了。如果真丢了，章西回来说不定又得讹她一部新的。

舒缓的音乐声响起来，王菲的声音如泣如诉。

我本以为章西这种女孩肯定喜欢德国战车、枪炮玫瑰之类的重金属的。

可是，她的iPod里却全是抒情的悲伤情歌。

而其中一首歌，我听着听着就哭了。

我从来不曾抗拒你的魅力

虽然你从来不曾对我着迷

我总是微笑地看着你

我的情意总是轻易就洋溢眼底

我曾经想过在寂寞的夜里

你终于在意

在我的房间里

你闭上眼睛亲吻了我

不说一句紧紧抱我在你怀里

我是爱你的

我爱你到底

生平第一次我放下矜持

任凭自己幻想一切关于我和你

……

不知道为什么，听到那句"生平第一次我放下矜持，任凭自己幻想一切关于我和你"时，我眼睛一热，鼻子一酸，泪滴不知不觉就落下来了。

紧紧握着iPod的手一直在发抖，第一次见章西时的情形再次浮现在眼前，想起她病情发作时狼狈不堪的样子，想起她一个人闭上眼睛张开双臂向着楼顶边缘走去，然后在

算好的距离停下脚步,蹲在地上压低声音啜泣……

她曾是那样霸道、开朗的姑娘,她家世良好,却宁愿为了一个男孩放下自尊和矜持,甚至不惜与家人决裂,纵使得不到丝毫回报。

受了伤之后,也是选择一个人静静哭泣,一个人疗伤。

尽管如此,还要时时维护着他,替他着想。

夜风不凉,我却感到那么冷。

我胡乱翻出手机,一遍又一遍拨打那个早已打不通的电话。

我不知道她现在会在哪里,我只知道,她的身边没有一个朋友,一个亲人。

我只知道,她固执地选择了一条最难走,荆棘丛生的路途,因此诀别了其他所有风景,所有温暖的阳光。

那一刻,我突然感觉自己很幸福,虽然从小被爸妈寄养在奶奶家,可是却从来不缺少疼爱我保护我的人:爷爷、奶奶、沈一辰、沈迪,我也不缺少朋友:梁寒、程铁、许艺橙。

我突然觉得,所有真心真意的付出都不该被辜负,至少章西为梁寒所做的一切应该让他知道。

我突然不再担心知道了实情的梁寒会转向章西,如果真是那样的话,我甚至会祝福他们。因为,相对于章西来说,我能为他做的实在是太少,太渺小了。

我闭上眼睛,关掉iPod,努力使自己平静下来。

我第一次拨通了梁寒的电话。

我记得清清楚楚,电话是在响了四声后被对方接起的。我不敢等他先说话,怕自己一犹豫改变想法,我一股脑地将方才重复了好多遍的"台词"说出。

"你在哪儿?我来找你,有话告诉你,关于章西的很多秘密!我不希望你再误解她了!"


那天晚上,我和梁寒见面的地方,是一家网球俱乐部。

我站在铁丝网的外面,看见他正仰面躺在被灯照亮的球场中间,呆呆地望着天空,似乎在想什么事情。

本来,电话里他是要来找我的,被我回绝了,一是沈迪家住的那间四合院不太好找,二是我不想让其他人看到,免得又平白无故生出事端。

球场的外围种着一排细小的紫藤,它们静静地攀附在锈迹斑斑的铁丝网上,不动声色地绚烂了夏天的某个角落。

"梁寒。"

我喊了一声,躺在球场上的他朝这边慵懒地看了一眼,站起身,将手中天蓝色的方格毛巾搭在肩上缓缓向这边走来。

他一直定定地注视着我,而我有些不敢看他的眼睛,只低头看着自己的脚尖。

"去海边吧,反正也不远,这里太闷了!"

不知道过了多久,梁寒率先开口打破了尴尬的局面,走向一旁,推起停在树下的单车。我没有出声,只是慢慢地走上前去,轻轻地坐在了他单车的后座上。

车子沿着美丽的滨海大道一路前行,潮水在左手边不住地拍打着堤岸,发出"哗哗"的响声。晚归的渔船偶尔会鸣响汽笛,船灯的光芒被起伏不定的海浪分散成零星的一片,与澄澈的星空交相辉映。

梁寒把单车扔在沙滩上,头也不回地向前走去,在一块露出来的礁石上坐下,转头看着缓缓走近的我。

"什么秘密啊?"

我向前一步,咽了口口水,最终狠下心来:"章西很喜欢很喜欢你!"

"这我知道。"梁寒的脸上波澜不惊,转身看向了海面。

我突然被他的漠然刺激到了,声音比原来大了许多:"那你知不知道她有病?"

"她当然有病,没病干吗退学,天天跟那莫名其妙的人混在一起。"

看来,他还在埋怨章西放弃学业,可他怎么不去问问章西为什么会退学?

"那你知道她为什么不去上学吗?是因为她有癫痫,发作起来的样子很难看,她不想在你面前丢脸!"

听到这句话,梁寒猛地转头看向了我,倒映着星光的双眸中写满了难以置信。

"知道她是怎么得上这个病的吗?是因为救你,被车撞了!而你是怎么对她的呢,你冷得就像是一块冰。"

周围一下子陷入了死一样的沉寂,沉寂得甚至能听到不远处礁石缝隙里的寄居蟹吐了一个泡泡的声响。海风也比方才大了许多,吹起他网球衫的衣领,打在下巴上,"啪嗒啪嗒",就像是世界末日倒数的秒针。

我一口气把想说的说完,感觉用尽了全身气力,无力地瘫坐在了潮湿的沙滩上。借着正在靠岸的渔船的灯光,我看见他的眼眶湿润了起来,轻轻地抽了一下鼻子,目光却迟迟不愿从辽阔的海面上收回来。

过了很久很久,身旁的渔船已经被拖拉机拖上沙滩,船夫也收拾行囊走向了远方,他才缓缓地回过头来看着我的双眼,一字一顿地对我说:"为什么是我啊,为什么偏偏

都是我,我不想做现在的自己。你们都觉得我很幸福,可是你们知不知道,那都是表面上的假象。我爸妈其实早就离婚了,但还要虚伪地在别人面前装作很恩爱。我不想让任何人因为我而受伤,我不想章西变成那样,那天被撞的人明明应该是我的。"

那是梁寒第一次说那么多话,整个人看起来好像下一秒钟就要崩溃。

我慢慢地站起身,怔怔地看着他。

他的声音突然变得很小很小,小到几乎是在呓语了:"顾小庄,为什么偏偏又是你来告诉我这件事情?"

我张了张嘴,不知道该怎么回答。

我想用沈迪的招牌动作,轻轻拍几下他的肩膀安慰他,就像是好"兄弟",可是手臂却无论如何也抬不起来。

接着,令我万万想不到的一幕出现了,本来低头自言自语的梁寒居然一下子冲上前来,将我紧紧地抱在了怀里。

他的力气那么大,我几乎无法喘息,更是挣脱不得。

我能清晰地感觉到一滴被海风吹冷的泪水落在我的肩头,还闻到他头发上薄荷洗发水的味道。

我听见他喃喃地对我说:"可是,我喜欢的是你啊,顾小庄。"

我不知道听到那句话时的自己确切是什么感受,是欣喜吗,却明明难过得想要掉下泪来。我张开双手,想要学着他的样子拥抱他,可是,食指只是在他的脊背上轻轻点了一下就触电般缩回。

我把下巴贴在他的肩头,睁开双眼茫然地看向远方,百米外的沙滩边缘是蜿蜒漫长的滨海大道。滨海大道的边缘,是一道道汉白玉栅栏,立在防波堤上面,平日里,有很多老年人会在那里晨练。

而那一刻,我突然一个恍惚,那个名字几乎就要脱口而出了。

彼时彼刻,滨海大道上那个戴着头盔,跨在一辆黄色踏板小摩托上看向这边的女孩,太像章西了。她就那样木然地看着我和梁寒的方向,接着发动摩托,驶出了我的视线。

其实,我看到那女孩的第二秒钟就确定她不是章西了。

章西从来不爱戴头盔的,她的坐骑一向是大马力摩托车,怎么会变成小清新的小踏板呢?

也许,太过思念一个人,就会努力在某个路人身上找属于她的共同点吧。

终于，梁寒的力气小了很多。

我轻轻地把他推开，章西的样子不停在我眼前闪现，明明是来替她讨回公道，如今怎么变成了现在这样的局面。想到此，我不自觉地站远了一步，敏感的梁寒立即意会到了什么似的苦笑了一下。

接着，他把脸重新转向海面，轻声问我："以后还能做朋友吗？"

听到这句话，我的眼泪一下子就流出来了，我朝着他的背影拼命地点头，却分明是在诀别。

某些故事还没有开始就注定已经结束。

某些书，才刚刚翻开了序言，就已经看到了结局。

第四章 / chapter 4

时光曾在我心上
种下荆棘

## 1 <<<<<

倘若你深陷牢笼，倘若我没有力气将那禁锢摧毁，就让我变成一棵能够在春日开出花朵的藤蔓吧，沿着锈迹斑斑的冷硬钢铁，攀缘到你的眉目之间，开出最温柔安静的花朵。

6月，沈一辰参加了全国高考。

在他参加高考的前一天，许艺橙终于查到了蔷薇花墅16号的上一位主人，而结果却令我有些失望。

她告诉我说那座别墅的前主人不是一个人，而是一家公司，公司的名字叫作一彩食品。

我本以为会是爸爸的名字呢，看起来却是丝毫关系都没有。

我甚至怀疑蔷薇花墅16号的确是我的一个梦了，是小时候的我太过思念父母凭空臆想出来的美丽童话。

如今，我和梁寒之间，就连"蔷薇花墅"这唯一的关联似乎也要断了。

这样也好，有些事情本来就不该发生吧。

可是，上课时，我偶尔还会忍不住拿小镜子偷偷观察身后的他。就算许艺橙提到梁寒的次数越来越少，但我每次听到这两个字的时候心跳还是会暂停半拍。

我替许艺橙高兴的是，她言谈间关于程铁的话题越来越多，关于梁寒的越来越少，也许这一点连她自己都没有发现吧。

有一次，沈迪请我们去一家名叫"天娱"的娱乐城唱歌，她甚至跟程铁对唱了一首情歌。

我之所以对这件事情记得那么清楚，是因为他们对唱情歌时，隔壁包厢里一个中年大叔唱歌又大声又难听，时不时地用一首《送战友》把程铁带跑调。在许艺橙面前出了洋相，恼羞成怒的程铁居然直接冲进大叔包厢，求他能不能小声点儿，因为他唱歌实在太难听了。

然后，两拨人悻悻而散。

巧在我们出门不久就在停车场遇到了梁寒。

彼时，他正毕恭毕敬地跟在梁爸爸的屁股后面，给三个商人模样的男子送行。很明显，那几个男人刚刚唱完歌，而且喝了很多酒，一个个面红耳赤的。

最要命的是，在看见梁寒一行人后，程铁努起嘴巴指了指其中一个正要钻进车里的男人，故意抬高声音对我们说："刚才唱歌时就是他把我带跑调的，我说大叔，您没事可以在家多唱唱卡拉OK，别再到这种地方害人了好不好？"

此时，跟在男人身旁开车门的小司机一下子蹿到了前面："小伙子，说话注意点儿，你知道他是谁吗？"

"我管他是谁呢！"

彼时，看见了梁寒的我本来是想上前劝阻的，好在许艺橙先我一步，跳起来一下子拧住了程铁的耳朵。同时，见多识广的沈迪也赶忙上前，压低声音恶狠狠地吼道："你瞎啊，看不见车牌号上的五个8吗，那是黎大宏。"

程铁一听这名字马上就蔫了，可是小司机依旧不依不饶，非得上前跟他理论。

我看见梁寒快速走上前来，拉了一下中年男子的胳膊，轻声说了句："黎叔叔，这些是我同学。"

于是，小司机被中年男子招了回去，面无表情地坐进了奥迪车，跟着其他几辆豪车后离开了停车场。

梁寒一直站在那里等着目送黎大宏他们离开的父亲，我们也定在原地不知所措。

直到几辆汽车的尾灯消失在路口，梁爸爸才正了正衣衫，走上前来，冷冷地对梁寒说："这就是你同学啊，你看你都交了些什么朋友？"

不等梁寒"狡辩"，他便猛地一把将梁寒推进了身边已经打开了车门的车里。

借着路灯投射而来的光芒，与汽车交错而过的瞬间，我看见后排的梁寒一直木然地看着我，像极了一只被困在铁笼里很久很久的小兽，长时间的囚禁已使他完全丧失了反抗的能力。

那一刻，我突然很想冲上前去，把他从汽车里面拉出来，让他回归到年轻人本该有的世界。让他跟我们一样，放肆大笑，放肆悲伤。而不是像现在一样，承担本不该由这个年龄来承担的责任，变成冷冰冰的石头一块。

汽车从我们身边绝尘而去时，程铁才想起什么似的担忧道："姐，我不知道那是黎大宏，据说他有很多手下，特心狠手辣，他们肯定会报复我的吧……"

啪！

沈迪的巴掌猛地拍在他的脑袋上，嘴角一撇，鄙夷道："你觉得你够级别吗？"

我不清楚程铁到底够不够被大人物报复的级别，但是我却从梁爸爸的言行中读出一句话：跟他儿子做朋友，我们这几个人真的不够级别。

在沈迪那辆狭小的车上，沈迪突然想到了什么似的说道："你们发现了吗，今天跟梁总见面的都是大人物，说明梁氏集团要有大动作了。有小道消息说，他们有意开发东

海岸棚户区那块地。顾小庄,你跟梁寒熟,看看能不能从他嘴里套出话来。问他那块地是不是真的要开发了?如果是那样,我得赶紧赚钱把那四合院买下来……"

"她有我跟梁寒熟吗?"

沈迪的话还没有说完,就被夹在后座中间的许艺橙打断了,她信誓旦旦地向沈迪保证:"这事包在我身上了,不出一个星期,我肯定给你查个水落石出。"

旁边的程铁嘟嘟囔囔地说了句什么我没听清,估计是抱怨的话。

我转身望向车外,这座城市正发生着翻天覆地的变化,不远处,那座高高的摩天轮下面,在我刚上大学的时候还是一片花圃,如今不但那里建成了游乐城,就连周围也陆续改造成了一个繁华的商业区。

城市在变,人也在变。

只不过,有些变化潜移默化,有些变化却是轰然倒塌,摧枯拉朽罢了。

口袋里的手机"嘟嘟"振动了两下,我侧转身,打开微信,信息是梁寒发过来的:后天就要放暑假了,我要去成都找她了。

我的第一个反应是快速地打上了三个字"我陪你",最终却没有发出去。

望着车窗外飞速掠过的树影,我突然悲哀地意识到,既然他已经做出了这样的决定,就证明从上一秒钟开始,我已经是这段感情纠葛的局外人了。

如果我真的陪他一起去了成都,找不到章西还好说,若是找到了,章西看见我和他在一起,该怎么想呢?

最后,我只能违心地打了一个笑脸,对他说:一定能找到的。

2 <<<<<

*你曾生活的彩云之上,是我只敢躲在角落里仰望的地方。对你而言,也许风和我都只是过客。*

那年暑假,我再次回到了阔别已久的青牛镇。

我知道,梁寒已经登上了飞往成都的飞机,带着多年来对章西的愧疚,去寻回那个被不小心遗弃在以前某个角落的女孩。

青牛镇老旧的汽车站里,门口卖冰棍的婆婆和那棵被雷劈过的大树还在。

以前,沈一辰几乎每个月都会带我来这里坐车去G市找沈迪,每一次来这里坐车,他都会买两个最古老口味的老冰棍和我分享,那是属于我们小时候的味道,一直未曾改变。

被雷劈黑了一半的大树依旧茁壮，茂密的叶子为笑容慈祥的婆婆遮出一片巨大的阴凉。我接过婆婆递过来的蓝色塑料板凳，吃着老冰棍，听着原本属于章西的iPod，等沈一辰来接我回家。

与G市相比，小小的青牛镇是安静的、缓慢的，就连街边的野狗，也都躺在树荫里懒洋洋地打着呼噜，甚至有人骑车从身边经过，它们眼睛都不会睁开。不像是城市里的野狗野猫，总是在脏兮兮的垃圾桶边翻找着食物，看人的眼神充满戒备，人还未走近，它们已经一下子跳开几米远。

沈一辰的小摩托冒着青烟突突突地驶向这边时，我正在用婆婆的芭蕉扇为她那只躺在竹椅上打盹的老花猫扇风，耳机里播放着的是许茹芸的那首《美梦成真》。

我不知道章西为什么会这么喜欢诸如此类的老歌，我只是觉得其中两句歌词写得挺像她的——我除了你，我除了疯，我没有后悔，我一哭，全世界为我落泪。

将车子停在我身边的沈一辰顺手抱起那只老猫放到一边，唰地一下坐在了吱嘎作响的椅子上，低下头，看到我脸的第二秒突然大喊道："顾小庄，你怎么哭了？"

我连忙摘下耳机，慌乱擦了一下眼睛，站起身，跟他解释道："没什么，突然想起章西来了，挺替她难过的。"

提起章西，沈一辰也一下子失落了许多，站起身一边将头盔递到我手中，一边安慰我说："章西你还不了解啊，放心吧，离家出走她有的是经验，疯够了就会回来的，不会有事的。"

"希望如此吧。"

我接过沈一辰递过来的头盔，跨上了后座。

小摩托开起来，沿途都是熟悉的风景。

这便是与G市相比，我更喜欢青牛镇的地方，G市总是那么匆忙地变成让你感到陌生的样子，除了那一成不变的蔷薇花墅。

而青牛镇，就像是一幅定格在了少年岁月里的山水画，无论你走了多久、多远，只要一转身，它还在原地以故旧的姿态等着你、包容你，就像妈妈渐趋苍老的双手，永不改变的温度。虽然，我已经记不清被妈妈拥抱时的感觉。

镇子边的小桥旁，奶奶已经推着坐在轮椅上的爷爷早早地等在那里，据沈一辰说，今天的晚饭是我最喜欢的肉粽。

看到爷爷奶奶的那一刻，我突然很想哭。

我连忙跳下车来，去帮奶奶推轮椅，我听见奶奶轻声地对我说："小庄瘦了。"

"瘦了，瘦了！"

第四章 时光曾在我心上种下荆棘

精神已经不太好的爷爷不停地重复着奶奶的那句话,眼神里再也没有了小时候的严厉。

"丛柏也该回来了吧?"

顾丛柏是爸爸的名字,爷爷自从一年前中风后,精神也出现了问题,时常提起爸爸的名字。这在以前是绝对不可能发生的事情,以前,他总是把爸爸当成耻辱。

"快了,快了,快回来了!"

奶奶一边善意地欺骗着爷爷,一边拍了拍我的后背,朝我使了一个眼色,跟在我身后,缓缓地向那座老旧的小院子走去。

我的房间已经在沈一辰的帮忙下被打扫一新,装上了新蚊帐,还扯上了网线。电脑是沈一辰从他家里搬过来的,说是怕假期太长,我会觉得无聊。

我感激地看着沈一辰,我知道,我在G市上大学的这些日子里,爷爷奶奶全靠他照顾。

而大大咧咧的沈一辰似乎没有读懂我的眼神,大口吃着奶奶包的肉粽,一边吃,一边对我说:"从小就爱吃顾奶奶包的肉粽,现在还是那么好吃,过几天去找我姐,也要给她带几个!"

我微微一笑,剥开一个粽子,放到爷爷的碗里。

爷爷的眼神浑浊了许多,放在桌子上的收音机里唱着我从小就听不懂的京剧。

门外的麻雀依旧"叽叽喳喳"地叫着,神奇的是,我已经没有小时候那么惧怕它们了,听惯了城市里各种机器发出的轰鸣声,如今反倒觉得亲切。

那一天,我一共吃了三个大而香糯的肉粽。

三天后就是端午节了,饭后,奶奶交给我和沈一辰一个任务,要我们明天去割艾草,青牛镇的传统是每到端午节,家家户户大门口都要插艾草,还要用艾草煮鸡蛋。

"今年的艾草都被别人割掉拿到集市上去卖了,明天你们去后山找一找,实在找不到就去买些吧。"

奶奶一边照顾着爷爷,一边抱怨着艾草难弄。

沈一辰一口咽下嘴里的粽子,拍着胸脯打包票道:"放心吧,我知道哪里有!"

躺在熟悉的木床上,那一晚,望着青牛镇比G市大了许多的月亮,我睡得特别踏实。

第二天,背着竹筐、拿着镰刀的沈一辰一大早就来把我吵醒了。

跟他前一天保证的一样,他果真带我找到了一大片没有被人收割过的艾草。

其实那个地方我也知道,就是爸爸以前的食品加工厂,小时候,我经常跟沈一辰一起翻过锈迹斑斑的大门去那里玩儿,只不过记不起厂房的周围长满了艾草罢了。

在被一把大铁锁牢牢锁住的铁门前，沈一辰朝我坏笑一下，抓住那只铁锁，使劲一拉，变戏法一样，锁头就被他拽开了。

"其实这锁早就坏了，也许从一开始它就没有发挥过作用，不过咱们小时候多傻啊，只知道翻墙。"

工厂里面，依旧像小时候一样开满了各色各样的野花，不过，这里比小时候显得更加破旧、荒芜。

拿着镰刀的沈一辰在前面开路，穿过齐腰深的蒿草，直直向前走去，率先跳到了一个不算很大的瓦砾堆上，指着不远处的暗红色厂房对我说："看，就在那边。"

我小心翼翼地跨上瓦砾堆，沿着他手指的方向看去，果然在厂房向阳的窗外，看到了一大片长势茂盛的艾草。距离地面一米多高的窗台缝隙里，还长出了几株细小的黄色野花，而窗户上的玻璃有一半已经被顽皮的孩子打碎了，剩下的玻璃上布满了灰尘，灰蒙蒙一片。

沈一辰割艾草的时候，我忍不住踮起脚尖向着厂房里面观望。

厂房里空空如也，小时候，那些加工果脯的机器，在厂子倒闭的时候就已经被气急败坏的乡亲们拆掉搬走，当废铁卖掉了。如今，只在空荡荡的厂房角落里，还放着三两个纸箱，很多包装纸从纸箱里掉出来，散落一地。

有几张被穿堂风吹到了窗台附近，低头去看，能看清上面的水果图案和几个大字——一彩食品。

"一彩食品，一彩食品。"

我的口中嘟囔着这几个字，突然想起了前几天拜托许艺橙打听的那件事情，我记得无比清楚，蔷薇花墅16号的上一个主人就是"一彩食品公司"。

我的心怦怦怦地跳个不停，推开虚掩着的窗户，抓住窗棂，奋力爬上窗台，扑通一下跳了进去，捡起一张包装纸，放到眼前仔仔细细，一个字一个字地看。

**G市一彩食品公司，黄桃果脯。**

我一个字一个字地重复，每个字都像是落到肌肤上的一枚火炭。

窗外的沈一辰听到了动静，火速跑到窗子边往里看时，突然异常惊恐地对我大喊道："顾小庄，你的手！"

直到那时我才发现，鲜血已经从我的掌心涌出来，"啪嗒，啪嗒"，一滴滴落在那张包装纸上，瞬间便将其染得通红。

我张开手掌去看，才发现手掌不知道何时被窗户上的碎玻璃割出了一个巨大的口子，伤口几乎横贯了整个手掌，鲜血不停地汨汨流出。

心急如焚的沈一辰已经跳到我的身边，一下子撕开自己的衣袖，扯掉一块布条，不由分说地绑在了我的左手上。他的劲很大，勒得我的骨头都痛了，可是依然止不住血，暗红色的鲜血瞬间就把"绷带"浸透。

也许是因为紧张，豆大的汗滴从他的额头上落下来，落在我的手背上，稀释了红色的鲜血。

我的头微微有些晕，但还是用另外一只手把那张包装纸握得紧紧的，生怕被人抢走。

在手忙脚乱了半天，发现无法止血后，沈一辰自言自语了一句"不行，你得跟我去医院"后，就一下子将我背起，向着停在门口树荫下的小摩托车冲去。

我无力地将脑袋贴在沈一辰的后背上，我能听见他急速的心跳声，工厂离我们越来越远，越来越模糊。

沈一辰加大了油门，大声对我喊道："顾小庄，医院马上就到了，你得坚持！"

其实，我的伤势并没有他想象的那么严重。

青牛镇医院里，那个小时候给沈一辰割过阑尾的医生，帮我消过毒后，在我的掌心缝了四针，还输了液。

医生告诉我，我刚才之所以产生轻微晕厥，主要是被吓的。

然而，虽然是小伤，沈一辰却当成了大事。

他骑着小摩托车满世界去买乌鸡，说是要熬鸡汤给我补血，结果跑遍了整个小镇也没买到。镇子上的肉食店里出售的全是肉鸡，就连比乌鸡稍逊一筹的老母鸡都没有。最后，这家伙一不做二不休，居然跑到程铁家，把程铁他妈正在用来孵小鸡的那只老母鸡给抓来，炖了一大锅鸡汤。

结果，当天傍晚，程铁他妈拎着一篮子"功亏一篑"的鸡蛋，满镇子"追杀"沈一辰，声色俱厉地威胁他，要是他不能成功地将那些鸡蛋孵成小鸡，就别想再回青牛镇。

彼时的我，平躺在床上，呆呆地看着头顶上的四叶风扇，脑子里一片空白。

我转身，将那张包装纸打开，眼泪静静地顺颊而下。

我不愿意相信梁爸爸欺骗的那个合作伙伴就是我爸爸，我不愿意相信鸠占鹊巢的那个人会是对我来说最不一样的人：梁寒。

可是，现在的证据却指向我最不愿意看到的结果。

我不明白，老天为什么要给我开那么大一个玩笑。

"也许只是一个巧合吧，当年爸爸生意失败，说不定法院把房产拍卖了呢，而中拍者正好是梁寒他爸。"

我自言自语地安慰自己，左手掌心的伤口隐隐作痛。

院子里，被程铁妈妈堵住的沈一辰正在大声地给程铁打电话。

他说："铁子，你快回来看看吧，你妈要杀了我，就为了一只鸡，你快告诉你妈，你吃了我姐多少只鸡了啊！"

听着他的话，我忍不住扑哧一下笑了出来。

还好，那个从小护着我的男孩，一直都在，一直都未曾离开半步！

梁寒登机去成都时，破天荒地在微信朋友圈发了一张照片，附上了一段莫名其妙的文字：

*我会试着变成你们想让我变成的样子。*

照片是一条荒芜的分岔路，前方迷雾重重，看不清到底该如何选择，去向哪里。

我突然特别自责，我本应该陪着他，和他一起面对的，他是那样地信任我，把我当成这个世界上唯一的朋友，哪怕是普通朋友。

我打电话过去，空洞的声音提示我，他已经关机了。

我把包装纸举在眼前看了又看，此时，电话响了起来，听筒里传来的是许艺橙的声音："让沈一辰快来G市！沈迪出事了！我没有他的联系方式。"

"怎么了？"我猛地从床上坐起来，冲出房门往沈一辰家跑，一边继续追问。

"哎呀，一两句话说不清楚，你们到了直接来人民医院就行，我到楼下接你们！"

说完这句话，许艺橙就匆匆挂掉了电话。

我推开沈一辰家大门时，他正在院子里研究如何用白炽灯泡自制孵蛋器，听了我的话，连拖鞋都没来得及换，就发动了小摩托。

一个半小时后，当我们在镇子上打车赶到G市人民医院时，沈迪的左腿已经被高高地吊了起来，还缠了很多绷带。

看到这个样子，沈一辰一下子就急了，说话间居然带着哭腔："你这是怎么搞的呀，让你回家过端午，你非得留在这儿，少卖几部手机怎么了，要钱不要命是不是？"

原本躺在病床上玩手机的沈迪被沈一辰吓了一跳，难以置信地看着眼圈发红的弟弟："沈一辰，你有病啊，我又没死，哭什么哭？"

说话间，还顺手拿起床头桌上的芒果朝沈一辰狠狠地丢了过来。

"那你的腿到底是怎么回事？"

沈一辰捡起地上的芒果，重新放回到桌子上，盯着沈迪的伤腿左看右看，伸出手指想碰一下。沈迪连忙缩了一下腿，脚踝却被绑住，疼得龇牙咧嘴："被油炸了！"

后来,我才知道,沈迪的左腿之所以被"油炸",是因为一笔大订单。一家新开的公司在她店里订了十几台笔记本电脑,由于我和沈一辰回老家,许艺橙帮爸爸打理店外的大排档,严重缺人手的她亲自上阵。结果,抱着一只巨大的纸箱出门时,为了躲避一辆迎面驶来的电瓶车,便一下子撞到许爸爸的油锅上了。

"你活该,谁让你赚钱不要命的。"

面对沈一辰心疼的埋怨,沈迪苦笑一下:"这个世界上,人和人生下来就是不平等的,我又不是梁寒,如果想要让自己的家人过上幸福的生活,就必须比别人更努力一些。"

好在,现在她的生意越做越顺,大排档也干得有声有色。

"姐,我求你了行不行?找个男朋友吧,那样,我不在时,也多一个人照顾你。你不知道青牛镇的人都怎么说你。"沈一辰后退一步,站得老远,估计是怕这句话说出后沈迪条件反射给他一记黑拳。

然而,沈迪却一反常态,平静异常:"是哦,我都28岁了呢,也该好好想想这件事情了。"说到此,她突然转向我们,眼中兴奋异常,"你们还记不记得那个修车的小瘸子啊,现在我也瘸了,般配了。现在,他该不会像以前那样自卑了吧?"

空气死一样的静,就连插在玻璃瓶里的小葵花也纹丝不动,仿佛等待着一场暴风雨的降临。

果不其然,几秒钟过后,原本笑容满面的沈迪突然把花瓶推翻在地,朝着一脸死灰的沈一辰大吼:"别以为我不知道当年你们做了什么,小瘸子为什么走啊,还不是因为爸爸找他谈了一次话。不要在我面前装无辜,你也有份。那时,你是不是带着程铁他们经常去他铺子里找麻烦?"

说到此,她顿了一下,突然抬头问沈一辰:"你知道这世上最恶心的一句话是什么吗?"

沈一辰低头不语,不敢作声。

"就是那句'我这是为了你好',你们根本就不是为我好,只是打着为我好的幌子,把我变成你们想要的样子罢了!"

站在墙角的我,突然想起了梁寒发的那条朋友圈,他说他会变成我们想要的样子。因为我们觉得,他只有那样才是正确的,才最符合这个世界的价值观。可是,我们都忘了问问他们,那个样子,到底是不是他们想要的。

沈迪长长叹气时,自觉理亏的沈一辰开始打扫地上的碎玻璃,许久低头轻声回了句:"那时候我还小,不懂事,只是觉得他配不上你。现在,我是不会反对的……"

听到沈一辰这么说，沈迪也不再说话，把脑袋转向里面，背对着我们。

我知道，她哭了，肩膀一抖一抖，静默如同老旧电影里的无声画面。

那一天，众人商议后决定，沈一辰回去照顾我爷爷奶奶，我的左手受伤了，照顾爷爷奶奶不太方便，但是可以用一只手承担帮沈迪端茶送水的轻松任务。

程铁三天后也要放假了，他会帮忙照看沈迪的手机店，而大排档的生意由许艺橙和许爸爸全权负责。

医院的新院区离蔷薇花墅很近，这也是我第二天帮沈迪打饭时才发现的。新院区建在花山脚下，规划得像是一个天然氧吧，不但有特等病房可以长期租住疗养，还为周围几个别墅区的业主提供上门医疗服务。

当然，这种登门医疗服务，价格相当昂贵。

站在窗外，望着对面花山上那一座座熟悉的浅黄色小别墅，我陷入了沉思。

身后，手机游戏玩累了的沈迪已经睡着了，从她微微发出的鼾声可以推断，她短时间内不会醒来。

我的口袋里，还放着那张包装纸。

太多的谜团让我对蔷薇花墅16号的好奇心更加强烈，我决定，趁沈迪睡熟的间隙，再去那里看一看，说不定，能有什么新发现。

我拿起沈迪放在桌子上的墨镜，蹑手蹑脚地出了门。住院的这些日子里，沈迪晚上都是戴着墨镜睡觉的，她有严重的神经衰弱，家里的窗帘密不透光，她受不了病房走廊里常年不熄的荧光灯。

我戴上墨镜，走出医院后门，向着蔷薇花墅16号的方向走去。要说沈迪的墨镜也真够黑的，在我看来，这哪儿是墨镜啊，简直就是两块黑板。

别墅区里很安静，很少看到行人，只有路两旁密度极高的球形摄像头时刻提醒着我——你已进入全方位无死角监控区域，不要产生任何非分之想。

蔷薇花墅16号门口的夹竹桃树似乎比上次更茂密了一些，也许是天气太热，原本拴在院子里的罗威纳犬，此刻也缩回了廊檐下的阴凉处，枕着自己的前腿进入了梦乡。

我扶了扶巨大的墨镜，一步一步，小心翼翼地向前靠近，生怕弄出任何响声惊醒了熟睡的大狗。

接着，一个声嘶力竭的喊叫声就从别墅里传了出来。

"梁子安，你滚，滚！"

声音像是梁妈妈发出的。

"现在儿子不见了,你才知道埋怨我,平常你都干了什么?你除了整天逼着他出入那些他根本不喜欢的场合,培养你口中所谓的人脉,你真正关心过他吗?你知道他根本一点儿都不快乐吗?"

吵着吵着,房间里的女人呜呜地哭了起来。

"你以为咱俩离婚的事情他不知道吗?他早就发现了,只是不愿意揭穿你,给你这个爸爸留点儿尊严罢了!"

吵闹声还在继续,我本以为住在这种高级别墅里的人们个个都很幸福,看来并不是这个样子。

院子里那条本该很警觉的罗威纳犬,在被吵闹声惊醒后,居然只是漫不经心地朝着楼上看了一眼,旋即再次闭上了双眼。看来,它早已对男女主人的吵闹司空见惯。

里面响起了下楼的脚步声,与此同时,等在车库里的司机发动了汽车。

我连忙躲到墙角,心有余悸地向院子里观望。

穿着灰色衬衣的梁爸爸一脸铁青,愤愤地钻进了车里,车子起动,向着门口开去。

"走了就不要再回来,这个家有你没你都一样!"

楼上,梁妈妈一下子推开窗户,把手中的一件东西狠狠地朝着车子掷去。

"当"的一声,那东西砸在天窗上,又被反弹到了铺满青砖的地面上,折射着阳光,很刺眼。直到那时,我才看清,那居然是一根结实的擀面杖。

车子开出来,我连忙背过身,佯装正在朝相反的方向走。

其实,那一刻我本想把车子拦下,告诉车子里的那个男人,他儿子没有失踪,只是去找章西了。

可惜,我没敢。

蔷薇花墅16号里再次恢复了平静,我趴在长满蔷薇花刺的栅栏外面向里看,却再也找不到十几年前喜欢骑在爸爸脖子上的小女孩。

那里,曾经是一座温暖美丽的童话般的城堡。如今,却变成了一座冷冰冰的牢狱。

明明一切都没有变的,就连院子东南角那棵皂角树下,爸爸亲手为我做的秋千都还在。可是,一切又早已面目全非。

泪眼蒙眬间,穿着一袭米白亚麻长裙的梁妈妈缓缓地走出了一楼的房门,径直朝着那架早已生锈了的秋千走去。大狗也慵懒地站起身来,摇着尾巴,跟在她身后,在看见主人坐上了秋千后,再次趴到了修剪整齐的草坪上。

吱嘎,吱嘎。

不知道多久未动的秋千再次荡了起来，铁链绞动，发出刺耳的声响。

那一刻，我简直不敢相信自己的双眼，我惊讶的不是眼前的这位中年妇女像孩子一样荡起了秋千，我惊讶的是她荡秋千时脸上的那种神情，居然像一个小女孩一样，望着白蓝相间的天空，充满了向往又或者说是回忆。

对爱情的向往，对亲情的向往，对幸福的向往。

她是那样优雅，那样美丽。

我闭上眼睛，努力回想妈妈的样子，我的妈妈应该会比她更出色那么一点点吧。

手机在口袋里振动起来，听筒里传来的是沈迪的叫嚣："顾小庄，你还有没有人性啊，把生活不能自理的病人独自留在病房里，我要上厕所！"

我嘴上答应着，连忙把手机关掉，逃也似的离开了蔷薇花墅16号。

如果真的像我看到的听到的那样，梁寒一家处心积虑地把蔷薇花墅16号从别人手中抢了过去，为什么却那么不懂得珍惜，为什么不幸福圆满地生活下去呢？

为什么，偏偏是得到了的人，却不懂得怜惜。

3 <<<<<

*她说，能不能得到是结果，喜不喜欢是经过，这世上只听说经过能改变结果，而结果从未左右过经过。*

沈迪拄着双拐出院那天，下了很大很大的一场暴雨。

本来，医生建议她再多住院观察几天的，可她既心疼高昂的住院费又担心自己的生意。虽然我和许艺橙百般劝阻，最终还是被强迫着帮她办理了出院手续。

住院楼外，大雨"哗啦啦"下个不停，地面上的积水已经没过脚踝。

站在门廊下的沈迪扶住我的肩膀，试探着将包扎得只露出一根大拇脚趾的伤腿伸出去，淋了一下雨，又赶忙缩回："好凉啊。"

"跟油锅比，的确挺凉的。"

拖着一只巨大行李箱的许艺橙不知死活地接话，被沈迪用拐杖猛戳了一下屁股。

一道闪电照亮了整个住院楼，接着一声响雷骤然炸响，许艺橙吓得大叫一声，连忙捂住了耳朵，行李箱沿着楼梯"咕噜噜"地滚了下去。

"高级牌子，很贵的！"

沈迪下意识的反应居然是一把将我推开，想要去捡箱子，我连忙把她拖住，给一直陪着许艺橙的程铁使了一个眼色，让他去捡。

"怕什么呀,姐姐我不怕被雷劈的。"

我明明是怕她淋雨好吗?

"雨水很脏,会感染的。"

我猛地甩了一下她的胳膊,这时她才意识到了什么似的,重新走回了大厅,愤愤地坐在了排椅上,望着外面恶劣的天气不停诅咒。

可是,刚刚坐下几秒钟,许艺橙就像触电一般站起身来,朝门外跑去。只见她站在门口,四下张望着,似乎在找什么人。

"你们刚才看见没?一个穿雨衣的女孩,背影太像章西了!"

"胡说,怎么可能!"沈迪忘了自己的伤势,抬腿踢了许艺橙一脚,结果自己却疼得龇牙咧嘴。

"可能是我眼花了吧。"

许艺橙自言自语着,退回了座位上。

而我却站在楼门口,迟迟没有迈动脚步,我想起了前些天海滩上发生的情形,看来,想念章西的人不止我一个。

要说章西做得也真够绝的,就像是从这个世界上突然消失了一样,就算她不愿意再跟梁寒有丝毫瓜葛,不想被家人找到,也至少应该给沈迪打个电话吧,她难道看不出来,沈迪已经把她当成了亲妹妹吗?

此时此刻,我不禁想起了梁寒,不知道成都有没有下雨,他会不会也没有带伞,像我们一样被暴雨堵在了城市的某个角落。

其实,他临行之前,我本想劝他的,但最终打消了这个念头。因为我知道,他很清楚找到章西的希望渺茫,而找没找到是结果,找不找是经过,这世上从来没有结果能改变经过的。他去找章西,确切地说,是想给自己一个交代吧,让自己能够心安。

外面的大雨似乎没有任何停歇的样子,低垂的乌云仿佛就在楼顶压着,若没有高楼大厦的支撑,就会砸向地面一般。

大厅里,坐在排椅上的三个人自顾自地玩着手机。

就像某本书里说的一样,每个人都有自己的小小世界,都是一座孤单的岛屿。

这世界上,所有的热闹与繁华,鳞次栉比的高楼大厦,觥筹交错的酒吧,熙来攘往的街道,都是由一个个孤单的个体组成,组成了一个个庞大的更加孤单的团体。

在我的心目中,梁寒就是那座孤绝得最彻底的岛屿,在辽远汪洋的最深处,雾与天交接的地方,静静地守望着遥远的灯火通明的彼岸。

外面的雨终于开始变小了,我打了一辆车,众人一起把沈迪扶了上去。

因为担心手机店里的生意,沈迪直接让司机把车子开到了店门口。

店铺二楼的休息室里,摆着一张巨大的双人床垫。床垫是沈迪交代程铁买的,鉴于自己活动不便,她打算这几天直接住在店里。

对于她这种要钱不要命的做法,我无言以对。只得在她的"命令"下,和许艺橙一起回四合院帮她拿换洗的衣服和铺盖。

"对了,你们俩回家翻翻我的衣柜,短裙、短裤之类的衣服你们俩看看谁喜欢就分了吧。"

说这句话时,沈迪的神情非常低落,看了看自己的伤腿:"估计以后我就只能穿长裤了。"

没心没肺的许艺橙兴奋地大叫起来:"沈迪姐,你太好了,爱死你了!"

说着话,她已经冲到了门外,挥舞着手臂打车。

我把目光从沈迪的伤腿上收回,又直又长的双腿曾是她最引以为傲的地方,如今却变成了这个样子,实在让人有些无法接受。

虽然乐观的沈迪没表现出任何伤感,善于自嘲的她甚至把微信名改成了"油炸皮卡丘"。但我知道,她很难过。

后来,我用她的电脑网购时,曾偷看过她的浏览记录,全都是祛疤之类的产品。

在我的印象里,那年夏天,最让沈迪高兴的事情,是沈一辰成功地考进了G大。

沈一辰接到录取通知书的当天,伤已经痊愈的她租了一辆房车,几乎把她认识的所有朋友都塞进车里,拉到了青牛镇。然后,又亲自开车去买了整整一车烟花。

沈一辰简直被这种阵势吓傻了,一边和程铁、章帆搬烟花,一边埋怨:"你干什么啊姐,不就是考上G大嘛,不要搞得跟皇帝登基似的好不好?"

沈迪眼中是掩饰不住的笑意:"你懂什么呀,这才是光宗耀祖呢,知不知道?我要让全青牛镇的人都知道,我们沈家出了一位大学生!"

站在一旁插不上手的我忍不住笑出声来,被沈迪狠狠地剜了一眼。

想来,梁寒的电话,就是在当晚烟花炸响的时候打过来的。

"噼里啪啦"的烟花声中,我捂住左耳,接听他的电话。

他换了新的电话号码,估计是不想让爸妈找到,借这个机会自己也清净一下。

"你在哪儿?那边好像很热闹。"

听到那个熟悉的声音,我的确有些激动,站远了一些,尽量平复下自己的心情:"在老家呢,沈一辰考上G大了,沈迪在庆祝,跟过年一样,你要在就好了……"

最后一句说出口，我立马收了声，那句话完全是下意识说出的，出口才意识到不太合适，心中不停打着鼓。

"呵呵。"

对面的梁寒笑了一下。

我立马转移话题："怎么样？有章西的消息了吗？"

短时间的沉默过后，对方轻叹了一口气："还没有。"

"那你什么时候回来？"

"不知道，其实对我来说，哪里都一样。"

我不禁想起了蔷薇花墅16号里那次吵闹，是的，他说的没错，那样冷冰冰的家庭，的确很难让人产生归属感。对于他来说，倒更像是一座装修考究的牢笼吧。

"砰"的一声，烟花再次炸响。

电话另一头轻声说了句"挂了"，电话就断了。

我抬起头来，仰望夜空中绚烂的花朵，它们拖曳着长长的尾巴，自头顶坠落，转瞬间消失不见，空气中唯余灰烬的味道。

双手在胸前交叉，站在我身旁的章帆，仰望着天空，像是在对我，又像是自言自语般地说道："章西小时候最喜欢放烟花了，每年春节爸爸都会买很多烟花，而点烟花的任务一向都是交给她。"

我眯起眼睛，看着被烟火映亮的夜空没有答话。

"刚才的电话是梁寒打来的吧？"

我点了点头，怕他误会，连忙解释道："他在成都，去找章西了！"

听了我的话，章帆猛然愣住，转头看向了我，眼中布满了凶狠的光："你把章西的事情告诉他了？"

我点了点头，但没想到章帆的反应会这么激烈，他居然一下子冲上前来，激动地说："你不是答应过我把这件事情永远烂在肚子里吗？"

"我觉得章西太可怜了，不想她一直被误解，不想她那么委屈！"

"你也知道她可怜啊，那你有没有想过我为什么不把真相告诉梁寒，我就是不想他仅仅只是怜悯章西。这也不是章西真正想要的！我宁愿他永远只是那个忘恩负义的人，也不要他假惺惺地可怜我妹妹！"

章帆的声音越来越颤抖，表情也越来越狰狞。

好在正蹲在地上点火的沈一辰向这边看了一眼，发现情况不妙后火速冲了过来。

在被众人强行拖走时，章帆朝我大喊："信不信，章西会恨你一辈子的。"

我怔怔地站在原地，不敢说话，我听见紧紧抱住章帆的沈一辰大声叫嚣："她会不会恨一辈子我不知道，但我保证你再这样对顾小庄，你会后悔一辈子。"

我蹲在地上大口喘息，许艺橙蹲在我眼前，双手托着下巴，眼睛眨巴眨巴，幸灾乐祸地看着我："知道你会忍不住告诉梁寒的，现在好了，两面不讨好吧？"

她说："早就告诉过你，梁寒那种人只能远观，现在惹火烧身了吧？"

说着话，她顺手接过程铁递过来的饮料，塞到我的怀里，继续感叹道："其实这样也好，梁寒如果真的回心转意了……"

说到此，她转身看了一眼不远处的程铁，企鹅一样向前挪了两步，将嘴巴贴在我耳边："如果梁寒真回到了章西身边，我也就死心了。其实吧，这些日子我慢慢发现，程铁这样的男孩，更适合做男朋友。"

我没有说话，抬头看向了程铁家门口那片下午刚刚收拾出来的空地，几个同镇的男孩正在帮沈一辰搭建篝火堆，因为有了当年失火的教训，沈一辰一早就把周围的干草搬到了远处。刚才还和沈一辰厮打的章帆，此时此刻已经和沈一辰勾肩搭背地从院子里走出来。男孩子之间的感情总是那么简单，又那样让人无法理解，有时候他们只需一个眼神，或者捶在胸口的一记重拳就能完全消除隔阂，这一点女孩之间可能永远都无法做到。当然，章西和沈迪是一对例外。

绚丽的烟花还在绽放，容光焕发的沈迪比往常任何一天都高兴，她对自己举办的这场充满乡村气息的农家篝火大party相当满意，还夸张地向众人保证，等我和沈一辰结婚那天，要放更多烟花，请更多客人。

在场的来宾发出一阵喝彩。

在青牛镇很多人的心目中，我们两个人在一起只是时间早晚的问题。

望着众人投来的祝福目光，我尴尬一笑，只得"顺从"地坐到了沈一辰身边，这样喜庆的日子里，我不想驳了大家的美意，让他难堪。

可悲的是，我似乎早已经丧失了让他难堪的理由。

整整持续了一晚的篝火晚会上，最让人暖心的一幕发生在程铁和许艺橙身上。

下半夜，许艺橙终于支撑不住，靠在程铁的肩膀上沉沉睡去，嘴角洋溢着满满的幸福。我记得清清楚楚，沈一辰使坏，拍了一张照片，拿到房间里，去给程铁他妈看。当时，程妈妈正在屋子里帮我们准备肉串儿。

沈一辰本以为程妈妈会杀出来，好好教训教训这个大大咧咧的儿子的。

结果，令人万万没想到的是，程妈妈居然跑进沈一辰房间里，拎出一条薄毛毯，穿过人群，轻轻地盖在了许艺橙身上。

面对众人惊诧的目光,这个在青牛镇一向以泼辣著称的中年妇女,居然露出了尴尬的笑容,小声地回了我们一句:"儿媳妇,得疼!"

"噗!"

身边的沈迪在听到这句话后,一下子把口中的饮料喷向了篝火堆,对着程妈妈大喊:"程婶,八字还没一撇呢好不好,你别乱讲,到时候你儿子功亏一篑,小心被全镇人民当笑话!"

程妈妈挥了挥拳头,作势要打,笑容满面地走回了院子。

而彼时的程铁,为了让许艺橙保持一个舒服的姿势,双手撑着背后的地面,一动也不敢动。沈一辰拿了一根肉串塞进他嘴里:"兄弟,吃了肉有力气,继续撑住哦!哈哈!"

那一刻,我脑海里浮现出的是在蔷薇花墅16号里,那个穿亚麻长裙荡着秋千的梁妈妈。如果以后梁寒有了女朋友,以她的修养,一定是相敬如宾吧,断然不会像程妈妈一样,毫不掩饰自己的欣喜。

回到G市后,许艺橙告诉我,其实那天晚上,在程妈妈把毛毯盖到她身上时,她就已经醒了。之所以佯装睡着,是觉得醒来会很尴尬,这一装,就真的再次睡了过去。

跟我说这些时,她一脸的开心,不知道是因为沈迪买的泡芙太甜腻,还是因为程铁太贴心。

那一刻,帮沈迪擦着柜台玻璃的我突然很羡慕眼前这个思想单纯,善于自我认知,轻易就做出了角色转换的女孩。

她就像是一条小小的变色龙,总是能迅速地认清自己的位置,改变自身色彩,完好无损地保护自己。

有些人的感情就像是夏日里的一场暴雨,猛烈湍急,来得快去得也快,转瞬就是万里晴空;而另外一些人的感情,就像是淅淅沥沥绵延不尽的梅雨,终有一日,耗尽了全身气力。

如今,许艺橙家的卧室里,曾经贴满墙的梁寒的照片,已经被她全部撕下来,装进了一个糖果盒里。

她说自己从一开始就明白,梁寒只是一个属于青春年华的梦,程铁才是实实在在的存在。

其实,我知道,她说的根本不是真心话,只是没必要揭穿她。

每个女孩,第一次动心的时候都会想到天荒地老的,只是随后发生的事情,渐渐改变了这个单纯的想法，渐渐让人觉得天荒地老是那样遥远，才会使她放弃初衷，选择另外一条相对平坦的路而已。

"当"的一声，许艺橙将那只装满梁寒照片的糖果盒砸到我的面前："现在接力棒交到你手中了，希望你能成为跑过终点的最后一棒。"

我怔怔地看着那只方形的糖果盒，它就像是一只刚刚从熔炉里拿出来的铁块，我才不要去接。

我把盒子重新推到了许艺橙面前，她再次推向了我。

几次三番，不知我们俩推了多少次。

许艺橙突然灵光一闪："我们把它埋了吧！"

于是，当天傍晚，我们从沈迪的手机店里出来，像是做了坏事的两个小贼，要匆匆将见不得光的罪证处理掉。

我们骑着许爸爸的老旧单车，在华灯初上的G市街头疾驰。

坐在车后的我，怀里紧紧搂着那只铁盒，被大风吹乱了头发。

我们冲出繁闹的街区，沿着滨海大道一路前行，终于在一个人少的，布满礁石的海滩边停下来。

许艺橙从口袋里拿出一只吃饭用的铁勺，在一块巨大的礁石后面，找到一片相对松软的泥土："就这儿吧？"

我点头。

我觉得她是完全没有必要征求我的意见的，照片是她的，糖果盒是她的，饭勺是她的，就连这个看起来有些蠢的主意也是她出的。

当然，悲伤和遗憾也是她的。

海面泛着微蓝光芒，咸腥的海风吹过身边低矮的灌木丛发出"沙沙"的声响，我抬起头望着夜空中一闪一闪的飞机，突然很难过。

许艺橙埋葬的明明是属于她的过去，却代表了很多个结束。

这种结束是那样猝不及防，那样让人绝望，又是那样合情合理，不容反抗。

我坐在潮湿的沙滩上，身后的许艺橙已经处理完毕，只见她跳起来，在那个鼓起的土包上踩了又踩，接着掏出随身携带的口红，在旁边的礁石上打了一个"X"，似乎是一个记号，又像是一个墓碑。

最后，她奋力地将手中的口红扔向波澜不惊的海面，弓着腰，像一只虾米一样，对

着海面大声喊道:"见鬼去吧,那些注定夭折的东西,我许艺橙才不要!"

她的裤管被海水打湿,海面溅起一道道小小的涟漪,她转头仰起下巴,倔强地看着我。对岸路灯的光芒映亮了年轻美好的脸庞,以及眼中难以察觉的泪光。

我也学着她的样子,站起身来,朝着海面大喊:"我也不要……"

然后,我便被她一下子推坐进海水里了。

我们两个人像疯了一样,大笑着沿着海岸线追跑,浑身湿透,瑟瑟发抖。

我们兴奋异常,引来了路人诧异的目光。

也许,彼时彼刻,只有我们两个人无比绝望地知道,方才,我们刚刚参加了一场声势浩大的"葬礼"。

我们躺在干爽的沙滩上,像两条咸鱼一样把自己晾干。

我听见一直注视着星空的许艺橙对我说:"和沈一辰在一起吧,趁你还没有完全沦陷!"

我仔细聆听着从发梢吹过的每一缕海风,没有回答。

但我终于不得不承认,的确像她曾经对我说过的那样,每个女孩的必经之路上都会遇见一个礼品店,一扇精致坚固的橱窗,橱窗里摆着的,是她朝思暮想想要得到的礼物。而最终,我们只能落寞一笑,背转身去,像途经再平常不过的一道风景般,与其擦肩。

我和许艺橙埋掉记忆盒子后的第四天,在去成都整整一个半月后,梁寒回到了G市。

没有人为他接风,也没有人为他喝彩。

他只是在微信里,把这个消息告诉了我,因为,我是他唯一的朋友。

更没有人知道,当他回到蔷薇花墅时,会被父母如何责难。

我收到微信的那一刻,好想一下子冲到他身边,可是却连一条表示关怀的信息都不敢发。我只是怔怔地看着手机屏幕上的那条微信出神,直到被许艺橙在眼前打了一个响指,才猛然回过神来。

"发什么呆?要下雨了,赶紧帮我爸收拾大排档啊。"

外面的天空响起几声闷雷,街上的行人也越来越少,大排档剩下最后一桌喝得醉醺醺的客人。眼下,程铁和许艺橙已经在许爸爸的指挥下,帮忙把食材、餐具搬进蓝色的简易帐篷房里。

我连忙上前帮忙,跟沈迪一起,用一条长长的绳子将塑料桌子绑在一起。

在我的印象中,G市因为靠海,只要一下暴雨就会刮很大很大的风,有一次,我甚至眼睁睁看见一个广告牌被风吹落后，沿着空无一人的马路四处翻飞，最后，一下子拍在了沈迪那辆小车的屁股上。

风越来越大，越来越凉，来不及收拾的矿泉水瓶被风吹跑，穿过小广场滚向了对面。因为答应过物业，摆大排档一定做好卫生，我连忙起身去追。我一路弓着身，捡拾着地面上餐巾纸、塑料瓶之类的垃圾。我捡着捡着，居然看到了一双腿。

烟灰色的长裤被大风吹得紧紧地裹在腿上，一件白色的长袖衬衣似乎下一秒就要被大风扯碎一样。

我的心"咯噔"一下，抬起头，望着站在对面的梁寒，许久，才下意识地问道："要下雨了，你怎么来这儿了？"

他就那样静静地看着我，一个字也没有说。

他的身边停着他妈妈那辆奶白色的轿车。

我愣怔了片刻，最终，还是在将手里的垃圾丢进身旁的垃圾桶后，踏上了汽车。

我踏上汽车的前一秒钟，听见了许艺橙的叫喊："顾小庄，说话不算话是要遭报应的。"

车子发动前，梁寒探身小心翼翼地帮我系好了安全带。

窗外已经下起雨来，豆大的雨点打在玻璃上，发出"噼里啪啦"的声响。我们就在这样的雾雨朦胧中一直前进，仿佛要抛开身后的一切达到世界的尽头，直到滂沱大雨将整个世界淹没，变成一片蓝色汪洋。

车子里没有放歌，除了四周的雨声，静得可怕。

我们都注视着远方，彼此都不敢看对方的眼睛。

出了市区，汽车越来越少，雨却越来越大。

梁寒加大了油门，车子发出一阵低沉的轰鸣，后背猛地向前一推，眼前的雨水更加密集地砸在玻璃上，破碎四散。

沈迪的电话打过来，我第一次胆大妄为地按下了拒听键。

我借着挂电话的机会偷偷瞄了一眼驾驶座上的梁寒，他的眼神那样笃定，似乎要载我去到一个永远没人能找到的地方，在那里，没有世俗，没有遗憾，没有亏欠。

这世界，总是这样不遂人意。

明明早该结束的，偏偏在垂死挣扎，明明早该发生的，却迟迟未见萌发。

我闭上眼睛，任泪水在眼角滑落。

我难过的是，明明两个人之间如此了解，甚至他都不用说话，只需一个动作，一个眼神我就能读懂他的心，却要努力在世人面前伪装成这世上最陌生的一对。

我难过的是,就像刚刚急速刹停的车子,从一开始就知道根本无处可去。

车子停靠在路边,梁寒打开了左边车窗,雨声一下子大了起来。

我低下头,不敢说话,像是一个等待判决的罪犯。

终于,他将目光转向我,长长地舒了一口气说道:"这些天,我想了很多,想明白了很多事。"

雨声嘈杂,却能听清他言语间的每一个顿挫。

他说,他之所以去找章西,是心里过不了那道坎,期待着看到她好好地、平平安安地回来,是想对自己以往的误解说声抱歉,无论她最终能不能原谅自己。他不想再继续错下去,继续欠她的。

他说:"我承认对不起章西,但可悲的是我喜欢的那个人永远也变不成她。对于她的亏欠,也许只能慢慢补偿,也许一辈子也还不清。可是,我却终究不能欺骗她,不能欺骗我自己。"

长时间的沉默,他终于下定了决心般,转眼看定我的双眸:"做我女朋友吧,顾小庄!"

窗外的雨水跟车内的空气,似乎被死神一瞬间画下了休止符,一切都变得那么静,耳畔只能听到自己的心跳声。

我大口大口地呼吸,然后猛地推开车门,在瓢泼大雨中向着前方狂奔。

我听见身后的梁寒追了上来,我拼尽全力,也无法将他甩开。

我只能蹲在地上,借着大雨的掩饰号啕大哭。

我不知道到底是因为高兴,还是伤心,我只知道,这些日子以来,我的心一直悬在半空,而如今终于重新落回了地面。

那一刻,没有了道义,没有了恩怨,没有了怀疑和试探,没有沈一辰,没有章西,只有梁寒,只有顾小庄。

终于,蹲在地上,狼狈不堪的我抬头看着眼前那个紧张不已的男孩,对他重重地点头。

"好的,我答应。"

我掏出手机,打到时间界面,截了一张图。

2015年8月12日晚上10点28分,我成为梁寒的女朋友了,不管以后路途多么艰辛,也要跟他一起面对。

我想要大声向全世界宣布,虽然知道没有任何一个人会为我们鼓掌,为我们祝福。

我们肩并肩站在大雨里，身后是一双双责备的目光，面前是一整片被雨淋湿的海。

我轻声对身边的梁寒说："我们今后一定要很幸福，很幸福，永远都不要分开，要不然，连我自己都会看不起现在的我们了。"

他紧紧地握着我的手，神情笃定，雨水自我们交握在一起的指尖上滑落，掉落在坚硬的柏油路面上，跟凋落的花叶一起流向了远方。

那一夜，我和梁寒是在那辆小小的甲壳虫轿车里度过的。

他把车子里的暖风开到最大，用了整整一个小时才将我们两个人的衣服完全烘干。我们就那样静静地坐在车里，关掉了手机，等雨停，等日出。

黎明时，我的肚子还特别不争气地"咕噜咕噜"叫了几声，然后，梁寒就笑了。

他笑起来的样子很好看，单手托着下巴，右边嘴角微微上扬，东方鱼肚白的天光映亮了他的眉目，美好得就像是刚刚从童话书里走出来的小王子，又像是夜空中不小心掉落的星辰碎片。

初升的朝阳把天空和海面染成了绯色，早起赶海的渔民惊飞了栖息在沙滩上的海鸥，扑啦啦一片，向着远方飞去。

我慵懒地靠在座椅上，打开车窗，任早晨第一缕凉爽的海风吹拂到脸上，听着海鸥零星的叫声和渔船时断时续的马达声，觉得生活从来都没像现时这般美好。

梁寒发动了汽车，轻声对我说："早餐店应该开门了。"

其实，那一天我没有走进梁寒带我去的那种装修考究的西式早餐店，而是让他在一家卖油条的早餐摊前停下了汽车。

我请他喝了一块五毛钱一碗的胡辣汤，胡椒放得很多，还请他吃了两块钱一大根的油条。额头上布满亮晶晶汗珠的他一脸满足，他告诉我，以前，梁妈妈从来不让他吃这种不卫生的路边小摊的。

我笑笑地看着眼前笑容单纯，如同装在精致玻璃瓶中的标本男孩，情不自禁地对他说："要不，我今天用一整天带你去领略一下凡间到底是什么样子好不好？"

夹着油条的筷子悬在了空中，梁寒微微一愣，旋即反问道："你会不会不太方便？"

我摇了摇头，拍了拍包里已经关机整整十个小时的手机。

虽然跟他在一起才不到一天，我却早已破釜沉舟，把这一天当作世界末日来看待了。

我不知道，一旦生活回到正轨，自己会遇到什么样的麻烦，面对什么样的坎坷。我只知道，此时此刻，我只想要时间停滞，和他一齐变成玻璃瓶中永不老去、永不忧伤的标本。

2015年8月13日，我和梁寒在一起做了很多事情。

我们吃着一块钱一根的老冰棍，肩并着肩，坐在海上公园的水泥台上看喷泉，我们花十块钱买了塑料水桶和塑料铲子，在海滩上堆城堡。我们还用一根细线拴着半截火腿肠，趴在海堤上钓螃蟹。

小小的潮汐蟹从被海水浸满的洞穴里露出脑袋来，试探着用一只蟹钳夹住香肠，等它身体全部爬到香肠上时，猛地一提，整个儿便被拎到岸上来了。

仅仅一个小时，我和梁寒就抓了满满一小桶，然后我们两个人跑到沙滩上，再把它们放生。

这个技能还是我跟沈一辰学的，不过，那次我们没有把潮汐蟹放生，而是带回去，偷偷用沈迪姐的锅给煮了。

沈一辰做第一个吃螃蟹的人，捏起一只，咬了第一口，"嘎嘣"。

接着，他一边把螃蟹丢回锅里，一边难以置信地看着我说："咱们不会是炖了锅石头吧。"

眼下，梁寒的裤管已经被海浪打湿，坐在沙滩上的他静静地望着一波一波的潮水将脚下的潮汐蟹带走。

最后一只黑褐色的潮汐蟹，八条尖细的长腿深深地插进沙子里，挥舞着相对于身体来说"硕大"的蟹钳，朝向大海的方向，击退了一波又一波的潮水，无论如何也不愿意走。

看着它傻傻的样子，梁寒忍不住清朗地笑了起来。

他伸出食指，本想帮那只小螃蟹重回大海的怀抱，结果，却被螃蟹一下子钳住了。

小螃蟹那么用力，我又不能硬扯，我们用了好多种方法：把手放进海水里，用火腿肠引诱，用沙子掩埋，也没能成功地将它从梁寒那细长的手指上弄下来。

梁寒的指尖已经微微发红，我一脸焦急，而他，却仿佛很享受小螃蟹的纠缠，举着手指在我眼前摇啊摇："真有意思。"

想来，那只小螃蟹，是在我和梁寒躺在沙滩上半个小时后，几乎忘记它的存在时偷偷溜掉的。

我的手向着梁寒的方向探了探，握紧一把松软的细沙，我能清晰地感觉到它们一丝丝，一粒粒从我指缝间溜走。

我咳嗽了一声，望着天边的云彩，身体缓缓蜷缩成了一团。

掌心的细沙迟迟不愿放开，可是有些东西，握得越紧，流逝得越快。

我本以为能陪着梁寒一直躺一整个下午，直到海边的大排档营业之后，带他去逛夜市呢，结果，刚到中午，热辣的阳光就把整个海滩烘成一个巨大的烤炉。

这种情况下，我们只能到岸边的"海底世界"躲避炎炎烈日。

五彩斑斓的海底世界里，梁寒最喜欢的就是那头身材滚圆的白鲸，这一点与我不谋而合。我记得，沈一辰第一次带我来这里时，我也是站在那块巨大的玻璃幕墙前久久不愿离去。

海水微蓝的光芒，投映在梁寒的脸上。

白鲸温柔的叫声，好像来自海洋深处，遥远的太古。如果你没有听过白鲸的叫声，你永远无法体会那种苍凉，那种大音希声般的宏伟悲伤，仿佛就来自你灵魂的某个地方。

虽然水池很大，但对于体型庞大的白鲸来说还是显得有些小了，那种饲养，无异于囚禁。

梁寒上前一步，伸开左手，将手掌贴到了玻璃墙上。

让人没有想到的是，那一刻，与他隔着一块玻璃的白鲸，居然缓缓地游了过来。

它的样子那样优雅，就像是一株随着暗流轻轻摆动的水草，它的双眼眯成了一条线，月白色的身体反着光。它就那样，将脸轻轻地贴在梁寒的掌心。

我看见梁寒闭上了双眼，把额头贴了上去。

许久，他再次睁开双眼时，眼里已经噙满了泪水。

"它说它很难过。"

客流稀少的海底世界里，海平面下27米，23摄氏度的地下通道里，梁寒转过身，像个同样被囚禁在牢笼里的孩子，喃喃地对我说。

我突然不知道如何安慰他。

因为我无比清楚而绝望地知道，其实每个人周围都有一座看不到的牢笼。

我突然想起了某本书上看到的一句话：我爱你，如鲸向海，如鸟投林。不可避免，退无可退。

那一刻，我突然觉得自己更像是他面前的那头白鲸，看起来跟他离得已经很近很近，已经仿若一人般互相了解，互相怜惜，中间却永远隔着一道透明的玻璃，无论我再努力，也无法进入属于他的那片海。

我上前一步，放下了女孩该有的矜持，紧紧握住他的手，我想要用这个动作告诉他，从今往后的一切我都会跟他一起面对。

与白鲸相比，不远处的海豹馆里，那些活泼的斑纹海豹们就快乐多了，它们慵懒地趴在岸上，用短小的鳍拍打着自己的屁股，提醒游客们为自己喂食。

梁寒告诉我，海洋里，最聪明的动物除了海豚之外，就是鲸鱼了。海豹、企鹅之所以那么快乐，正是因为它们还不够聪明，不知道自己是被囚禁了。

然而，海豚与白鲸又有本质的区别，与喜欢群居的海豚相比，白鲸显得更加孤独。它们总是独自游弋在大洋的最深处，有时候，穿越几千公里都不会看到另一只同伴。它们鸣叫着，寻找着，渴望遇到另一个自己。

夜色驱散了整整一天的炎热。

似乎只一眨眼的瞬间，街边的路灯已经渐次亮起，小摊前，盛满麻辣烫的不锈钢煮锅里，也开始"咕嘟咕嘟"地冒泡。

烟雾腾腾中，挺着大肚腩的大排档老板正憋足力气将一大桶扎啤从黄色的面包车上搬到这边来。

麻辣烫的香味，混合着大海的味道，充斥着每一个角落。

我和梁寒坐在最靠边的位置上，那里拴着一条小狗，正聚精会神地盯着对面铁板上"嗞嗞"冒油的鱿鱼，若没有铁链，似乎下一秒钟就要飞扑上去了。

梁寒和我相视一笑，学着我的样子，用筷子敲着碗沿，提醒老板我们的食物要快快送上来。

这样不雅的动作，如果出现在梁家的饭桌上，恐怕早就被梁爸爸轰出来了吧。

十几分钟后，热气腾腾的麻辣烫和铁板鱿鱼端了上来。

可是，梁寒却没来得及品尝那些美味。

因为我们刚刚坐下不久，就被人"举报"给了沈迪。举报人是一个经常去沈迪店的女孩，跟章西是好朋友，时间久了也就成了沈迪的死党，上次，和沈一辰一起在四合院庆祝时也有她。

接到了举报电话的沈迪，带着许艺橙和程铁火速杀往几公里外的"现场"，把我和梁寒抓了一个现行。

人声鼎沸的大排档，挽起袖子来的沈迪一边吃着我和梁寒的麻辣烫，一边饶有兴趣地看着我们。

她足足吃了十几分钟，看了我们十几分钟。

她盯得我浑身发毛，却又不敢出声。

这期间，站在我身旁的许艺橙一直在桌子下面踩我脚，似乎是在责备我"我们明明已经为他的照片举行过葬礼了的"，又好像是在提醒我赶紧向沈迪服软。

"决定了？"

在将盘子里最后一串麻辣烫吞下后，沈迪用餐巾纸擦了擦嘴，冷冷地问了我一句。

"沈迪，其实是我……"

梁寒想要替我解围，却被沈迪吼了一声"你闭嘴"，重新将目光转向了我："顾小庄的事情她自己说了算！"

我知道，她是在逼我做出抉择了，在沈一辰和梁寒之间。

我的脑海里再次浮现出过往的种种，梁寒和沈一辰两个人的样子不停闪现，整个脑袋似乎就要爆炸一般。

周围明明那么热闹，我却只能听到一个声音，就像是整个人被抛进了大海里，随着深度的增加，越来越静。

那个声音，就像是来自远海的白鲸，细微缱绻。它不停地追问着我："顾小庄，你愿意牵着他的手背弃全世界吗，背弃所有宠着你、护着你的朋友，背离从前的自己？"

"信不信，沈一辰会杀了你的。"

不知道过了多久，我的思绪被程铁的一句怒吼重新拉回了现实，彼时，忍无可忍的他已经冲到了梁寒面前，抓住了他的衣领。

我看着对面的沈迪，希望她能制止程铁，沈迪似乎看穿了我的心思，笑笑地对我说："他跟沈一辰是好哥们儿，这件事情我是外人，管不了。就跟感情这种事情我不能为你做主一样。"

她顿了一下，不停地转动着手里的竹签："今天，我只是想要一个明确的答复，没有任何强迫你的意思，我跟你说过的，感情这种事情强迫不来的。"

我不敢确定沈迪的话到底是真还是假，程铁在梁寒的衬衣上蹭了蹭手，站直了身体，似乎也在等待着我最后的答案。

"沈一辰对你多好啊，别傻了！你就不能学学我，明智一点儿吗？我们大家都是为你好！"

身边的许艺橙已经开始焦急地跺脚："梁寒跟你根本就不是一路人，这一点你怎么还不明白。"

是的，我们不是一路人。

我们从小的生活轨迹可谓天差地别，他高高在上，众星拱月；我寄人篱下，被所有的小伙伴欺负。

可是，那么多的分岔路，我们偏偏在某一个路口遇到了，那样猝不及防，那样不可预期，既然决定要手牵着手勇敢走向前方，我们来自哪里，又有什么关系呢？

我坐直了身体，好像在宣告人生中最重要的一个决定，第一次毫无惧色地盯紧沈迪

的双眼，一字一顿地对她说："我喜欢的是梁寒！"

冰雪女巫站在身后的某个地方，伸出细长的指尖，轻轻在空气中点了一下，"叮"，一声轻响，全世界被冰冻在了这一秒。

我看见沈迪的眼圈红了，透明的泪滴自长长的睫毛顶端滑落，"啪嗒"，砸在蓝色的塑料桌上，碎成了很多瓣。

她薄薄的嘴唇在颤抖，许久，才笑着对我说："姐姐佩服你，不是恭维，姐姐真的从心底佩服你！"

那一刻，我似乎看到了几年前的那个沈迪，那个会为了张国荣的离世哭得一塌糊涂的女孩，那个骑着一辆组装单车在整个青牛镇洒下一路欢笑的女孩。当年，她如果能像现在的我一样，勇敢那么一点点，奋不顾身一点点，就能把那个记忆中的修车少年留在身边了吧。

程铁再一次抓起了梁寒的衣领，却被沈迪用竹签狠狠地抽打了手背。在程铁收手后，沈迪恶狠狠地告诫他："以后，谁敢找顾小庄麻烦，就是跟我沈迪过不去，麻烦你转告沈一辰，他也不例外。顾小庄喜欢谁，跟你们一丁点儿关系都没有！"

说话间，她已经站起身，向着违停在不远处的车子走去。

沈迪发现许艺橙和程铁没有跟上来，转身对这边喊道："你们俩，这个月的工资不想要了是不是？"

程铁愤愤离开时，许艺橙意味深长地看了我一眼，摇了摇头，走掉了。

望着消失在暮色中的车尾灯，我长舒一口气。

我没想到事情会这么简单地结束。

对面的梁寒伸过手来握了握我冰冷的手，从他脸上的表情不难发现，他也对这件事情的结果难以置信。估计，他肯定没想到沈迪会那么有原则，那么六亲不认吧。

我打开一整天都不敢开机的手机，出人意料的是，除了许艺橙打了三个电话外，并没有遭到沈迪的轰炸。

嘟嘟。

正当我打算把手机重新塞回包里时，手机上收到了沈迪发来的一段文字。

她说：你和他，要么很幸福很幸福，让所有人都嫉妒，要么，永远消失在我面前！

我翻转手机，将那段文字举到梁寒面前，我听见他用坚定的声音说："会的，我不会让祝福我们的人失望！"

是的。

我不会让沈迪失望，不会让沈一辰失望，更不会让章西失望，她穷尽气力都无法得到的，既然我那么轻易得到了，就一定会奉若珍宝，倍加呵护，绝不会轻易遗落在这座每到春天都会开满鲜花的蔷薇之城。

4 <<<<<

暮色下，繁星亿万，而我唯独不希望，倒映在你眸底的那一颗，突然间暗淡。

我和梁寒在一起的第二天我梦见了章西，窗外的小雨淅淅沥沥，打在四合院里的蔷薇叶片上，发出"啪嗒啪嗒"的声响。

梦里，那个名叫章西的女孩是那样瘦小憔悴，头发比原来长长了很多，皮肤苍白，整个人被大雨淋得湿漉漉的，站在路边一面巨大的落地玻璃橱窗后面。

而梦里的我和梁寒，变成了橱窗里面的两个模特儿，我们穿着漂亮礼服，手牵着手站在橱窗里，满面笑容地看着窗外的她，看着她身后的整个世界。

窗外的女孩苦笑了一下，倒在了地上的泥水里，本就瘦小的身体蜷缩成了更小的一团，无助地抽搐着，翻滚着。

行人一个个从她身边经过，却没有一个人停下来帮助她。

橱窗里的我焦急地大声呼喊，却发现自己根本发不出任何声响，我摇了摇梁寒的胳膊，他也一动不动。

直到那时，我才透过玻璃的投影看到自己的嘴角始终挂着一抹冷冷的微笑。

我们变成了两个木偶，套着最华丽的礼服，站在她每天必须经过的路口。

窗外，雨越下越大，章西的身体却越变越小，就连颤抖也比原来微弱了许多。到最后，她居然变成了一只通身乌黑，眼睛碧蓝的猫。

只见她一下子扑上前来，伸出尖利的爪子，不停地抓挠着厚厚的玻璃橱窗，直到脚掌流出了暗红色的鲜血。

我惊叫一声，猛地从床上坐起来。

睡在沙发上的许艺橙发出了轻微的鼾声，自从我和梁寒在一起后，她就拒绝再跟我睡在同一张床上了。

心有余悸的我颤抖着，光脚走到客厅里，给自己倒了一杯温水。

对面，沈迪卧室里的灯亮了，她的睡眠总是很轻很浅，稍微有一点儿动静就会被惊醒。打着哈欠的她缓缓走到客厅里，在看见沙发上的黑影后，大叫一声："啊！你干吗啊！会吓死人的，为什么不开灯！"

我没有说话，她似乎意识到了什么，走到我身旁，接过我手中的温水，喝了一口放

在茶几上，轻轻地坐到我身旁，摸了摸我的额头。

那一刻，我突然一下子扑到她怀里，呜呜地哭了起来。

我喃喃地问她："沈迪姐，我这样做是不是对章西太残忍了，可是，我明明又不想失去他。"

沈迪没有直接回答我的问题，而是叹了一口气反问道："那你是不是觉得，如果你没跟梁寒在一起，他们就能在一起了？"

我点了点头，又摇了摇头："也许吧。"

"呵，"沈迪冷笑一声，"他们俩要能在一起，早就在一起了，还会发生那么多插曲？"

"告诉你吧，他们永远都不可能在一起的，这一点章西比你清楚。你们这群小孩子哟，最聪明的就是许艺橙了，虽然她和章西一样，都清楚自己跟梁寒没可能。可是人家许艺橙能给自己找退路啊。章西就不同了，她是属于死不悔改的那种，仿佛一旦选择放弃，自己的前半生就没有了意义似的。"

最后，她拍了拍我的肩膀，一边打着哈欠重新走回房间，一边语重心长地对我说："记住了，你的就是你的，你不欠任何人的。"

整个客厅，随着沈迪卧室灯光的熄灭，重新陷入了浓浓的黑暗之中。

我抱着双膝，蜷缩在沙发的角落里，努力不再去想那个梦。

我感激的是，无论沈迪、许艺橙还是程铁，都暂时没有把这里发生的事情告诉沈一辰。他们像是约好了一般，似乎是在为我争取足够的时间，让我能够找到一个两全其美的方法，应对即将发生的一切。

我突然想起了电影《情癫大圣》里的唐三藏，他说，世上安得双全法，不负如来不负卿。

我记得那部电影还是沈一辰逃学带我去看的，那也是我有生以来第一次逃学，因为沈一辰告诉我，没有逃过学的人生是不完美的。于是，在高三下半学期，假借替他庆祝18岁生日的名义，我跟他一起逃学，去青牛镇唯一一家扯了光纤而且有单间的网吧，看了两部电影。

再过十几天，沈一辰就要来G大报到了，就在前几天，他还打电话对我说，他爸妈已经答应帮忙照顾我爷爷奶奶了。让我和他安心读书，不用为家里的事情操心。

想到这里，我更加难过，我知道沈家早就把我当成了自家人，可如今，我却不得不背叛他们。

天渐渐凉了，窗外的虫鸣声也渐渐隐去，我穿好衣服，从车棚里推出许艺橙的电瓶车，去帮她们买早餐，我想尽量多地为沈迪做些什么，以此弥补我对沈家人的愧疚。我在买油条的时候，再次想起了前一天跟梁寒一起吃早餐的情形，嘴角忍不住泛起了微笑。

然而，那笑容仅仅出现了片刻，就僵在了脸上。

因为当我拎着装满小笼包的塑料袋转身时，就看见那张熟悉的脸了。

穿着黑色T恤，洗得发白的破洞牛仔裤的她就站在我的对面，木然地看着我。她的头发比原来长了很多，也染回了原本的黑色，也许是没有化妆的缘故，她的眼睛有些肿，皮肤很苍白。在她身后不远处，挂满露珠的梧桐树下，停着一辆黄色的踏板摩托车。

我的脑袋"嗡"的一声大了起来，我想起了前些日子滨海路上发生的那一幕，原来，那个偷偷观察我们的女孩真的是她。

我的嘴巴微微张启，惊讶得一个字都说不出来。

对面的女孩在看了我几秒后，摆了摆手示意我过去。

我觉得自己本该撒腿就跑的，可是，双脚却不听使唤，整个人就像是变成了一只牵线木偶，居然一步一步向她走去。

等我走到她跟前时，章西伸手从塑料袋里拿出一只包子，丢进了嘴巴里，含混不清地问我："做他女朋友的感觉怎么样？说说看啊，我一直都想知道那是一种什么样的感觉。"

看我不说话，章西继续追问，脸上居然真的有种特别向往的神情。

我轻咳了一声，想以此来掩饰自己的慌张，我看见路旁的行人越来越多，不远处的小广场上跳广场舞的大爷大妈已经聚集起来，这种情况下，应该不会有太大的危险吧。

昨晚，我想了一万种再次面对她时的情形，唯独没有想到会是这样的地点，这样的方式。

好在，章西似乎没有逼我的意思，而是拍了拍摩托车的后座，示意我坐上去。

我惴惴不安地坐上那辆黄色的小摩托，任她载着我穿过人流，向着G大的方向驶去。她一边骑车，一边背对着我从塑料袋里掏出包子随意丢进嘴巴里，仿佛什么都没有发生过，还是当年快乐的我们，不过那一下下，就像是在掏着我的心。

车子最终没有驶入G大，而是在距离G大一个路口时左转弯，驶向了一个山坡。

山坡顶上，建了很多座高楼，但由于是村里的自建房，质量不过关，所以卖得很不好。我知道，G大有很多学生为了考研有个安静的环境，选择在这个小区租房，但我万万没想到，失踪了好几个月的章西居然一直都住在我们的眼皮子底下。

山坡最顶部，电梯在最高的26层停下，推开2601的房门走进去，眼前是一个空旷的

还没有来得及装修的客厅,墙壁周围的电线都还裸露着。不远处,房门外面,是一座楼顶露台,露台上摆着一只旧沙发,沙发的旁边还架着一个一米多长的高倍望远镜。

"你一直都住在这里?"

在看见章西一下子将自己摔进沙发里后,我终于忍不住,把心中的疑问问了出来。

"也不是哦,有时候在这里,有时候在酒吧,你知道的,我是个'坏女孩'嘛!"

她说这句话时,脸上露出了满意的笑容,仿佛对自己这种瞒天过海的做法很得意。

从高高的楼顶露台看过去,眼前便是整个G大校园,再往东是四合院棚户区,然后,就是海了。也许是因为站得高,看得远,从这里看到的海面是弧形的,缓缓地消失在了世界的尽头。白色的锥形灯塔,错落有致的房屋,鸣响汽笛的货轮,那画面,就像是宫崎骏漫画里的情形,那样美,却又那样不真实。

不知何时,章西已经站到了望远镜前,她弓腰望向远方时,大风将她的长发吹起,发出"呼呼"的声响。

从我的方向看去,她的头顶是大朵大朵棉花糖一样的云彩,长长的飞机云像是要把整个天空割裂,而眼前的女孩,是那样单薄消瘦,仿佛只要海风再大一点儿,整个人就会变成一只海鸟,飞向天空一般。

"过来啊。"

章西背对着我招了招手,闪开望远镜让我看。

望远镜的镜片里,出现的是G大教学楼的画面,正对着的是六楼名誉副校长室前的阳台。

我的心跳停止了半秒。

我知道,如果不是因为放暑假,梁寒经常会出现在那里,偶尔还有我。

章西轻轻拍了拍我的肩膀,把望远镜调整了一个角度,重新对焦,再让我看,里面便出现了沈迪租的那座四合院。

我听见章西轻声对我说:"其实,我一直都在的。"

原本飞扬跋扈的女孩,如今声音却是那样小,像是夜晚隐藏在草丛里夏虫的轻声幽鸣,唯恐打扰到任何人的生活。

我站直了身体,眼泪已经从眼眶滑落,章西把放在沙发上的整整一盒纸巾甩了过来:"我都没哭呢,你有什么资格哭。"

章西的声音一下子大了很多,情绪有些激动,只见她拿起沙发旁的一瓶矿泉水,喝了几口,似乎是在强迫自己平静下来。

"好了好了,我今天不是要找你麻烦的。"

楼顶猎猎大风中，我依旧不敢说话，我怕的倒不是她一下子把我从26楼推下去，我担心的是，事到如今，我所说的每一个字都会变成一把尖刀，直刺她心。

"观察了那么久，我也明白了，这世界上真正在乎你的人，无外乎自己的家人。"说到此，她的神情一下子低落下去，"我也不能再放任自己任性，一次次伤害那些真正关心我的人了。"

看着她起身从露台走进房间，我也鬼使神差地跟着走了进去，原本，我该躲她远远的。

毛坯房里的卧室也极其简单，巨大的窗户上挂着厚实的窗帘，一张床垫随便倒在地上，床垫上居然还扔着一本书。

那本黑色封皮，名叫《自深深处》的书，我曾在沈迪家里见过。

当时沈一辰还嘲笑姐姐改邪归正，开始认真学习了，沈迪解释说是一个客户送的。后来，她就再也不跟那个客户联系了，因为她觉得送书是在嘲笑她没文化。

"不用看了，就是沈迪送我的，还有很多呢，还有那台笔记本电脑。"

四仰八叉躺在床垫上的章西似乎读懂了我的眼神，顺手一指墙角处凌乱堆放着的书堆，还有桌子上的笔记本电脑，电脑桌下还垫着两本。

我瞄了一眼，那些书全都是《战场VS生意场》《电子时代》《管理员工十大秘籍》之类的"工具书"。我突然想起来了，有一段时间，沈迪特别迷信这类书，抱着把"企业"做强做大的目的，买了很多。看来，为了帮章西打发时间全都搬到了这里。

"你是说沈迪姐一直都知道你根本没失踪？"

章西的脸上露出了恶作剧般的坏笑，反问正在信手翻看那本《自深深处》的我："你觉得呢？"

"半个月后我就没钱了，自然去找沈迪帮衬喽。"

是了，按照沈迪跟她的交情，如果她真的失踪了，沈迪怎么会不去找，怎么能这么平静地接受这件事情。这一切，只能是她们一手设下的骗局。

"沈迪说有些事情当局者迷，只能站远一步，才能看清别人，也看清自己。"

章西长长地叹了一口气，枕在了自己的胳膊上，仰视着灰色的水泥天花板："看来，的确是这样。"

那本书已经被她翻得很旧了，书里精彩的段落下面还用记号笔画了线，其中画线的一段是——

为了自己，我必须饶恕你。一个人，不能永远在心中养着一条毒蛇；不能夜夜起身，在灵魂的园子里栽种荆棘。

"其他那些书我根本看不下去,就这本还有点儿意思,说的跟真的似的。"

虽然慌忙把书抢回去的章西还在狡辩,我却从她的眼中看到了泪光,我知道,那句话一定是深深地戳进了她的心里,才会让她变得如此慌乱,仿佛被人揭穿了并不坚硬的伪装。

"我……答应做梁寒女朋友了。"

最终,我还是硬着头皮,将这句话说出了口。虽然她早就已经知道,但是,从我口中说出来,显得更正式一点儿,至少对她是一种交代。

章西在笑,她笑了很久很久,笑得我都有些害怕了,然后,一下子坐起身,死死地盯着我的双眼,一字一顿地对我说:"那是你自己的事情,不需要对任何人有交代。你没有对不起我,梁寒也没有,一直以来都只是我一厢情愿罢了。他既然亲自去成都找了我,对我来说就够了。其实我挺为他感到高兴的,虽然他没能找到我,但至少找到了自己的心。"

说完这句话,她重新躺到床垫上,背对着我,转向了窗外。

她在哭,无声无息,没有眼泪,没有呐喊,但我就是知道她在哭,用每一寸肌肤,每一根毛发,每一次心跳。

许久,背对着我的她似乎做出了人生中最重要的一个决定:"给章帆打电话,告诉他来接我回家。我累了,想家了。

"还有,让我爸把那些派驻到成都找人的员工叫回来吧,傻不傻啊,我一直都在G市呢,得花多少冤枉钱啊。"

章帆和章爸爸、章妈妈用了不到半个小时,就分别赶到了这个名叫"半山盛夏"的小区。

在看到家人的那一刻,一直在我面前佯装坚强的章西一下子失声痛哭起来。章爸爸原本还一脸铁青,看到女儿大哭自己却一下子慌了,连忙上前安慰。

甚至亲自背起女儿,带她一起回家。

我和章帆分别抱着章西的笔记本电脑和望远镜,亦步亦趋地跟在他们身后。那时,趴在爸爸后背上的章西,依赖幸福的表情俨然就是一个孩子。

楼下,我把笔记本电脑递到章帆手中时,章爸爸和章妈妈已经小心翼翼地将女儿扶到了副驾驶座。关上车门后,章爸爸缓缓地走向我。

他的脸上带着欣慰的笑容,连连对我说着感谢的话。

"爸,她就是顾小庄!"

听到我的名字从章帆口中说出来,章爸爸微微一愣,皱了一下眉头,对我说了句莫名其妙的话,说完就钻进车里,发动了引擎。

他说:"小庄啊,我跟你爸爸是故交,也算是你的长辈了。伯父向你保证,属于我们的东西,迟早有一天,咱会让他们加倍奉还!"

长长的下坡路,车子已经走远,而我却迟迟没能从刚才章爸爸的那句话中缓过神来。他跟我爸是故交,他口中的"他们"指的又是谁?

我缓缓地坐到路沿上,一遍又一遍仔细地揣摩着章爸爸的那句话,蔷薇花墅16号、一彩食品、废弃加工厂里的包装纸、破产外逃的父亲、出租车司机的话……这所有的一切,似乎都跟梁氏集团有着千丝万缕的联系。

不,不,不可能,梁寒他爸不会是那个害我爸爸破产的人的,他们住在那间别墅里只是一个巧合罢了。

我掩耳盗铃般地安慰着自己,沿着马路,六神无主地向着沈迪家的方向走去。在路过最后一个十字路口时,要不是前来找我的许艺橙眼疾手快,猛地将我拽向了一边,恐怕我早就被那辆拉满建筑垃圾的卡车卷到车轮下面了。

许艺橙没好气地甩开我的胳膊,自顾自地往前走,一边走一边跟我解释:"沈迪非得让我来找你,要不然我才不来呢。哼,说话不算话!"

我知道,她是在指那天海边发生的事情。

我没有跟她做任何解释,虽然知道她那是为我好。一个人本身都不快乐,又怎么可能带给另外一个人快乐呢。

但,这一切都不重要了。

我紧走几步,与她并排前行:"章西回来了!"

"什么?"许艺橙猛地停下了脚步,声音很大,似乎意识到了自己的失态,四顾无人后压低了声音,"那你怎么办?"

我摇了摇头,不知道该如何回答她这个问题。

"早就告诉你梁寒是个麻烦了,章西一定听说了你们俩在一起的事情,所以才回来找你算账的,你得小心点儿,她可什么事情都能做出来,这几天我们两个人必须形影不离,双拳难敌四手,懂不懂……"

我抬起头,看着棚户区那片被凌乱的电线割裂的天空,微微一笑。

身边的每个人,提起章西都有种谈虎色变的感觉,就连沈迪也对她忌惮三分。可是,为什么我却隐隐有种更坏的预感,与即将到来的麻烦相比,本性善良的章西几乎根本不值一提?

那天,我忍了好久,终于还是没忍住拨通了章帆的电话。

电话另一端的章帆好像早就料到我会打这个电话一样:"你终究还是打电话给我了啊。"

"你爸今天上午说的那句话是什么意思?"我从手机店里走出来,走到对面一家奶茶店里坐下,从那个位置能看见许艺橙正忧心忡忡地看向我这边。

"你爸是不是叫顾丛柏,是不是以前曾经在青牛镇开过一家食品加工厂,后来倒闭了?"

面对章帆的问话,我一时间哑口无言,看来,他早就对我做过调查了。思索片刻,我只能承认。

"那你知不知道当年那家食品厂为什么倒闭,你又知不知道梁氏集团正是因为那次破产才一步步起家做到现在的规模……还有,你肯定不敢相信,梁寒他们家的别墅原本属于你!"

手里的电话变成了一块烧红的火炭,我不敢再听下去,匆匆挂掉了电话,好在识趣的章帆没有再打过来。

他在电话中所说的一切,根本就不像是在编造。

虽然,早前我也想到过这些,但每次都骗自己是因为太想念父母而胡思乱想罢了,如今,这件事从另外一个人口中得到证实,让人一时间难以接受。

对面,许艺橙似乎发现了我的异常,已经快速向这边走来,推门走到我身边后,一脸担忧地看着我:"怎么了?你脸怎么那么白,是不是章西给你打电话了?"

我无力地摇了摇头,突然间一个字也不想再说。

那么努力,那么艰难,背弃了所有人,两个人好不容易才在一起,为什么却要面对这样的事情?

其实,在答应跟梁寒在一起的那一刻,我心底是默默发过誓的,无论以后遇到什么样的坎坷,什么样的磨难,都会跟他一同面对,一起承担。

可是,如今,仿佛整个世界排山倒海地压了过来,让人无力招架。

许艺橙也不再说话,只默默地坐在我身边,握着我的手轻轻晃了晃,想以这个动作来安慰我。我把头靠在她的肩膀上,泪如断珠。我的心里一遍遍地为梁家人辩解着,也许,章帆他们家是因为章西的事情太恨他们,才会故意诬陷吧?

虽然是客流很多的周末,"代理店长"许艺橙还是自作主张地给我放了假,并且把电瓶车的钥匙塞到了我手中,朝我眨了眨眼:"虽然很嫉妒,但是作为朋友,我依然希望你们俩能好好的,我以前真的没想到,这么多朋友当中,最勇敢、最义无反顾的那个人居然是你！"

说话间，她瞥了一眼身后的公交车站牌："顺着2路车的方向，终点站就是花山公园。放心啦，沈迪问起来，我会替你挡着的。"

说到最后，她四下张望一下，贼头贼脑地凑到我的耳边，轻声对我说："某种意义上，我把你当成了另外一个自己，所以，我希望你能走到我们都没勇气去到的地方！"

身后，一位客人走进了店里，许艺橙连忙转身进店招呼，我本想对她说句感谢的话，她却没给我这个机会。

从电子街到蔷薇花墅所在的花山只有不到20公里的路程，我却仿佛用尽了一生的时间。

蔷薇花墅16号的门外，我给梁寒打电话，告诉他我就在他们家门口。

穿着一条肥大的沙滩裤，夹趾拖鞋的他看起来有些兴奋，又有些疑惑："你怎么会知道我家住在这儿？"

我勉强挤出一个微笑，骗他是许艺橙告诉我的。

二楼露台上的梁妈妈停下了浇花的动作，朝着这边喊道："梁寒，让你朋友进来坐吧，外面太热了！"

我朝梁寒摇了摇头，梁寒立马会意，对着身后喊道："不用了妈，我们去海边。"

直到拐了一个弯，梁妈妈看不见我们了，梁寒才试探着拉起了我的手，我就那样安静地跟在他的身边，一路上都没有说话，我怕要说的那些话会无情地撕碎这来之不易的美好。

那片沈迪曾经撒过野的私人沙滩上，不知什么时候建起了一排面海的凉棚，旁边的售货机里摆满了各式各样的冰镇饮料，会员只要在按键上输入自家的门牌号码就能免费饮用。

梁寒将一瓶常温红茶放到我面前，自己拧开了一瓶冰镇矿泉水："在学校里偷偷观察过，你喜欢红茶。"

我想起了课堂上自己每次偷偷用小镜子观察他的情形，从他的位置偷看我，应该比我方便多了吧。

"怎么突然想起来找我了呢？你还是第一个来我家找我的同学呢，能看得出来，我妈很高兴。以前，她一直鼓励我多交朋友。"

我把目光从远方的海面上收回，喝了一小口红茶，垂下了眼睛："章西回来了。"

梁寒很吃惊地看了我一眼，努力压制住自己的情绪，尽量轻描淡写地回答了一句："哦。"

很长一段时间的沉默过后，梁寒叹了口气："事情我会跟她说清楚的，不会让她找你麻烦。"

事到如今，蒙在鼓里的他还以为我们俩之间最大的障碍是章西，可是，我又不能跟他说太多，说得再多他也不会明白。

我急得几乎都快哭出来了，却只能噙着眼泪，哽咽着要求他给我一个承诺："你能不能答应我，以后，无论发生什么样的事情，无论到底有多少人反对我们两个人在一起，都不要放弃！"

对面的男孩明显慌了起来，从躺椅上站了起来，走近一步："怎么了？"

"到底能不能答应我？"

"好，好，我答应你。"

听到他的承诺后，我的反应连自己都吓了一跳。

我居然一下子跳起来，撒腿就跑。

我在炽热的沙滩上撒腿狂奔，还不小心跌倒了两次，我对着身后追过来的梁寒大喊"不要追"，生怕下一秒钟他就会反悔似的。

直到跑到了高处的岸上，我才鼓起勇气，双手围成喇叭，对着远处沙滩上一脸茫然的梁寒大喊："我记住你的话了，记到了骨头里。"

希望，沧海桑田，你也一样能把承诺刻进骨头里，永不磨灭。

5 <<<<<

所有人，都必须经过一场又一场暴风雨的洗礼才能学会长大。只不过，有些人能涅槃重生，有些人却只能化为灰烬罢了。

2015年8月28日，原本三天后才开学的沈一辰提前来到了G市。

他没有去姐姐的四合院，而是直接赶到了电子街。

手机店里，脸色铁青的他一把拉起我的手，说了句"有话跟你说"，就快速向门外走去。

我本以为是程铁把我和梁寒的事情告诉他了呢，我清清楚楚地记得，我被他挟持出门时，一脸担忧的许艺橙还对我做了个加油的动作。

他拉着我穿过人群，任凭中央公园里的喷泉将我们浇了个透心凉，直到把我拉到对面的一座雕像前站定。

浑身湿透的沈一辰，白色衬衣紧紧贴在皮肤上，胸口剧烈地起伏着。他的表情很为难，眉头紧紧地皱在了一起。雕像的阴影自他腰部横过，仿佛把他割裂成了两段。他的拳头握得很紧，手背上青筋暴出，嘴唇颤抖着，严肃的脸上写满了犹豫不决。

他定定地看着我，那眼神不像是在责备，倒更像是在为我打气。

发梢的水珠一滴滴落在炽热的水泥地面上，转瞬间就已蒸发殆尽，这样炎热的天气里，他脸上的神情却让我有生以来第一次感到寒冷。

短时间的沉默过后，只见他猛揩一下脸上的水珠，把手伸进了深蓝色的短裤口袋，摸索了片刻后，举到了我面前。

强烈的日光直直地打在他的手背上，汗毛上的细小水珠发射出七彩光晕，而他，却迟迟不愿摊开掌心。

"什么呀，那么神秘？"我努力微笑，却笑得那么不自然。

举到面前的手掌最终还是缓缓地摊开了，而看到他掌心里的东西的那一刻，我的脑袋"嗡"的一声就大了。

眼下，静静地躺在他掌心里的是一个方形的小小金属铭牌，跟铭牌挂在一起的还有一把钥匙，牌子上的几个小字反射着光芒——蔷薇花墅16号。

尘封的记忆，就像是一块被烈火反复灼烧的石灰岩，渐渐冷却，褪掉了所有的色彩，变成了无力的苍白。如今，却一下子丢进冷水里，开始剧烈反应，爆裂、粉碎、崩塌。

"你从哪里弄来的？"

我本以为自己会一下子将那个铭牌夺到手中，而事实上我却下意识地后退了一步，仿佛他手心里那个小小的铭牌，带来的是一场瘟疫，转瞬间就能让整个青春一片死寂。

"你爸寄回来的，还有一封信！"

沈一辰的语气冷冰冰的，发梢还在不停地滴着水。

看到我不敢接，他开始在随身的书包里翻找，透明的塑料档案袋里，放着他的录取通知书和一封写在A4纸上的，长长的，来自岁月尽头的信。

"顾小庄，在你看这封信之前，你必须答应我，无论发生了什么事情，你都必须坚强起来，因为还有很多事情等着你去做。"在将信递到我眼前后，沈一辰又猛地抽了回去，不无担忧地对我说。

我紧闭双唇，努力平复自己的心情，对他重重地点了点头。


爸爸信里的世界是灰暗的，龌龊的。

我难过的是，这个因为生意破产而外逃的男人，就算妻子去世，也没勇气带她回家安葬。

我不知道他们在外的这些年是怎么过来的,没有身份,不能找到正式工作。

我只清楚地记得他在信中反复提到的那个名字——梁子安,现任梁氏集团掌门人。

当年,梁子安经营着G市最大的一家食品公司——一彩食品。

而那时的爸爸几乎掌控着整个青牛镇农产品和水果的收购、分销,平日里与一彩食品有很多生意来往,与当时担任一彩食品公司总会计师的章同书也很熟。

为了奖励出色的原材料供应商,梁子安甚至送给了爸爸一套别墅,也就是蔷薇花墅16号。

后来,爸爸在梁子安的怂恿下,开始在青牛镇募集资金,在青牛镇建立食品加工厂。他本以为能够直接跳过食品加工包装这一环,直接为一彩公司提供成品,赚取更多的利润。

前两年的事实证明他的选择是对的,青牛镇的父老乡亲也得到了数目可观的分红,甚至纷纷追加投资。

可是,第三年却出了岔子。

那一年,爸爸又在周围镇上建了三个分厂,梁子安承诺包销他的所有产品,可是等他把产品生产出来后,梁子安却百般推诿。这件事亏就亏在爸爸以前和他的交往十分顺畅熟悉,产生了无比的信任,所以那次,爸爸连包销合同都没有签。

由于产品滞销,银行的贷款到期,而且成品都是用的一彩公司的包装,无法卖给别人,爸爸四处拆借,苦苦维持了半年,但最终还是宣布破产。彼时梁子安还利用更多的关系,把爸爸在青牛镇的行为定为非法集资。

爸爸几次上告,但每次都失败了,为了免除牢狱之灾,找到一条生路,爸爸把我寄养在了奶奶家,和妈妈一起出逃。

就在他出逃后不久,法院就强行拍卖了爸爸所有的产业,包括青牛镇那家废弃的食品加工厂。而以远低于市场价拍得这些产业的那个人,正是梁子安。

而蔷薇花墅16号,由于双方仅仅签订了赠予合同,梁子安很轻易地就把它重新收回。想来,他正是通过这种方法,一步步取得了爸爸的信任。

也许是因为爸爸出生在青牛镇,鉴于种种原因,梁子安最终放弃了那家被我和沈一辰当成乐园的加工厂。

爸爸在信中告诉我,由于被通缉,他们在外不敢使用真实身份,只能在南方一些黑作坊打工谋生。

这些年,他曾多次私下跟章同书联系,希望知道内情的他能够帮忙,还自己一个公道,可惜,都被章同书拒绝了。

而就在一年前,妈妈因为劳累过度,生活环境又太差,患上了严重的尘肺病,撒手人寰。

爸爸没想到的是,一个月前章同书居然会主动联系他。

握着来信,双手不停颤抖的我已经忘记了哭,我缓缓地接过沈一辰递过来的铭牌和钥匙,我知道那钥匙和我生日的密码,能够打开一家外资银行的永久保险柜,据说,那个小小的柜子里藏着爸爸当年收集的证据,可以证明梁子安是怎样官商勾结,巧取豪夺才攫取了第一桶金,后来慢慢做大,涉足房产娱乐等行业,建立了G市排名第三的大集团。而当时由于梁子安的势力很大,就算有那些证据,也无法打赢官司。所以,他只能等。

除此之外,爸爸还欣喜地告诉我,当年的首席会计师,后来粮食集团的财务总监章同书也掌握了很多梁子安不为人知的秘密,当年章同书因为种种原因不愿意为爸爸做证,也是官司打不赢的另外一个原因。而现在,他们已经约定一起扳倒梁子安,夺回原本属于自己的东西。

而我比谁都清楚,章同书想要搞垮梁氏集团的目的,绝对不仅仅只是因为章西那么简单。作为从梁氏集团内部分裂出来的公司,他们业务上有太多重合,必须搞垮一方,另一方才能踩着它的"尸体",汲取着它残存的养分,成长、壮大。

爸爸选择把信寄给我有两个目的,一是让我保管证据以此来制约章同书,免得竹篮打水一场空;二是告诉我,他还活着。

可是,尚在人间的他却仍然不愿意回青牛镇,不愿意面对亏欠了太多的父老乡亲。

他在信上说:小庄啊,等到官司打赢,获得了补偿,还上了乡亲们的债,我就会回到你和爷爷奶奶身边了。

他说:爸爸从来都不是他们说的那种坏人。

泪水已经把纸打湿,有些事情终于无可狡辩地变成了残酷的现实,我缓缓地蹲在地上,被喷泉淋湿的衣服已经干透,裸露在阳光下的皮肤被晒得好像下一秒就要冒出火苗,把整个身体燃烧成灰烬一般。

沈一辰也蹲下身来,伸出手指轻轻地碰了碰我的手背。

"听说你妈妈不在了,我也很难过。"

头顶,一片被虫蛀了很多洞的法桐树叶终究还是不堪重负,从他的肩头滑落,轻轻打在地上,发出一声轻响,像极了一页写满我千疮百孔生活的传记。

我想起了小时候妈妈的样子,想起了如今住在蔷薇花墅16号里的那个优雅的女人,

本来,那个住在别墅里,侍弄着美丽花草,每天给我讲好听的童话故事的女人应该是我的妈妈。

我们会在一个海风凉爽的午后,荡起秋千,唱着歌,等爸爸下班回家后,一起去海边拿出早上放进海里的蟹笼。

那时候,小小年纪的我一定会戴一顶亮黄色的遮阳帽,骑在爸爸的脖子上,沿着花山倾斜的马路,一路向下。我的头顶,有浅灰色的海鸥飞来飞去,而不是青牛镇上那乌压压一片的麻雀。

那样的话,我不会遇见沈一辰,我会跟梁寒从小就认识吧,也许关系要好的两家人会相约一起把孩子送去遥远的迪拜。在那个遥远的沙漠国家里,有着比G市美丽一千倍的海岸线。

陌生的国度里,我们两个来自异邦的孩子相依为命,我们每年都会一起回家。前来接机的两家人每次都会发现我们两个长高了一点点,美好了一点点,直到有一天,顺理成章地将我们送上红毯。

我的手心里紧紧地握着那个铭牌,我感觉它就像是一粒生命力顽强的蔷薇花的种子,渐渐生根,从我的指缝里钻出了嫩绿的枝叶,长出了尖锐的花刺,刺破了我的皮肤,流出了殷红的鲜血。

它就那样贪婪地吞噬着我的血液,一寸寸包裹住我的身体,绵延成遮天蔽日的一片,开得肆无忌惮。

我感激的是,那时本来已经知道我和梁寒在一起了的沈一辰没有在我面前提半个字,他只是跑回姐姐的手机店里,搬出一顶巨大的遮阳伞,像电影中擎着华盖的武士一般,伫立在我身边,为我挡住烈日。

也不知道过了多久,我慢慢站起身来,我感觉自己双脚无根,晃晃悠悠,脑袋变得沉重无比,猛地向前栽去。

眼疾手快的沈一辰把遮阳伞一丢,一下子把我搂进了怀里。

冷气开得很足的手机店里,许艺橙小跑着去街对面的药店买来了一大盒藿香正气水,强迫中暑的我喝下了这世界上最难喝的药。

我的心脏"突突突"地跳个不停,沈一辰像个做错事的孩子一样,一丝不苟地用牙签帮我挑西瓜籽。

我有气无力地接过他递过来的西瓜,突然想起:"爷爷看没看过这封信?"

以爷爷现在的情况加上他的脾气,如果知道妈妈已经不在人世了,后果不堪设想。

沈一辰摇了摇头："快递是直接寄给你爷爷的，不过我当时正好在你家，顾奶奶认出了你爸爸的字体，把我拉到院子里，让我帮忙读的信。还有一封信是写给两位老人的，被顾奶奶留下了。"

我的心落进了肚子里，身体后倾，重新躺回了那张专属于沈迪的巨大按摩椅里。平日里，沈迪这个"资本家"，就是坐在那张皇帝宝座一样的按摩椅里，无情"剥削"我和许艺橙的。

我闭上眼睛，脑子里一团乱。

我的手掌心里紧紧握着一枚能够打开潘多拉魔盒的钥匙，我无比绝望而清楚地知道，魔盒一旦开启，封印了整整16年的魔鬼，就会一下子冲出来，毁掉整个世界。

此时，手机店的玻璃门被什么人推开了，发出"哐当"一声巨响。

接着门口传来了章西的声音："你们老板油炸皮卡丘在哪里？"

我挣扎着坐直身体，看见站在门口的女孩容光焕发，眼睛笑得眯成了两条线。

她穿了一条青绿色的灯笼短裤，还有胸口绘着一只巨大哆啦A梦的白T恤，脚上的运动鞋一只黑色，一只白色，是时下最流行的另类打扮。

再次看到章西的第一眼，我脑海里浮现出的第一个词就是"重生"。

所有人，都必须经过一场又一场暴风雨的洗礼才能学会长大。只不过，有些人能涅槃重生，有些人却只能化为灰烬罢了。

"哎呀，章西姐，谢天谢地，你终于回来了！"

本来与章西不算很熟的许艺橙由于太激动一下子扑上前去，章西笑笑地后退一步，伸出手指抵在了她的胸口："小丫头离我远点儿，小心西瓜汁蹭我衣服上。"

接着她转身漫不经心地瞥了沈一辰一眼："怎么办啊，有人跟我一样，也被出局喽！"

说完这句，不等我们做出任何反应，眼前的女孩居然猛地转过身来，故作"轻佻"地将纤细的手臂搭在了沈一辰肩头："我看这样，我们俩也惺惺相惜一回，凑合凑合得了！"

沈一辰轻轻拿掉她的胳膊，一脸尴尬。

"哈哈哈，沈一辰居然会脸红欸，你们看到了没？"

"算啦算啦，跟你开玩笑的啦，我章西现在改邪归正，不迫害小花朵了。"

沈一辰没有说话，看出来气氛有些别扭的许艺橙连忙转移话题："你找沈迪姐有事吗？她晚上才能回来呢。"

从沈一辰身边迂回绕到沙发旁的章西捏起一块西瓜："我能有什么正经事，过来看

看你们都还健在不。"

许艺橙翻了她一个白眼,嘟囔着重新走进了柜台里。

其实,后来我们才知道,那天章西找沈迪,的确是有正经事要谈的,她想跟沈迪这个商场老手合伙做生意。她断定,以沈迪的经验,加上章爸爸雄厚的资金、人脉,她们俩一定能把生意做得风生水起。

望着对面的章西,我悄悄把那枚铭牌藏了起来,知趣地从按摩椅上站起身,走到了一边,我知道每次她来店里,身后的这张按摩椅就会成为她的专属座椅。我抢了她太多东西,如今,还是乖乖让位的好。

我借口头晕要回四合院休息,让沈一辰骑许艺橙的电瓶车送我回去。

一路上,本来话很多的沈一辰安静得很,我将昏沉沉的脑袋抵在他的后背上,茫然地看着脚下滚烫的柏油路。

我躺在客厅的沙发里,没有开电视,没有听歌,没有玩手机。

整个房间里,只有沈一辰帮我熬绿豆汤时发出的锅碗瓢盆碰撞的声响,好像全世界在我面前集体失语。

半个小时后,他将一碗放了冰糖的绿豆汤端到我面前,喃喃地对我说:"你别这样好不好,一切都会过去的。"

接着,他甩了一下被瓷碗烫到的右手,把绿豆汤放在床头柜上:"唉,我现在居然有点儿希望你们俩能平安无事地在一起……"

# 第五章 / chapter 5
## 潘多拉之钥

1 <<<<<

暴风雨总是要来的，无论你做没做好准备，有没有一把伞。

这是我最不希望结束的一个暑假。

虽然这个好像比一生还要长的假期里，我得到了一个梦寐以求的新身份，可走在那座熟悉校园里的我，却突然不知道该如何以这个身份面对梁寒了。

熙熙攘攘的校园里，多了很多新面孔，沈一辰看起来却是其中最无精打采的一个。走在他前面的沈迪却显得趾高气扬，情不自禁地向身边经过的一个个陌生人做介绍："我弟，来G大报到！"

主教学楼前，还是那个巨大的通告墙，上面还是用粉红色的A4纸打印着密密麻麻的分班信息。

而与前一年不同的是，跟在沈迪身后帮沈一辰查找信息的我，却总是不经意朝着身后六楼的某个阳台看一眼。

我知道，此时此刻，有一个穿着黑色短袖衬衣的男孩，正目不转睛地看向这边。

一声闷响在耳边响起，是章帆的拳头打在沈一辰胸口上发出的闷响："代表G大欢迎你！"

话音未落，不知道从哪里钻出来的章帆已经一下子搂住了沈一辰和我的脖子，朝着对面转过了身。

他极其挑衅地看着对面阳台上的梁寒，手臂紧紧勾住我脖子，还朝着对方眯了眯眼睛，像是在用那个表情向对方宣告：我们才是一起的。

我双手抓住他的手腕，想要从大鹏展翅般的他身下逃脱，无奈他的力气太大，我用了很大的力气也没能奏效。

对面，原本站在阳台上的梁寒转身缓缓地走进了屋子里，并且关上了推拉门。

直到那一刻，章帆才放开手，转过脸看着我，自以为是地邀功道："知道你很难抉择，长痛不如短痛，还不如我帮你选择！"

我猛推他一把，义愤填膺地看着他，那时的他恐怕还不知道我已经是梁寒的女朋友了吧。

见我发火，沈一辰很自然地站过来，挡在了我和章帆之间，一脸戒备地盯着他。

章帆苦笑一下，摇了摇头："早晚有一天你会知道的，害你家破人亡那个人不是我！"

撂下这句话，章帆便气鼓鼓地钻进了人群。

他说的那句话不全对，害我家破人亡的那个人的确不是他，但也不是梁寒。他跟我一样，不过也是命运长河里的一粒微尘罢了。而这条波涛汹涌的大河太霸道，渺小的我们甚至连挣扎的机会都没有，只能随波浮沉，起落不定。

我和沈迪把沈一辰送到教室后，我独自回到了教室。

教室里梁寒的座位上还是空的，我碰了碰正在擦桌子的许艺橙的肩头，跟她使了个眼色，瞥了瞥梁寒的位置。

"不知道啊，一直没看见他进教室。"

她回答时语气异常平静，仿佛我所打听的是个再平常不过的陌生人，看起来，经过程铁整整一个暑假的改造，眼前的许艺橙早已不再是当初那个挖空心思搜罗男神各种信息的女孩了。

此时此刻，她桌子上放着的，正是当初程铁吃包子赢回来的那部手机。

我把书包塞进桌洞里，从后门缓缓走出了教室，躲过一个个眉飞色舞、横冲直撞的新面孔，向着六楼走去。

但我最终没有敲响那道紧闭着的房门，手指蜷缩在空中，却重新收了回来，低下头往回走。我故意放慢脚步，希望背后的某个方向能像上次一样传来梁寒的声音。可是，直到我磨蹭到了楼梯口，背后的木门依旧紧闭。

其实，我不知道如果梁寒真的发现了我，我会跟他说些什么，又能跟他说些什么。

那一天，整整一天我都没敢用小镜子偷看梁寒，惴惴不安的我如坐针毡，一次又一次地掏出手机，生怕错过了他发来的任何一条信息。

令我万万没想到的是，倒数第二节课的课间，梁寒居然趁许艺橙去洗手间的机会，主动坐到了我身边。

他平视着前方的黑板，从手中不停摆弄着的圆珠笔可以推断，他有些焦虑。

"沈一辰真的考进G大了？"

他的声音很小，宛若夜风吹过山谷，草丛里的夏虫只轻轻鸣叫了一声，就隐匿了响动。

我点了点头。

"那我们俩的事情，你有没有告诉他？"

我再次点了点头。

我用眼角的余光发现，他的嘴角露出了释然的笑意。

他还不知道，沈一辰之所以没有为难我们，并不是因为他放弃了，而是他带来了更

让人绝望的消息。这个消息，如果属实，足以摧毁我们两个的一生，与其相比我们之间那可怜的"爱情"就显得太过渺小了。

一直不敢正视他的我猛地转过头，目不斜视地看着他晶晶亮的双眸，眸子里的那个女孩是那样无助，那样不甘。

"如果有一天所有的一切都变了，你爸爸的生意也完了，你也必须从别墅里搬出来，你会怎么办？"

做了很久的思想斗争，最终我还是忍不住把这句话说了出来。

梁寒笑得露出了洁白的牙齿，他的牙很齐，很好看："怎么可能呢，你怎么突然这么问啊？"

"我是说万一，万一！"

我提高了声音，一脸严肃地看着他。

他顿了一下："那有什么啊，很多人没有钱不也一样过得很好吗？就算是我家的生意一切如初，你以为我会像我爸希望的那样接手吗？我才不会呢，我有自己想干的事情，想去的地方。我不喜欢尔虞我诈的商场，也没有那么大的野心。"

"那你想去哪里？"我连忙追问，仿佛抓住了唯一的救命稻草。

梁寒眉毛轻轻上挑，似乎在故意跟我卖关子："你知不知道，这个世界上有一座岛，那里有最美丽的海，有着跟岛上的建筑一样古老而美好的爱情故事，还有很多很多慵懒的流浪猫。我呀，就想去那座岛上开一家小小的咖啡店，养很多只流浪猫，平常用相机拍摄美丽的风景，亲手将那些照片做成明信片，卖给来店里喝咖啡的游客……"

说起这个梦想，眼前的梁寒眉宇间全是向往的神情，然后，他目光下移落到了我身上："到那时你愿不愿意跟我一起去？"

我不知道这世界上到底有没有这样一座童话般的岛屿，我只是突然间很难过，我抬起头，一个字一个字，笃定地回答他："我愿意！"

是的，我愿意，却唯恐那时的他早已不愿把这个诺言记起。

九月里。

章西和沈迪合开的日本料理店开始装修了。

店面就在跟电子街隔着一条马路的步行街，那里是G市最繁华的地段，每天行人如织。好在章西不用考虑高昂的房租，一切费用都由章爸爸承担，他不指望女儿能赚多少钱，只希望女儿能收心。

摆满了各式各样装修材料的大厅里，头戴一顶用报纸折成的防尘帽的章西像模像样地监督着七八个装修师傅,站在门口目睹这一切的章爸爸脸上露出了欣慰的表情。在他的身后,沈一辰正和章帆将一只巨大的榻榻米垫抬上二楼,两个人一边呼哧呼哧地喘着粗气,一边互相指责着对方的笨拙。

与章西这个"董事长"不同,章家人花钱雇的"总经理"沈迪倒更像是一个游手好闲的领导,端着薄荷奶茶站在玻璃门外的她悠闲地喝着,时不时地朝着里面大喊:

"错了错了,那个鱼缸应该摆在那里,摆那里才能招财!"

"你说你是不是傻?营业执照当然得放在最显眼的地方,那样顾客才能放心消费不是?"

……

拖着一个巨大皮箱的我笑着看着这一切,皮箱里装着的是沈迪亲自去旧货市场买来或者网购来的旧书,还有很多是她根本看不懂的外文原版书。据说,那些书是要摆在每个包间里的书柜上的,那样才能显得这间店有格调,品位高。

"小庄,能不能借一步说话?"

不知何时,脸上堆着笑的章爸爸走到了我的身边。

因为他是长辈,虽然我心里知道他要说什么,一百个不情愿,但最终只能点点头,把箱子放在门口,跟在他身后,向门口走去。

那一刻,我特别想变成一只鸵鸟,将脑袋深深地埋进沙漠里,不去听,不去看,不去想。

出门后的章爸爸拐了一个弯,走到了料理店的侧后方,在他的身后,一座锈迹斑斑的钢铁楼梯旋转而上,直接通向了三层楼的楼顶。

他在阴影里站定,收起笑容,换上一副正式的表情:"很多事情在你爸爸的信里应该告诉你了吧,你看,你什么时候能把钥匙交给我啊,或者你去取那些资料交给我。"

看样子,爸爸早就已经跟他通过气了。

那一刻,我特别想大逆不道地告诉他——我要将那些资料烧掉。

可是,我不敢,爸爸妈妈经受的苦难也不允许我这么做。

我下意识地摸了摸自己的胸口,那个铭牌和钥匙被我重新挂在了身上,但我知道,这世上再没有那样的好心人,可以把走失了的我捡到,重新送回那座开满蔷薇的小楼。

"小庄?"

见我有些失神,章爸爸的声音高了一些。

"伯父,爸爸信里说的那些事情都是真的吗?"

"你这孩子,怎么连你爸的话都不信啊,如果没有充足的证据,谁那么大胆敢去碰梁氏集团?告诉你吧,不光你们家,这些年被梁子安坑得家破人亡的人多了。战场上有句话叫作'一将成名万骨枯',生意场上也是一样的。好在两个月前,一直护着梁氏集团的那位副市长落马了,这是我们千载难逢的机会。"

章爸爸上前一步,拍了拍我的肩膀,他看起来是那样胸有成竹。

"那梁寒会不会被连累?"

听到我的话,章爸爸微微一愣,嘴角的肌肉抽搐了一下:"说实话,我还真希望他能跟他爸一起进去,西西被那小子害得太惨了。可惜哟……不过,如果我们成功,他再想过和现在一样的生活,也是没可能了。"

说到此,他顿了一下,脸上露出了狡诈的笑容:"我们只需要打赢一场官司,剩下的事情根本不用我们出手。墙倒众人推,一旦梁氏集团出现一点儿风吹草动,贷款给他们的各大银行和有生意往来的客户就会纷纷前来逼债,资金被几个大项目套牢,梁子安就算是三头六臂也应付不来,最终只能宣布破产,还要面临牢狱之灾。

"现在,我们只需点一把火!"

那一刻,我终于证实了章爸爸的用意,他是想借此铲除最大的竞争对手,而爸爸不过是一枚可怜的棋子罢了。

见我犹豫不决,章爸爸再次补充道:"孩子,你放心,伯父一定会帮你们讨回公道的,现在梁子安住的别墅本来就是你们的,就算法院最后不会判给你们家,伯父也会像答应你爸爸的那样,买下来送给你们!"

这算是利诱吗?

原来,人心居然可以深沉至此。

我缓缓地蹲到地上,墙角的蚁群正在拖着一片巨大的树叶向地势高的地方迁徙,这座海边城市每到夏天,天气总是变化莫测。

我觉得自己像极了一只小小的蚂蚁,必须承担太多的重量,才能去到更遥远的地方,见到心爱的人,然后,远离心爱的人。

"小庄,你得赶紧做决定啊,我们得趁梁子安还没有找到新的保护伞之前发出致命一击。"

我努力地摇头。

我不知道自己该怎么做了。

我站起身,在明晃晃的太阳下狂奔,我也不知道自己想要跑去哪里。

我随便跑上一辆公交车,坐在最后的角落里。

我随便在一个车站下车，看见天阴得越来越厉害了。

我拼了命也甩不掉身后如盖而来的乌云，阳光被乌云遮挡的天空渐渐变得暗淡，自以为跑了很远很远的我最终气喘吁吁地停下脚步，无力地靠坐在了街角。

从我坐的地方看过去，前面是一条下坡的长长的台阶，台阶的两旁开着很多家很有特色的小店，台阶的尽头被一条横穿而过的柏油路截断，另一边就是黑蓝色的大海了。头顶上错落不一的电线昭示着这是一片还未来得及开发的老城区，此刻，就连原本停在电线上小憩的飞鸟，也匆匆忙忙地飞回了巢穴，准备躲避即将到来的大雨。

不远处，有一只巨大的绿色垃圾桶，一只黑色的野猫原本在垃圾桶里翻找食物，如今，正戒备地看着痛苦不已的我。

我想，这样美丽古旧的地方，是有资格被梁寒拍进相机里做成明信片的吧。

天色越来越暗，原本燥热的空气变得湿冷起来，转瞬间，豆大的、银亮的雨滴便劈头盖脸地砸了下来。黑猫一下子蹿起，跳上墙头，隐匿进了茂密的花丛中。而我，却一点儿都不想去躲。

我蜷缩着膝盖，将脑袋埋进臂弯里。

闪电还很远，现在还听不到雷声。

雨水在脚下汇聚成了一条小溪，越过落满细小叶片的小路，流进了下水道。

偶尔有一两个行色匆匆的路人踩着水从我身边跑过，也完全没有注意到我的存在。

口袋里的手机一直在振动，我知道，一定是沈一辰打来的，可是我却不想接。

好在，暴风雨总是来得快去得也快，当大雨不由分说地将我淋成一只落汤鸡后不久，从海面上吹来的风变得越来越大，转瞬间便吹散了头顶的乌云，只余下水分蒸发时带来的阴冷。

我抱着双肩，打着哆嗦，阳光重新从云层的边缘透射出来，我缓缓地挪动身体，上前，靠着一家门口挂满风铃的布偶店，坐在了能被阳光照到的台阶上。

我打了个喷嚏，尽量把自己缩得更小，缓缓地闭上了眼睛。

我本想等暖和一点儿，恢复了体力就回家的。然而，却沉沉地睡了过去。

迷迷糊糊中，我听到有个女孩叫着我，我想，一定是许艺橙了，再然后有个男孩将我背了起来，我想，一定是沈一辰了。

可是，意识不清的我毫无判断力，事实上，那个温柔地推我肩膀，想要叫醒我的女孩是开布偶店的小姐姐，而那个背我下台阶上车的男人，是她叫来的出租车司机。

睡梦中的我，不知不觉地放松了紧握的手掌，而里面的铭牌上写着我"家"的地址——蔷薇花墅16号。

有生以来,我唯一一次迷路,唯一一次被别人按照铭牌上的地址送回家,可是前来迎接我的人却不是亲爱的妈妈。

"小庄,顾小庄。"

迷糊中,我感觉肩头被什么人轻轻推了几下,耳边传来那个熟悉的声音,是梁寒。

我努力地睁开眼睛,他的眉头紧紧地皱在一起,满脸担忧。

"她是你妹妹吧,是不是生了什么病?幸亏你们细心,还给她戴了一个铭牌!"站在梁寒身边的小姐姐语气中带着几分释然,还有责备,"既然知道她容易迷路,干吗不好好看着啊,一定是被刚才那场大雨激着了。"

我想解释,可是浑身一点儿力气也没有。

梁寒没有说话,把我从车里轻轻地扶了下来,直到那时我才发现,梁妈妈也已经迎到了门口。

我的脑袋嗡地一下,直到那一刻我才猛然意识到发生了什么。

我想推开梁寒,可是力气却是那样小,只能任凭他一下子将我背起,走进了那座我朝思暮想的别墅。

跟在身后的梁妈妈一脸尴尬,不停地对着门外的出租车说着谢谢。

"梁寒,你放开我,他们误会了!"

我断断续续地说出这句话,可是梁寒却仿佛没有听到一般,直接将我背到了二楼,放在了一张铺着堇色床单,柔软无比的床上。

"这是我家客房,平常来客人时也是住在这里,没关系的。"

梁寒拿起一只枕头,放在了我身后,让我可以躺得舒服一些。

"叮当",脖子上的钥匙与铭牌碰撞在一起,发出一道清脆的响声,我连忙抓起来,塞回衣服里。

好在梁寒似乎没有注意到这个细微的动作,帮我整理好被褥后,后退一步,第一次开玩笑似的对我说:"还以为得等很多年你才能住进这里呢。"

我的脸滚烫无比,垂下了脑袋不敢看他。

"你身体怎么那么弱呢,军训时晕倒过,现在又晕了,看样子你需要好好锻炼了。"一边说着话,一边转过身去的梁寒顺手打开了电视,坐进了旁边的沙发里。

沙发旁的桌子上摆着一只梭子形的玻璃花瓶,花瓶里插着的鲜花来自梁妈妈亲手打理的小花园。

梁寒拿起桌子上的遥控器,按了一下,身边的窗帘便缓缓地打开了,窗外正对着二楼的露台,露台的边缘种满了各式各样的花朵,上面还搭着一个凉棚,凉棚下面放着一张米色的躺椅，躺椅旁边的牛奶似乎还是热的。

我努力地搜寻着脑海里关于蔷薇花墅16号的一切，心中紧张不已，我甚至连伸一下腿都不敢。

门外传来了轻微的脚步声，房门明明是打开的，梁妈妈却还是伸手敲了敲。

"来，我给你弄了碗姜汤，受了凉很麻烦的。"

她的手上端着一小碗热气腾腾的姜汤，空气中弥漫着红糖的香味。

我连忙起身，她却没有把汤递过来，而是放到了床头柜上，埋怨我道："这孩子，很烫的，等一会儿再喝。怪不得这么不会照顾自己。"

我连声道谢，不承想自己的莽撞会给他们带来这么多麻烦。

不过，对于我的莽撞，梁妈妈看起来倒有几分高兴，她一遍遍地跟我说这还是梁寒第一次带朋友回家。

而关于我为什么会被出租车送到这里，眼前这个聪明的中年女人绝口不提，好在她没有听到那位小姐姐的话，不知道铭牌的事情。而现在，我需要想的，是如何给她一个合理的解释。

"是我约顾小庄来咱们家的，她换乘时正好遇到大雨，又打不到车，就被淋成这样了。"似乎看出了我的为难，梁寒连忙替我解释。

"你这孩子，什么时候约不好，非得选这么一个鬼天气。"在埋怨完儿子后，梁妈妈又把目光转向了我，"你感觉怎么样？如果还是不舒服，等喝了姜汤，阿姨带你去医院。"

"不用，不用，我没事的，阿姨！"我连忙解释，"我一会儿就走。"

"去哪儿？他连累你生病，等养好了再走。梁寒能有你这样的朋友，阿姨打心眼儿里高兴。记住了，以后，这就是你的家，想什么时候来就什么时候来，梁寒不在时也可以来陪我说说话，反正我一个人也怪无聊的。"

梁妈妈笑容满面，在交代了梁寒要好好照顾我后，就下楼去做饭了，还说一定要让我尝尝她的手艺。

我听得清清楚楚，她下楼时还情不自禁地哼唱起了曲调婉转的南方小曲。

可是，我却很想哭。

她那句"这就是你的家"深深扎进了我心里，我连忙把脸转向窗外，紧紧地捂住了自己的嘴巴。

许久后，我听见梁寒试探着问我："你脖子上的铭牌是怎么回事，为什么写着我家的地址？"

也许,那么长时间的沉默,他一直在考虑要不要把这句话问出口。

努力隐藏的秘密终究还是要大白于天下,眼前的男孩是天底下我最不想欺骗的那个,可是我却不知道该怎么把真相告诉他。

长时间的沉默后,我几乎是祈求般地对他说道:"不要问了好不好,等该告诉你的时候,我会告诉你的。"

梁寒迟疑了片刻,突然问我:"小时候我们不住在这里,我依稀记得三岁时爸爸带我来过这里,我记得见过一个小妹妹,后来据说他们家生意失败,把房子卖给了爸爸。不会就是你吧?"

我不敢直视他的眼睛,我想告诉他那就是我,虽然那时我才两岁,记忆力没有他那么好,但我能确定他说的那个女孩就是我。

可是,我却不敢承认。

我该如何告诉他,其实那个害我家生意失败、家破人亡的罪魁祸首正是他爸爸。

见我不说话,梁寒似乎意识到了什么,不再追问。

他起身交代我要好好休息,便关上了房门,回到了自己的房间。

如果我说,那天我并没有吃到梁妈妈的拿手饭菜,而是从窗口爬到二楼露台上,冒着摔断腿的风险从二楼跳到了别墅外面,有人会相信吗?

长满青苔的青砖路面坚硬无比,我一屁股跌坐在地,院子里传来了急促的狗叫声。

我强撑着身体,一瘸一拐头也不回地往山下跑。

我打了一辆车,坐在后排瑟瑟发抖。

我在心底默默地对梁寒说:请原谅,你唯一的朋友让你在母亲面前颜面尽失,我还找不到一个两全其美的办法,面对这一寸寸倒塌的堡垒与城池。

我在出租车里哭着接起沈一辰打来的第N个电话,我喃喃地反问他:"沈一辰,你能不能告诉我,到底哪里才是我家?"

## 2 <<<<<

*我总是梦见你说想要去的地方,你总是乐此不疲地描绘着那片狭小的天堂。而坐在你身边,认真倾听的我,却只想要一支笔,在你的心上,画下不离不弃的模样。*

开学半个月以后,沈一辰的军训结束了。

整整半个月的时间里,梁寒都没有再问我铭牌的事情。我们两个人像约好了一样,小心翼翼，如履薄冰地避开了这条近在咫尺，足以吞没一切，摧毁一切的深渊。

这半个月的时间里，章帆来找过我三次，有一次甚至抓着我的衣领，气急败坏地对我大吼："你还有没有良心啊，顾小庄，你忘了你死去的妈妈了吗，还有你那有家不能回的爸爸。如果扳不倒梁子安，你爸爸永远都只能是一个逃犯！"

当时，程铁正借沈迪的四合院给许艺橙举行一个盛大的生日聚会。

他对我大吼时，章西正好出来上洗手间。

看见章西，章帆立马装模作样地把脸转向了一边。

"你们俩在外面干什么？要吃蛋糕了，其实，蛋糕上的草莓早就被我吃光了，嘿嘿。"

章西一脸恶作剧般的表情，嘴角露出了两个浅浅的酒窝，耳朵上的银色耳环闪闪发亮。

"咳……"

章帆咳嗽一声，似乎是在提醒我，看样子他们家人并没把实情告诉章西。也不知道，如果章西知道我们正在商量一个巨大的阴谋，这个阴谋足以毁掉梁寒现在的一切，她会是什么样的反应。

"神经兮兮的。"

望着率先走进屋子里的哥哥，章西嘟囔了一句，转而问我："老实交代，那家伙是不是让你监督我？"

我不置可否地微微一笑。

"我说改邪归正就是改邪归正了，用得着你们瞎操心？"

说话间，章西已经冲进了屋子里。

而几乎与此同时，沈一辰的电话响了起来。

电话是沈妈妈打过来的，从沈一辰僵在嘴角的笑容，还有脸上凝重的神色可以看出，青牛镇似乎发生了什么大事。

只见他一下子挂掉电话，跑过来拉起我的胳膊，一边往外跑，一边对正准备切蛋糕的沈迪大喊："快，姐，开车，回家。不，直接去镇医院！"

沈迪的小汽车像是一只拧紧了发条的玩具，载着我们三个人向着青牛镇医院的方向一路疾驰。

本来一个多小时的路程，沈迪只用了45分钟。

青牛镇医院二楼的某个病房里，正躺着奄奄一息的爷爷，坐在病床旁的奶奶拉着他的手不停地自责："我干吗要给他洗澡啊，害得他滑倒。"

看见我们赶到，守在病床前的沈爸爸、沈妈妈还有程婶赶紧让开一条路。

爷爷的额头上包着一块纱布，隐约还能看见暗红的颜色渗出来，我的眼泪一下子涌出来，连忙上前。

挂在头顶上的吊瓶正以极其缓慢的速度滴入爷爷那再也经不起任何风浪、衰老无比的身体，他的嘴唇上下翕动。直到凑到爷爷面前，我才勉强听到，他在不住地重复着爸爸的名字："小柏……小柏……顾丛柏……回家啊……"

"一直在喊。"

奶奶一直不愿意放开爷爷的手，老泪纵横，自言自语道："也不知道你爸能不能回来给老头子送终……"

爷爷就爸爸这一个孩子，几乎把所有希望都寄托在了他身上，虽然意识清醒时谁也不敢在他面前提起爸爸，一提"顾丛柏"这三个字就会被他骂得体无完肤，但是，大家都清楚眼前这位年近八旬的老人，到底有多希望儿子能够回到身边。

我俯下身，轻轻地将脑袋伏在爷爷的怀里，喃喃地回答他："爷爷，爸爸就快回来了，就快了。"

是的，爸爸就快回来了。

到那时，他会打赢一场能够惊动整个G市的大官司，夺回本来属于自己的东西，还上乡亲们的债，重新做回您心目中那个值得骄傲的乖儿子。

"沈迪，沈迪，油炸皮卡丘！"

我给爷爷收拾床铺时，住院楼的楼下传来了章西的喊叫声，我听见沈迪惊喜地对着楼下大喊："你们几个怎么来了？"

"听说你们都来医院了，我们不放心，看看有没有能帮上忙的。"

"小庄爷爷摔倒了，你们上来吧，小声点儿！"

一阵凌乱的脚步声后，病房门再次被推开了，章西他们一行四人挤了进来，在看到他们其实并不能帮上什么忙后，章西的语气中充满了沮丧："看样子，我们只能来给你们添乱了。"

其实，他们能来，我特别感激，就算是帮不上任何忙，只要他们愿意站在我的身边，和我一同面对，就让我内心充满了力量。

几分钟后，章西一行人被沈迪带到了病房外面，我隐约听见程婶在信誓旦旦地向许艺橙保证，今天晚上一定让他们吃上最正宗的农家菜。

在她的心目中，自从上次见过许艺橙一面，就已经把她当成了"准儿媳"。

然而，章帆却没有跟出去。

在看到屋子里只剩下沈一辰、奶奶和我之后，他缓缓地走上前来，弓下腰轻声对我说："爷爷一直在叫你爸的名字呢，我看，最好给他打个电话。"

我苦笑一下，没人比我更想给爸爸打个电话，告诉他这十多年来我所承受的苦难，告诉他爷爷的病情，问一问他什么时候才能回家。可是，上次的来信中，他不但没有留下自己的联系方式，甚至连个可以回信的地址都没写。

"我们没他电话号码。"

替我回答的是沈一辰，他的语气冷冷的，满是对我爸的埋怨。

"我爸有啊。"

身边的章帆几乎是脱口而出，我猛地抬起头，盯着他的双眼。

"真的，我爸有你爸联系方式。"

我简直不敢相信自己的耳朵了，来不及多想，拉起他的胳膊就往门外冲。

我恨不得马上听到爸爸的声音，告诉他家里发生的一切，恨不得下一秒钟他就能够出现在爷爷的面前。

可是，原本急迫不已的我，在看到章爸爸发过来的那个电话号码后，却突然有些退缩了。

那一刻，我忽然明白爸爸为什么宁愿把电话号码告诉一个陌生人，也不愿意告诉自己的亲人了。

太多太多年没有联系。

我们已经丧失了开口的能力，他一定害怕听到家里人的声音，也害怕听到家里人对他的思念。他必须做到坚硬如铁，寒冷如冰，才能让自己保持理智，像一只受了伤，奄奄一息的野兽，躲在黑暗的角落里，等待着时机，对敌人发出致命的一击吧。

这期间，哪怕有一缕温暖的阳光照进他心里，也足以将冰山融化，将他击垮。

他肯定是害怕听到家人的声音，那样的话，恐怕他会奋不顾身地回到青牛镇，接着，很有可能被拘捕，再也没有机会挽回败局。

章帆似乎很心急，已经帮我把电话号码按在了我的手机上，将手机递到了我手中。彼时彼刻，仿佛只要我按下那个绿色的按钮，就会有一道凛冽的阳光，撕裂所有的阴霾，照向整片大地，带来光明的同时，烧毁所有肮脏的一切。

我的掌心里布满了汗水，我握紧电话的同时，空气一下子安静下来，所有人的目光都汇聚到了我身上。

我拼命地喘着气，不停地思考着到底该跟电话那头的男人说些什么。

第五章 潘多拉之钥

我转过身,向着住院楼外跑去,好在身后没有一个人追上来,我心底异常感激他们能给我留下最后的自尊,能给那么多年的隐忍留下一块隐秘的自由空间。

我一口气跑到医院后面的小操场,在围墙边的角落里坐下来,将自己隐藏在齐膝深的蒿草丛中。

我感觉自己像是蜷缩在一个漆黑一片的剧场里,舞台上,只有一道刺眼的追光灯打在我身上,周围没有观众,没有喝彩,也没有嘲讽。

但我却是那样不安,那样绝望,仿佛只要我微微做出一个动作,发出一个声音,台下的灯光就会突然点亮,台下坐满了鄙夷的观众,他们一个个都长着跟我一模一样的脸。

可是,最终,我还是按下了屏幕上那个绿色的按键。

"嘟……嘟……"

听筒里传来的声音,一如我几近停止的心跳。

"喂……"

那个熟悉的声音,隔了十几年的光阴,隔了十几年的绝望和悲伤,已经是那样陌生。心中的千言万语,直到前一秒钟还在喃喃重复的话,到最后,只变成一声凄厉的恸哭。

"什么时候才回家啊,爷爷病了……"

"爸爸"两个字我始终还是没有叫出口,我知道,电话那头那个在外漂泊了很多年的男人,肯定跟我一样受尽了苦难,也跟我一样,期冀亲人的一声安慰。可是,我却没能把心中的思念说出口。

长长的沉默,使听筒里时断时续传来了哽咽。

许久,才听见他轻声地说道:"小庄,爸爸现在回去肯定会被抓,只有等官司赢了,我才能够回到爷爷身边。"

他说:"不过,你放心,我很快就能回去了,章总告诉我,只要你能配合,官司很快就能开庭。"

接着,不等我回答,对方就挂掉了电话。

我连忙拨回去,却提示已经关机。

该是怎样的铁石心肠,该是怎样的恨,才能让一个儿子,一位父亲变得如此冥顽不灵。

也许是等了太久,沈一辰忍不住来操场找我了。

分明看见了我的他并没有叫我的名字,而是穿过草丛,坐到了我身边,和我一起抬头呆呆地看天。

小时候,我们经常这样坐在那间废弃食品加工厂的草丛里看天的,而且,一看就是一个下午。

他折下一根细长的狗尾草,轻轻地在我鼻尖逗弄,想以这种方式逗我开心,我无力去挡。

我听见索性平躺在草丛里的他,试探着对我说:"该做决定了,其实他爸爸做过的事情跟他没有任何关系,如果他知道你们家经历的一切,一定也会原谅你的。"

但愿吧。

但愿我能原谅我自己。

沈迪带着章西他们回G市是在第二天一大早。

我向老师请了一周的假,在医院里照顾爷爷。

我拒绝了沈妈妈和程婶的好意,没有把爷爷交给她们,我想等爷爷病情稍微好转再回学校。

其实,我只是想躲避某些东西而已。

那一周的时间里,爷爷到底喊了多少次爸爸的名字,我已经记不清了。

我只记得奶奶曾经满怀希望地问过我:"一辰那孩子告诉我,你爸爸的官司很快就要赢了,对不对?老天开眼哦,被坑害了那么些年,终于能够回家了。"

我没有回答奶奶的话,更不敢看她那双老泪纵横的眼睛。

我一有空就会翻出手机看,生怕错过了那个号码打来的任何一个电话。

我没等到爸爸的来电,却等来了梁寒的,我跑到走廊上,犹豫不决是否要挂掉,可最终还是接了起来。

"听许艺橙说你爷爷病了?你一个人能不能照顾得了,要不要我过去?"

夜风从打开的玻璃窗里吹进来,轻渺如同他的声音。

我的头摇得像是拨浪鼓,虽然明知电话那头的他根本看不见。

我知道,电话那头的男孩尚未学会虚假的客套,他既然那么说了,必是真心想来。他又怎么会知道他所要面对的是怎样的一家人,怎样的一场庞大无解的恩怨。

我只能在电话里坚定地拒绝他的好意,让我欣慰的是,那个原本冷漠孤绝的男孩,似乎正在努力学着去关心别人。

他说:"你也要注意身体,别太累了,实在不行就找看护,我在微信里给你转了一些钱,你收一下。"

他的那笔转账，我没有收。

24小时后，自动退还了回去。

这期间，他曾打了两次电话催我收款，都被我找理由拒绝了。

梁顾两家的恩怨纠葛已经太多太多，已经让我理不清头绪，找不到出路。

"梁寒？"

"嗯？"

"你说的那个地方真的存在吗？就是有很多很多流浪猫的海岛。"

"存在啊，你会跟我一起去吗？"

"嗯。"

3 <<<<<

我最怕有一天，自己不小心将你丢弃。虽然我知道，下一秒就会有另外一个女孩奉若珍宝地将你捡起，还会嘲笑当初的我不够珍惜。

2015年10月24日，星期六，24摄氏度，晴。

下午14点26分。

一心希望爷爷能在有生之年见儿子一面的我终于下定决心，在沈一辰和章帆的陪同下，走进了那家外资银行。

阴冷无比的地下室里，沈一辰和章帆被戴着白手套的工作人员挡在了铁栅门后面。

我握紧胸口的钥匙，亦步亦趋地跟在工作人员的身后，走向最深处的一排保险柜。

"3097号，就是这个了，顾小姐。"

工作人员指了指面前一个铁青色的保险柜，脸上露出了程式化的笑容，然后走到远处，背过身去。

那是一个三十厘米的小方盒子，上面的按键微微泛着蓝光，按键的一旁是一个小小的钥匙孔。

我按照工作人员说的把钥匙插进去，往右拧了半圈，闭上眼睛深呼吸，然后一个数字一个数字按下了自己的生日。

一声轻响，保险柜被打开了。

保险柜的里面，静静地躺着一只很厚的牛皮纸袋，由于隔绝了外面的一切，袋子上连一粒尘埃都没有，完好得如同刚刚放进去的那一刻。

我把档案袋抱在怀里，将钥匙重新交还给工作人员，又在他递过来的合同上签字，按下手印。通过昏暗逼仄的走廊，缓缓地向着铁门处光亮的地方走去。

章帆一脸欣喜，一下子把档案袋从我手中抢过去："一切都该结束了，可怜章西受了那么多委屈。"

沈一辰没有说话，而是一脸担忧地看着我。

我勉强挤出一丝微笑，那一刻，我突然有点儿鄙视自己了，虽然清楚地知道那样做到底会给梁寒带来多么大的伤害，但是为了家人，我已经没有选择。

我把那个纸袋交出去，连同自己摇摇欲坠的爱情，千疮百孔的心。

"那就按我爸的计划办了？"

银行大门外，拍了拍档案袋的章帆似乎在征求我最后的意见。

我抬起头，笑笑地看着一心为妹妹报仇的他，然后，大声对他嘶吼："滚！"

章帆的脸上依然挂着笑："知道你为难，好在你比章西聪明多了，至少你懂得什么时候该悬崖勒马，全身而退。"

说话间，他已经钻进了停在门口的出租车里，一溜烟驶离了我们所在的地方。

我没有告诉任何人，其实我根本不懂得什么悬崖勒马，全身而退。如果命运真的最终借我之手将梁寒推入了万劫不复的深渊，我也会拼尽全力将他重新拉回来。倘若不能，纵身一跃又有何难！

那一天，整整一个下午，沈一辰都很紧张，一直默不作声地跟在我的左右。

章西的"一朵云"料理店已经基本装修完毕，为了让女儿看起来更像一个小老板，章爸爸给她买了一部车。车子是章西和沈迪挑的，一辆红色的牧马人，瘦瘦的章西坐在车子里显得特别小。

料理店门口，章西一下子从车上跳下来，率领我们一拨人给"一朵云"做验收，这期间，章爸爸和章帆都没有来，我心里清楚，他们有"更重要"的事情要做。

"怎样？以后这就是我章西的店了！"

章西环顾一周，单腿在大厅里转了一个圈，能看出来她非常高兴，这一点让我感到欣慰。

"开业典礼定在下周三，今天把你们叫来的目的就是让你们帮忙拉人气，记住了，只要是认识的，甭管跟我有没有关系，都给我拽到这里来，通通免费，还送红包！"

"好呀好呀，我要把青山侦探社的成员全请来！"

首先响应的是许艺橙，在听到不但不用送红包，还有红包收时，她的双眸立马散发出了异样的神采。

"行——"章西拖着长长的尾音，爽快地答应。

"你呀,就是儿卖爷田不心疼。"沈迪冷冷地讽刺,顺手将沙发上的一个抱枕丢向了章西。

"你懂什么呀,第一天开业,必须人满为患,那样才能吸引别人的注意,以后生意才能火起来,这就叫集群效应。"章西重新把抱枕丢回去,顺势来了一个漂亮的转身,正好与我四目相对。

她的眼里含着笑,迟疑了几秒钟,最终还是下定决心对我说道:"把他也请来吧,有些事情还是说开的好。"

我不由自主地点了点头,她连忙把目光转向了一边,好像生怕我在她眼中发现什么似的。

沈一辰似乎对她的这份邀请颇有怨念,轻声抱怨道:"请那家伙干什么,只会破坏气氛。"

他的声音虽然不大,但近在咫尺的章西却听到了,只见她猛地转过头来,笑笑地看着沈一辰:"怕尴尬,那你可以不来啊!"

"你……"

沈一辰脸涨得通红,却被沈迪拉住了胳膊,对他摇了摇头。

"好了,就这么说定了,我今天交代的任务,谁要是完不成,小心秋后算账哦。"

说完最后这句话,章西就沿着挂满五颜六色救生圈的楼梯爬到了二楼,把楼梯装修成轮船船舷的点子是我帮她出的,没想到她真的会采用。

二楼最边角的房间里,装修师傅们正在做最后的完善。据说,那里是章西的办公休息区,完全是按照她的要求装修的。整个装修过程中章西都很保密,不让任何人靠近那里。

几分钟后,章西重新从那个神秘的房间里走了出来,站在走廊上对着下面大喊:"上来看看。"

在我看来,那哪是一间办公室啊,那就是一间监控室,设计成弧形的墙壁上挂满了大大小小的屏幕,每个屏幕对应着一个摄像头,料理店每一个角落里正发生的事情都能一览无余。

"怎么样?够现代化吧,以后看谁敢偷懒。"

沈迪无力地翻了一个白眼:"偷窥狂吧你?"

章西没有狡辩,似乎还有些微微得意:"这都是经验好不好,很多人和事,只有在你背后,在你看不见的时候,才会显现出本来的面目,才能看清真相。"

那一刻,我的眼前突然浮现出了她站在楼顶,用高倍望远镜观察G大校园的一幕。也许，她真的是经过长时间的观察，才想通了自己和梁寒的关系吧。

站在门口的我，默默地退了出来。

跟在我身后的沈一辰轻声问我："你真会请梁寒吗？"

我背靠在墙壁上，轻轻地点了点头，就像章西说的那样，有些事情总要说开，有些秘密总要浮出水面。哪怕隐藏在海底的我们，还无法预测水面上到底是风平浪静，还是波涛汹涌。

我本以为梁寒没那么容易去参加"一朵云"的开业典礼的。

然而，当我试探着将章西的邀请告诉他时，他却很平静地答应了。

图书馆的某个角落里，他将一本厚厚的摄影书轻放在橡木书桌上，伸了一个懒腰，从笔记本里撕下一张纸，折了一只纸飞机，把胳膊伸出窗棂，放飞出去。小小的纸飞机，借助风力飞了很远一段距离，最后落在了图书馆前面那片巨大的草坪上。

"你怕吗？"

望着远方的他并没有把目光收回，阳光从他下巴底端照进我的眼睛里，呈现出淡淡的七彩光晕。

我摇了摇头，托着下巴看向他看的方向。

有些事情，我发誓跟他共同面对，纵使粉身碎骨，万劫不复。

晚饭的时间就快到了，校园里的广播响了起来，播放着一首老歌。

对面的梁寒好像很喜欢那个旋律，轻轻地闭上了眼睛，他的眉毛很直很长，脸部轮廓棱角分明，就像是漫画书里的男主角。

我很少有机会这么近距离、肆无忌惮地欣赏他，所以每一秒钟都显得那样珍贵。

我很想时间就这样停滞在这里，在这样一个窗外的银杏叶纷纷飘落的十月之末。

几分钟后，梁寒把目光从窗外收回，轻轻地合上了摄影书，伸出手指点了点我的手背，率先向着还书处走去。

我收拾好书包，缓缓跟上去。

夕阳的光芒将两个人的影子拉得好长好长。

我紧走几步，拉住他的手，那件事情如鲠在喉，可我无论如何也说不出口。我该怎么告诉他呢，恐怕，过不了多久，我就会变成他最痛恨的那个人了吧。

我只能默默地记清跟他肩并肩走过的每一步路，尽量把它们完完整整地保存在自己的记忆里。

拉起了巨型彩虹门的"一朵云"门口，铺了长长的红地毯。

第五章　潘多拉之钥

153

每一位来参加庆典的嘉宾，都会被站在门口的许艺橙和程铁强行别上一朵小红花。

当然，我和梁寒也不例外。

在他们的身后，摆着一张小桌子，沈迪坐在桌子后面，给每一位客人发红包。

被强行塞了红包的我们走进料理店时，大厅里已经人山人海，我拉着梁寒的手，找到最角落的一张桌子坐下。

其实，这种场合，我本不想牵他手的，但我知道梁寒很敏感，也许只有在面对沈一辰和章帆时这样做，他才会安心吧。

不远处的小舞台上，穿着一身小西装的章西正在跟司仪和主持人耳语着什么，她身旁的楼梯上，满头大汗的沈一辰正跟章帆合力将一箱箱烟火从二楼的某个房间里搬到彩虹门外的空地上。

上午9点18分，"一朵云"料理店开业典礼正式开始。

摆在我们身边的巨型音箱震耳欲聋，跟门外巨大的礼炮声混合在一起，让人有种短时间失聪的错觉。我转身贴在落地窗上看烟花时，梁寒坐在位置上一动未动，他的脊背绷得很直，眼睛一直直勾勾地盯着对面吧台上的那只透明生态缸，鱼缸里五颜六色的热带鱼，在礼炮燃放的那一刻受到了惊吓，纷纷躲到了浓密的水草后面。

随着门外看剪彩的人一股脑地拥进屋子里，主持人的话音响起。

他到底说了些什么我没仔细去听，我只看见站在他身后的章西、沈迪还有章爸爸一个个容光焕发，眼中充满了希冀。

我记得清清楚楚，那一天，极不情愿的沈一辰是被章帆拖到我们这桌来的。沈一辰和章帆坐到梁寒对面时，沈一辰还朝我看了一眼，眼神里满是无奈和自责。仿佛在用那个眼神告诉我，他不是要故意为难梁寒。

沈一辰的心思我清楚，按照他以往的性格，肯定非得跟梁寒来一个鱼死网破，可如今梁寒家就要大难临头了，他反倒没了勇气。向来，他都只是迎难而上，从不趁虚而入。而章帆就不同了，坐在梁寒正对面的他时不时地挖苦两句，还故意挑拨我们三人之间的关系。

"沈一辰，如果我没记错的话，你跟顾小庄是两小无猜吧？你可是因为她才非要报考G大的。"

沈一辰低头不语，章帆却不依不饶，居然一下子扳正了他的肩膀，强迫沈一辰直视着对面的梁寒："现在顾小庄好像鬼迷心窍了，你觉得对面那家伙跟你比怎么样？"

沈一辰猛地推开他的手，嘟囔了句"有病"。

"错了，人家不是有病，是有钱。不过，你还有机会哦。告诉你一个秘密，你眼前这家伙马上就要变成穷光蛋了，耀武扬威的梁董事长也要变成阶下囚喽。"

面对章西的冷嘲热讽，梁寒的脊背微微向后靠了靠，没有回应，似乎是在回味他刚才的那句话。

那一刻，我终于忍无可忍，站起身来，朝着章帆吼道："沈一辰是在骂你有病！"

章帆的脸上依然挂着笑，将吃了一半的西瓜轻轻放在桌子上，歪着脑袋回敬我："我说的到底是真是假，你最清楚吧？"

梁寒将目光转向了我，那一刻，我突然不敢看他的眼睛。

"好了好了，今天是章西姐料理店开业的日子，有仇有怨的出了这个门再说。"

不知何时坐到了我身边的许艺橙在桌子下面踢了踢我的脚，连忙打圆场。

对面，程铁已经强行加了一把椅子在章帆和沈一辰之间，奋不顾身地隔开了火柴和火药桶。我知道，脑袋从来都是一根筋的程铁肯定是受人指使，要不然，他肯定想不到这一点。

对面，章西和沈迪两位小老板已经开始在章爸爸的带领下挨桌敬酒，那几桌客人全都是章爸爸请来的"大人物"，女儿的生意以后想要做大，肯定用得着。

不知道为什么，当看到原本飞扬跋扈的章西，在面对那群人微笑柔顺的样子时，我突然有些难过，连忙把头转了回来。

在许艺橙的调解下，这一桌表面上终于平静下来，但我却清楚地感觉到了暗流涌动。

那是我吃过的最死气沉沉的一顿饭，原本跟我们一桌的几个生面孔，似乎也看出了气氛不对，端着餐盘去了别的桌。

梁寒低头不语，坐远了一些跷着二郎腿的章帆不停地嗑着瓜子，沈一辰漫不经心地玩手机，只有热心的许艺橙不停地给大家分着谁都未曾动筷的菜。

然后，章西便来了。

那时候，带她敬完长辈酒的章爸爸已经坐车离开了，几个本来就是来捧捧场的大人物也各自找理由离开。料理店彻底变成了年轻人的天堂，一下子热闹起来，嘈杂起来。

摇摇晃晃的章西在沈迪的搀扶下走到我们桌前，径直在梁寒身边的空位上坐下，一把推开沈迪的手，将高脚杯猛地往桌子上一顿："你傻啊沈迪，刚才杯子里装的全是矿泉水，我老爸能眼睁睁看我喝醉吗？"

许艺橙顺势把她的杯子拿过来，举到鼻子前闻了闻，露出了释然的笑容。

看章西坐到了身边，梁寒明显紧张了起来，我的手心里也出了汗，我都做好随时拉梁寒逃跑的准备了。

第五章 潘多拉之钥

　　章西夹起一块三文鱼，蘸了很多芥末，丢进嘴巴里，她的眼圈一下子就红了起来，一边大口呼气，一边顺手抓起梁寒的水杯，把里面的饮料"咕咚咕咚"地喝下去。

　　接着，她猛地转过脸，看了看一脸尴尬的梁寒，又看了看我，问我道："知道我为什么只喝水吗？"

　　我不敢应话，虽然心中已经猜个大概。

　　"嘿嘿，我怕自己一喝醉了就乱说话！"

　　说到此，她猛抽了一下鼻子，看样子，芥末的确给了她一个完美的借口。

　　"其实，我是想借这个机会祝福你们俩的。"

　　说着话，她拎起桌子中间的红酒瓶，把喝空了的杯子"咕咚咕咚"倒满，不等我们反应过来，整整一玻璃杯红酒已经见底："我先干为敬。"

　　像完成了一个交接仪式般的章西，一屁股坐回座位里的同时，眼疾手快的章帆已经把她手中的酒杯抢了过去，恶狠狠地教训道："忘记你是怎么答应爸爸的了吗？"

　　慵懒地靠在椅子上的章西不停地摆着手："没忘没忘，亲爱的哥哥，我今天只是借这个机会跟梁寒说一句话。"

　　她把食指竖了起来："就一句，最后一句！"

　　她的眼中写满期待，竟像是一个为了得到心爱的玩具央求家长的小女儿。

　　而这一次，她是要放弃最最心爱的玩具。

　　沈迪轻轻咳嗽了一声，似乎是在提醒她注意分寸。

　　随着一阵刺耳的电流声响，音响里已经放起了动感十足的舞曲，章西的那几个小姐妹，此时此刻已经急不可耐地跳上舞台，把整个料理店变成了一座光怪陆离的迪吧。其中一个染着深紫色头发，穿了一条破洞牛仔裤的女孩不停地对这边招手，大呼小叫地让章西赶紧加入她们。

　　音乐声嘈杂无比，最角落的这一桌却能听到心碎时的细微声响。

　　章西缓缓地站起身，笑笑地看着梁寒。

　　许久，才鼓足勇气对他说了一段话。

　　我想，那段话她一定是想了很久，或者是从某本书上看来的，要不然，怎么会那么煽情呢？

　　要不然，为什么，听了那句话的我，会那么想哭呢？

　　她说："谢谢你，让我长大了，让我看清了很多东西。"

　　她说："是你让我终于不得不承认，有些时候，我们低估了时间，高估了人心。"

　　章西头也不回地走掉了。

起初，她的脚步很快，走到了门口。

彩虹门外的红毯一直延伸到了大厅里，铺展到了小小的舞台中央。

站在门口红毯上的章西突然放慢了脚步，朝这边看了一眼，挺直脊背，右臂微微抬起，虚空悬在那里。然后，她轻轻地闭上眼睛，就像是一位被新郎搀扶着的新娘，沿着红毯，缓缓向着舞台中央走去。

几秒钟过后，闭着眼睛走路的她，一个趔趄，从半米多高的舞台边缘跌了下来。

而令我万万没想到的是，第一个冲上前去扶她的人居然会是沈一辰。

很久很久以后，我曾开玩笑似的拿这件事情问沈一辰，而他给我的答案是这样的。

他说，当他看见章西一个人走红毯的样子时，觉得特别令人心疼。

就像是看到了他自己。

他说，这个世界上总有人不经意间把最珍贵的东西随手丢弃。好在，又总有那么一个人，奉若珍宝地捡起。

想来，料理店的开业庆典，是伴随着倒在沈一辰怀抱里的章西那场痛哭结束的。

她不停地哭，鼻涕眼泪蹭了沈一辰一身。

原本在台上跳舞的几个小姐妹围着章西嘲笑，被沈迪连同其他客人一起请了出去。

而紧紧跟在梁寒身旁的我，只听见章西哽咽着对沈一辰说："以后，你来我店里吃料理，通通打八折！"

4 <<<<<

> 我想要在无边无际的黑暗里划一根火柴，为你带去一点点光明，一点点暖。我会强忍灼伤，一直小心翼翼地捏着它，直到自己也化为无力的灰烬。

2016年的第一场雪下得很大。

飘飘扬扬的鹅毛大雪里，关于梁顾两家的恩怨我再也瞒不下去。

一周前，章帆告诉我，他爸爸找的律师，已经整理好我爸爸提供的材料，正式向法院提起了诉讼。不久后，作为当事人的我的爸爸也将回到G市，破釜沉舟，跟梁子安对簿公堂。

章爸爸做事很绝，居然还重金租下了G市日报的一个版面，连续一周刊登对梁氏集团的诉状。他这么做的效果可谓立竿见影，不但银行立马叫停了梁氏集团的几个贷款项目，很多与梁氏集团有生意往来的公司也马上与之断绝来往，清算欠款。

那几日，我惊奇地发现，每天放学来接梁寒的那辆奥迪车没有来，而是梁寒自己骑

车回家。看样子,梁爸爸肯定已经焦头烂额,早已顾不上这种小事。但是,梁寒脸上的表情却一如既往,看不出任何端倪。也许,梁爸爸还没有把这些事情告诉他,又或许梁寒对爸爸生意上的事情漠不关心。

白茫茫一片的体育场上空无一人,穿着烟青色羊毛短风衣的梁寒竖起了衣领,转瞬间已经跟我一样变成了一个雪人。他双手抄在口袋里,落在鼻尖的雪片慢慢融化:"怎么了,有什么事情不能在教室里说吗?"

我上前一步,双脚踩在落满积雪的草坪上发出"咯吱咯吱"的声响。

我抬起头来看着他的双眼,我看见他眼睫毛上沾满了细碎的雪屑,整个人如同一尊冻僵了的雕塑。

我伸出手,帮他拍了拍风衣袖子上的落雪,不知道该如何开口。

他突然抽出手来,一下子握住了我的手,就那样一直紧紧地握着,许久目视远方的他才缓缓地说道:"你是想告诉我章帆那天在料理店说的事情吧,很多事情一开始你就知道对不对?"

我微微一愣,却没有把手从他手中抽回来:"那你这么多天为什么不问我?"

"你不想说,我干吗要问?"

看样子,心细如丝的他早就觉察到了什么,只不过,他足够聪明,知道有些真相一旦大白于天下,很多脆弱的关系将再难维系。

"报纸上说,一个名叫顾丛柏的把我们家给告了,章帆的爸爸是最主要的证人。"

说到此,他叹了一口气,放开我的手,蹲下身来,用手指在雪地上写一个"顾"字。

"顾,顾小庄的顾。"

他轻声念叨着,我的心已经悬到了嗓子眼,我特别担心下一秒钟眼前的男孩就要爆发,彻底撕碎我虚伪的面具。

然而,他却冷静得不像话:"事情如果都是真的的话,是我爸对不起你们家。"

我默不作声,只有大雪扑簌簌地落下,老天好像也在努力地为我们掩饰着什么。

"现在想想,你应该就是小时候那个小妹妹吧,那时候爸爸经常带我去你们家玩的。也就是现在的蔷薇花墅16号。"

我默默地点了点头,眼泪已经不争气地滑落。

泪眼蒙眬中,我看见梁寒站了起来,伸手为我轻轻抹了抹眼泪,他的手很凉,还带着一丝微微颤抖。我想,小时候那个去蔷薇花墅16号找我玩的小哥哥,在我伤心哭泣的时候,一定也是这样安慰我的吧。

我一句话也说不出来，只是哭，突然连自己都有些看不起自己。

我听见他喃喃地对我说："我不怪你。"

大雪依然没有停歇的意思，被梁寒独自留在操场上的我，只能默默地看他离开。我朝着他的背影飞奔几步，却又停在了就快要追上的地方。我终于想到我要对他说些什么了，我将双手围在嘴边，大声对他喊："梁寒，我是真的喜欢你！"

梁寒的脚步停顿了几秒，加快了离开的速度。

我缓缓瘫坐在地，我想，大雪如果能把我整个人埋起来就好了，那样也许我就能变成一粒蔷薇花的种子。我要熬过一整个寒冬，在春暖花开的时候抽枝发芽，将树枝蔓延开去，覆盖整片操场，整个G市，整个世界。我要开出最特殊的黄色花朵，那样他只需一眼就会在万花丛中发现我。

是的，梁寒，我是真的喜欢你。

可是，却又不得不将一把锋利的尖刀戳进你的心里。

我平躺在雪地里，任大雪扑面而来，继而融化。

我努力地睁开双眼，看向浅灰色的天空，浓重的云气缱绻不散，雪粒如同亿万颗密集的子弹，可惜，落在脸庞上却是那样温柔，没有一颗能将我的身体洞穿，将我带往据说没有忧伤，没有遗憾的天堂。

我轻轻闭上双眼，努力呼吸着周围的一切。

我听见了"咯吱咯吱"的脚步声。

接着打在脸上的雪停了，我以为是梁寒回来找我了，并且为我撑开了一把伞，我不敢睁开双眼去确认。

我听见沈一辰的声音在上方响起："回家吧。"

我睁开双眼，先是看到了那把巨大的黑色雨伞，然后是他在雪光映衬下煞白的脸，长长的双腿，奶白色面包一样的羽绒服。

他蹲下身来，用毛线手套为我擦干脸上的雪水。

然后，把雨伞递到我的手中，自己像小时候那样弓下了背。

沈一辰就那样背着我横穿了整个校园，将脑袋紧紧贴在他身上的我不敢抬头去看，我知道，路过主楼的时候，站在六楼阳台上的那个男孩，一定在默默地观察着校园里发生的一切。虽然已经放学了，这么大的雪，没有汽车来接他，他肯定会等到雪停后再回家吧。

想起以往发生的种种，我才终于明白，那个名叫梁寒的男孩，并不是许艺橙所说的那样，是因为情商低才冷若冰霜，而正是因为他情商太高，看明白了世间的一切，很多

话才不愿说出口。

孤独，才更加深沉。

热闹非凡的四合院里，桌子上的铜火锅正"咕嘟咕嘟"地冒着泡，好像整个房间变成了一个巨大的蒸笼。

昨天是许艺橙正式答应程铁做他女朋友的日子，我们约好了今天放学来这里庆祝的。

率先来到四合院的几个人没等到我，就派沈一辰回学校找我，他这才把我从雪地里"捡"了回来。

等我们两个人走进房间时，趴在沈一辰背上的我几乎成了一尊冰雕。

"快，赶快扔火锅里煮一煮。"

夹着一块羊肉的章西开玩笑戏弄我时，许艺橙已经冲上前来手忙脚乱地帮我脱下了几乎已经被雪水浸透的风衣，顺手丢给一旁的程铁："拿到暖气片上烘着。"

在喝下了沈迪递过来的一杯热水后，瑟瑟发抖的我才渐渐暖和起来，无力地瘫坐在沙发里。

屋子里的所有人好像都清楚发生了什么似的，没有多问一个字，这让我的内心充满了感激。

这期间，沈一辰一直不停地往我碗里夹菜，后来，被章西使劲地敲了下筷子："我怎么就那么看不起你呢，你以为她跟梁寒吹了就能迁就你吗？别幼稚了，你们俩永远只能是发小。"

筷子悬在半空中的沈一辰没有说话，坐在章西身旁的沈迪从火锅里夹了一大块肉，愤愤地丢进章西的碗里："吃肉还堵不上你的嘴。"

"这跟吃不吃肉没关系，我是过来人，不想眼睁睁看着他越陷越深罢了，没听过葛大爷那句话吗，我本将心向明月……"

在将最后那句有些不合时宜的名言蘸着麻酱吞进肚子里后，章西猛地将目光转向了我，语气里满是威胁："今天你索性就当着大家的面，给沈一辰来个痛快的，我这辈子最看不起那种已经游到水中央快要溺死了，还想着回头是岸的人。要死就别挣扎，直接沉底，别朝三暮四地还想拉个垫背的。"

我的脑袋垂得很低，我知道快人快语的章西是在替痴情的沈一辰打抱不平，却又不得不承认她说的话是对的。既然给不了他想要的永远，就不要慷慨地施舍抓不住的瞬间。

也许，她是在沈一辰身上看到了当初的自己吧。

"章西，你有什么权利教训她，这跟你有什么关系啊？"

万万想不到的是，在章西面前一向顺从无比的许艺橙，在看到章西如此咄咄逼人后，居然冒着被后者泼一脸麻酱的风险为我出头。

"呵！"

章西冷笑一声，唰地一下站了起来，眼疾手快的程铁连忙把许艺橙护到了身后。

"我现在就让你看看跟我有没有关系。"

说话间，她快速冲到了沈一辰身边，一把抓住他的衣领，然后，顺势把他抱进了怀里。触电一般的沈一辰猛推一把，"扑通"一声闷响，面带笑意的章西一下子坐在了地上。

在场的所有人几乎都被这突如其来的一幕惊呆了，程铁手中的筷子甚至"啪嗒"一声掉在了地上，而原本坏笑着的章西却流出了眼泪，似乎刚才那一下屁股摔得很疼。

她猛抽了一下鼻子，挑衅般地看着沈一辰："认命吧，这个世界上最懂你的那个人只有我，也只能是我。"

是的，这世界上只有同病相怜的她最懂沈一辰了吧。

换句话说，走了太多太多弯路，疲惫不堪的她，只是在以这种方式保护另外一个奋不顾身的自己。

惊诧的目光中，章西拍了拍屁股，缓缓地站起身，一瘸一拐地向着门口走去，推开房门，刚迈出第一步，又想到了什么似的转过头来对着一脸茫然的沈一辰补充道："记住啊，被我抱过就是我的人了。"

不久以后，院墙外面，传来了那辆红色牧马人发动的轰鸣声。

几乎与此同时，我的手机响了，屏幕上，显示着章西发来的一条微信。

她说：能为你和他做的，只有这么多了。

最终，我还是看轻了章西，我以为她那么做完全是为了沈一辰，为了自己，原来她是在以这种方式努力将我向前推了最后一把。

我站起身，推开房门，向着红色越野车消失的方向狂奔，却只看见两盏暗红色的车尾灯。

屋子里的人全都追了出来，除了沈一辰。

"这鬼天气，什么时候才能暖和起来啊。"

抬头望着天空的沈迪这样说。

我没有告诉她，其实，就在刚才我收到了一条微信，那条微信就像是一根划亮了的

火柴,虽然只有豆大的光芒,却仿佛温暖了我整个看似冰冻的未来。

站在我身边的许艺橙,一边跺着脚,往手心里哈着气,一边眼含笑意地挑了挑眉毛对我说:"我就说吧,每一个真心付出过的人到最后都会找到属于自己的港湾的。"

然后,她又自言自语般担忧道:"刚才开罪了章老板,该不会把我料理店的白金折扣卡没收了吧?"

我掏出手机给梁寒发了一条微信。

那是我头一次当着外人的面,毫不避讳地跟梁寒发语音。

我说:"梁寒,无论以后发生了什么,我都不会放弃的,你也不许放弃。"

我看见望着车辙的沈迪嘴角露出了神秘的微笑,我听见许艺橙挖苦我:"噫,真肉麻!"

我看见大风把云层吹开了一条缝,纷纷扬扬的大雪,似乎马上就要停了。

虽然梁寒最终也没有回复我的那条信息,但我相信他一定看到了,希望那条信息也能够在他心中发出一丝微弱的,温暖的光芒。

5 <<<<<

在你遇见我之前,童话尚有人信,城堡不曾崩塌。在你遇见我之前,人心水一般清澈,花朵依旧灿烂。

五个月后,2016年5月13日,G市中级人民法院以半公开的方式审理了梁氏集团非法侵吞他人资产以及行贿受贿案。

那时,整个G市的蔷薇花开得正好。

那时,我看见了十几年未曾谋面的爸爸。

在此之前,梁妈妈曾经和梁寒一起来学校找我,希望我能说服爸爸撤销诉讼。

六楼那间熟悉的名誉校长室里,这位穿着得体的中年女子,当着儿子的面,"扑通"一声跪倒在我的面前。希望能以此打动我,求爸爸放梁子安一条生路。

我手忙脚乱地去扶她,而站在身旁的梁寒却一动未动,只是冷冷地看着眼前发生的一切。

那一刻,我突然明白虽然已经私下离婚,梁妈妈依旧深爱着自己的丈夫,并且宁愿为了他放弃自己的尊严。

梁妈妈哽咽着向我承诺,她已经争得了梁子安的同意,如果我们放弃诉讼,不但会把蔷薇花墅16号重新还回来,还会把集团10%的股份无偿送给爸爸。那些钱,甚至比官司打赢后我们获得的赔偿更多，足够爸爸还清早年欠下的债务，并且衣食无忧地过完后半生。

无论我如何劝说，跪在地上的梁妈妈就是不肯起身，除非我答应她的要求。

那种情况下，我只能先答应她的请求。

看我答应，在梁寒的搀扶下缓缓站起身来的梁妈妈像个孩子一样破涕为笑。

我知道，这件事情肯定是梁寒告诉她的，也许，这能从另一个方面表明梁寒的想法。虽然以前每次说起忘恩负义的爸爸他都咬牙切齿，但毕竟骨肉相连，他又怎可能眼睁睁看着自己的亲生父亲身陷牢狱。

在将妈妈扶到沙发上后，梁寒转过头来看着我，眼中充满了感激，从未曾将诺言挂在嘴边的他甚至一反常态，轻声地向我保证："放心吧，我爸爸欠你们家的，以后我会一点点偿还。"

那一天，我试探着给爸爸打了一个电话。

寂静的长夜里，他的声音疲惫中有难掩的兴奋。

在听到我的请求后，他沉默了很久。

最终，他冷冷地说道："小庄，你知不知道，爸爸走到如今这一步已经无法回头了。且不说会不会连累章同书，如果我同意私下和解，撤销诉讼，就证明我对以前的非法集资是认罪的。那样，我就永远只能是一个罪人，永远也回不到你和爷爷奶奶身边。"

紧握在手中的手机已经挂断，眼泪毫无声响地自眼眶决堤。

月光下，树影婆娑的四合院里，屋子里的沈一辰和沈迪已经睡熟，只有跟我住在一个房间的许艺橙还在跟程铁联网打一款火得不像话的网游。

我坐在房顶上的竹躺椅里，突然想给什么人打一个电话，告诉他自己有多么抱歉，多不想事情变成现在这个样子。

告诉他，渺小如我，面对这庞大的命运，是多么无能无力。

我闭上眼睛，默默地回想20年来发生在自己身上的一切。

我听见楼梯口处有人缓缓地走了上来，我睁开眼睛，看见穿着背心裤衩的沈一辰正在用打火机点一盘蚊香，点好后，放在了我身边的空地上。

他叹了一口气，缓缓地坐到我身边，背对我，目视远方，良久，试探着对我说："别想了，有些事情本来就不是我们能左右得了的。"

他说："反正，无论以后怎样，我都会把你当成最好的朋友的。"

稀薄的月光下，他的轮廓有些模糊，我走上前去，像小时候在那间废弃的加工厂一

第五章 潘多拉之钥

样,坐在他的身边,抬头望向星辰寥落的夜空。

我将脑袋靠在他的肩头,像以前一样,指着猎户座的方向,给他讲小时候妈妈给我讲的故事——

猎户座就像一个小小的家,四周的四颗星星组成了一个方形的房子,房子里的三个星辰分别是,孩子,爸爸和妈妈。

我已经不记得这个故事到底是不是妈妈躺在蔷薇花墅16号的阳台上给我讲的了,我只记得那时候的星空很低,很亮。

法院开庭那天,下了很大很大的一场雨。

我、沈迪、沈一辰、程铁还有章帆,挤在章爸爸派来的一辆车里前往法院时,还遇到了一辆因为发动机进水而抛锚在路边的汽车。

当时,我特别希望自己乘坐的车子也能抛锚,那样的话,我就不用去法院以敌对的方式面对梁家人了吧。

可惜,章爸爸找的小司机经验丰富,绕过了积水很深的地段,从立交桥迂回,最终将我们平安地送到了法院。

我就是在法院二楼的一间会客室里看到爸爸的。

我站在门口,望着里面那个跟记忆中已经没有任何共同点的男人,迟迟不敢迈出脚步。那个一脸憔悴、消瘦不堪的男人不时地咳嗽着,脸上皱纹横生,虽然还不到50岁,但整个人已经俨然是个小老头了。

他双手支撑着身体,缓缓地从沙发上站起来,看向我的双眼中噙满了泪水。

"小庄,快叫爸爸啊,这是你爸。"

原本坐在他身边的章爸爸已经走上前来,拉起我的手,向着男人走去。

我就像是一只没有灵魂的木偶,亦步亦趋地跟在他身后,直到右手被放进了一双粗糙不堪的大手中。

那双大手微微颤抖着,爸爸小心翼翼地叫我的名字:"小庄……"

似乎,我的名字很脆弱,像是一个透明的肥皂泡,稍不小心就会破掉。

呆呆站在原地的我没有哭,我看见他用另外一只手,将原本一直紧紧抱在怀里的一个黑色塑料袋放在了一旁的茶几上,直到开庭以后,他打开袋子,我才发现,他一直抱在怀里的居然是妈妈的遗照。

他的手握得很紧,窗外的雨下得很大,轰隆隆的雷声自遥远的天际传来,低沉得像是一种啜泣。

房间里还有两名警察，看着爸爸的眼神中充满了提防，他们是负责侦办当年的非法集资案的，这次的官司，一旦法官宣布我们败诉，严明执法的他们就会毫不留情地把眼前这个"逃犯"带走。

走廊上，围着叽叽喳喳的乡亲们，不久前，章爸爸派了一辆车将他们从青牛镇请到了这里。

他希望，这些从乡亲中选出来的代表能见证爸爸的清白。

也许是看到了我眼中的担忧，一直牢牢握着我手的爸爸一边咳嗽着一边向我保证："没事的，我们一定能赢，爸爸再也不会离开你们了。"

雨渐渐小了，伴随着楼下传来的一阵嘈杂，站在窗口的章帆说了句"来了"，顺手拉开了窗子。

众人拥上前去看时，只见一辆白色的商务车正缓缓地驶进法院，车子尚未停稳，原本站在廊檐下躲雨的记者们就一股脑拥了上去。其中一个女记者，由于穿着高跟鞋，台阶太滑，还一下子摔倒在地，手中的话筒"咕噜噜"滚了好远。

"梁总，谈谈您此时的想法吧……"

"据说梁氏集团的资金链两个月前就已经出现了问题，到底是不是真的，还是仅仅只是传言？"

"梁总，据说市里某位前任领导也参与了此事……"

……

面对记者们的追问，一脸铁青的梁爸爸闭口不答，只是在几个年轻人的护卫下，快速向着法院里面走来。

在他们身后，双眼通红的梁妈妈正在梁寒的搀扶下从保姆车里走下来，站在爸爸身边的我看得清清楚楚，她下车时趔趄了一下，险些跌倒。

扶着妈妈的梁寒，穿了一件黑色长袖衬衣，也许是衣服的原因，皮肤显得有些苍白。那个刚才跌了一跤的女记者，在看到自己已经没希望挤到梁爸爸身边后，把目标转向了梁妈妈。

只见她一瘸一拐地跑到梁妈妈身边，不由分说地将话筒凑上前去，一边示意身后的摄影师开机，一边问道："梁太太，梁太太，请您务必回答我几个问题，您和梁总是不是早就已经离婚了？当年的事情您应该知道不少内情吧……"

梁妈妈被女记者堵在了原地，想要从她面前经过，却被对方一次又一次地拦住。

那是我第一次看见梁寒发脾气，只见他一把夺过女记者手中的话筒，重重地摔在地上后，对着她大声嘶吼道："滚！"

"呵呵。"

与此同时,站在我身边的章帆发出一声冷笑:"都这时候了,梁家人还是那么嚣张啊。"

望着楼下拉着妈妈的手低头快速走进法院大厅的梁寒,我缓缓地转过身,走到沙发旁,无力地坐了下来,我喃喃地请求跟上来的沈迪:"姐,你能带我离开这里吗,我不想参加庭审。"

章西就是在沈迪带我走到法院大门口打车的时候,开着那辆牧马人直接撞停在公交站牌上的。

从车上跳下来的她,冲到我的面前,二话不说,对着我就是一记响亮的耳光。

"你不知道我爸是在利用你们吗?还真以为他是打抱不平啊,他又不是梁山好汉!"

"我还傻傻以为你真喜欢他呢,要不是今天有人在店里讨论这事,你们是不是打算一直瞒下去?"

章西的声音越来越大。

"够了!"

一声喝止来自沈一辰,只见他猛地将章西推向了身后的公交站牌,死命抵在那里:"这跟你有什么关系,你知道顾小庄他们家经历了什么吗?"

章西大口大口喘着气,胸口剧烈起伏着,零星的细雨已经把刘海打湿,似乎脸上的倔强也渐渐被稀释成了沮丧,眼圈慢慢变得潮湿起来:"是跟我没关系,可是,我就是希望他们两个人好好的,她那么幸运,有什么权利不珍惜?"

面对她谴责的目光,我迅速将头转向了另一边,那里,大家正在法警的组织下,有序进入审判庭,我知道,第一次审理马上就要开庭了。

在众人的安抚下,章西慢慢平静下来,跟在沈迪身后踏上了那辆已经面目全非的牧马人。

许艺橙伸手戳了戳我的后背,示意我也一起上车,我却惨然一笑,缓缓地向着远处走去。

我不坐章西的车并不是因为我怕她,更不是恨她,而是觉得有些自卑。与她对梁寒的感情比起来,我显得那样狭隘,那样自私,突然有点儿无地自容。

许艺橙"啪嗒啪嗒"地踩着路边的积水跟了上来,程铁原本也想跟来,却被她吼了回去。

那一天,我们在法院围墙外面那棵遮天蔽日的楸树下等了很久,等着法官宣布结束,等待着命运的宣判。

雨停了，一道彩虹从海岸飞架而起，落在了不远处两座高楼形成的空隙里，低垂的楸树树枝上开满了淡紫色的花串儿，天空也被云朵染成了绯色。

也许是为了安慰我，许艺橙折下几根花枝，为我编了一个花环，强行套在了我的脑袋上。

那一刻，我突然想起了当年扛着玉兰花枝来G大看我的沈一辰，我多希望生命中从来没有遇到那个名叫梁寒的男孩啊，那样的话，也许直到如今我还会傻傻认为自己跟沈一辰之间那种温暖的小幸福就是爱吧。

"出来了，出来了！"

不知道过了多久，身边的许艺橙忽然站了起来，我循着她手指的方向，透过栅栏向里看去，很多人正在交头接耳着从法庭里面走出来，然后，我便看到了满面笑意的章氏父子。在他们身后，爸爸正被两名警察夹在中间，走下高高的台阶，走进一辆警车。我知道，在这个案子结束之前，他必须接受警方的监视，住在看守所里。

许艺橙已经快步冲上前去，猛推了一下章帆的后背，从章帆跟她对话时的表情可以猜出，第一次开庭审理，我们应该是处于上风。

我是在许艺橙飞奔着跑回来报喜的时候看见梁寒一家人的，与进入法庭时一样，梁爸爸刚一出门就被记者们围了个水泄不通。而他依然一个字也不说，在众人的护卫下，匆匆踏进了那辆商务车。

要说许艺橙就有些傻了，在看到梁寒那一刻，她居然挥舞着手臂，兴奋地喊了一声他的名字。

围墙里的梁寒条件反射般地看向这边，在看到我以后，连忙躲开我的目光，跟妈妈一起钻进了车里。

我记得清清楚楚，他看向我的目光中除了那一丝微微的恨意以外，更多的却是一种类似抱歉的东西。

白色的商务车从我们身边快速开过，溅起的巨大水花扑面而来，许艺橙连忙拉着我向后跳了一步，大声地对着车尾喊道："马上就要成阶下囚了，还那么嚣张！"

一声愉悦的口哨声从背后响起，我转脸，看见章帆正一脸得意地看向这边，对我做了一个OK的手势。

在我们不远处，一个扎着两条马尾辫，穿着红色小雨靴的女孩，拉着妈妈的手，唱着儿歌，踩着水一蹦一跳地从我们身边经过：

"下雨啦，冒泡啦，老头戴着草帽了。草帽尖，顶着天，草帽圆，当雨伞。叠只小

船坐里面，漂啊漂啊到岸边……"

我对着小女孩微微一笑，眼圈却红了起来。

我想告诉那个无忧无虑的小妹妹，其实姐姐也有一条小船的，可是，我的小船却在波涛汹涌的海面上，漂啊漂啊，越来越远。

第六章 / chapter 6

有关于一座孤岛的救赎

## 1 <<<<<

漫漫的人生旅途，他只能送我到这了，从这一刻开始，前路无论多么艰险，都需要我一个人面对。

爸爸与梁氏集团的案子，用了整整半年时间，经历了四次庭审，无数次调解，才终于在2016年年底落下帷幕。

一石激起千层浪，其实，早在第一次庭审之后，大厦将倾的梁氏集团就产生了严重的危机。很多地产项目由于资金链断裂相继停工，几家银行也相继发出了催款通知。

章爸爸在G市最豪华的五星级酒店为我爸摆的庆功宴我没有参加，爸爸重获自由，夺回本该属于自己的东西的确是件值得庆祝的事情，可是，我却一点儿都高兴不起来。

我知道，那时的梁子安已经锒铛入狱，梁寒和他妈妈也必须在限定的时间内搬出蔷薇花墅16号。那里成了罚没财产，拍卖金用来补偿我爸的损失。

章爸爸答应我爸，随后，他会将那间别墅拍回来，送给我们。在他们看来，那已经不仅仅只是一座别墅了，而是一种象征，一面战胜了梁氏集团的旗帜。

庆功宴举行的那天，我关掉了手机，再次一个人偷偷来到了蔷薇花墅16号的外面。

别墅的大门紧锁着，院子里的大狗也不见了踪影，停在院子正中央的那辆甲壳虫轿车，也贴上了法院的封条。

12月的光景里，原本开满鲜花的庭院是一片萧瑟的景象。只有院子角落里那架生满铁锈的秋千还孤零零地挂在那里，秋千下面来不及打扫的落叶积了厚厚的一层，寒风吹来，瑟瑟发抖。

那时候，梁寒已经连续一个礼拜没有出现在学校里了，我打给他的电话全都挂断，发过去的微信也都如泥牛入海。

后来我才知道，梁妈妈受不了梁爸爸锒铛入狱的打击，急火攻心，得了一场大病，住进了医院。已经没有能力请保姆的梁寒，只有请假亲自在医院里护理。

穿着一件青色长风衣，围着许艺橙亲手织的白色围巾的我，默默地站在黑色的栅栏门外。

那件风衣，是前些天我和许艺橙一起逛商场的时候亲自挑选的，今天，是第一次穿。我之所以选了这种"雨过天晴"般的颜色，是想用这种方式告诉梁寒，一切都会好起来的。

我轻轻地抚摸着别墅门口的门牌，蔷薇花墅16号，多么熟悉，又多么遥远陌生的名字。

钢铁冰冷刺骨，仿佛只需一个指尖的接触点就能带走你全部的温度。

我缓缓地缩回胳膊，将脑袋缩进围巾里面，如同蜗牛将柔软的身体蜷缩进其实并不算坚硬的躯壳。

我退远了几步，重新审视面前这座美丽的建筑，心中却再也没有了以前那种温暖的感觉。原本宫殿一般的它，此时此刻是如此面目狰狞，好像变成了一座女巫的堡垒，对我们施展了永远无法破除的魔咒。

吧嗒。

一枚小小的石子打在我的后背，落到了地上。

我条件反射般地转过头，才发现不远处冬青丛边的台阶上，一直坐着一个人。

"章西？"

我难以置信地看着正歪着脑袋看我的章西。

"没什么好惊讶的，上高中时我就经常来这里'偷窥'。"

她用"偷窥"这个词形容了自己，与别人不同，眼前这个女孩似乎永远学不会掩饰自己，不需要用各种虚伪的手段标榜自己到底有多高尚。

说话间，她拍拍屁股站起了身，望着蔷薇花墅16号长长地叹了一口气，漫不经心地对我说："我要跟沈一辰在一起了。"

"哦。"

我茫然地应了一声，突然明白了，她是来告别的。不是跟梁寒，也不是跟这座冷冰冰的建筑，而是跟那些年火热坚定的自己。

"你有什么看法？"

我沉默，我不得不承认，其实她跟沈一辰在一起真的很合适。

"我问你有什么看法，你是怎么想的？"

章西提高了声音，眼神也变得犀利起来。

"祝……祝福你们！"许久，我才说出这么一句很官方的话。

也许是这句话激怒了章西，只见她快速冲向我："那你呢？"

接下来这句话章西几乎是在嘶吼了，她的眼睛里面布满了血丝，不等我回答，就不由分说地扯下了我的围巾，又扯下了我的风衣，丢在地上踩了又踩。

"我们都那么勇敢去面对，去改变了，你凭什么还躲在壳里当缩头乌龟？"

章西越说越激动，抓起地上的围巾和衣服，不停地撕扯："我现在就把你的壳敲碎，打烂，撕成碎片！"

我想要阻止又不敢说话，我怕自己不小心碰到了她最脆弱的那根神经，以前我见过

她发病时的样子,直到现在想起来还心有余悸。

几分钟之后,章西累了。

她一屁股坐到沾满尘土、破烂不堪的风衣上,把手伸进口袋,掏出一张细长的字条,举到我面前,苦笑着说道:"现在好了,壳也碎了,你也该勇敢起来了。"

字条上,是一家疗养院的地址。

"梁寒和他妈妈都在那里,被你弄碎的东西,希望你能重新把它粘好。"

"……"

"接着啊!"

在被章西再次吼了一句后,我只得"顺从"地接过了那张字条。

"咻——"

看我接过字条,章西转身对着身后隐蔽的墙角吹了一声口哨,小踏板摩托车发动机响起,从拐角处,沈一辰缓缓出现在了我们面前。

"酒店里他没看见你,我跟他打赌你在这里,输了,就要乖乖做我男朋友。"

仿佛看出了我的疑惑,章西帮面无表情的沈一辰解释:"现在好了,死心了!"

我定定地看着沈一辰,不知道还能对他说些什么。我知道,在他心目中,这不仅仅是一个赌约那么简单。此时此刻,他和章西真的在这里遇到了我,足以让他看清自己,下定决心了。

"加油!"

这是沈一辰骑车带章西离开之前对我说的唯一的一句话,我毫不怀疑他说这话时的真心。

跳上了摩托车的章西拍了拍沈一辰的肩膀,刚刚开出去几十米远,她又叫停。

接着,跳下车来的她脱下自己的羽绒服,跟一列蒸汽火车似的,嘴里冒着白气向我跑来,跑到我面前,猛地将羽绒服丢进了我怀里。

仅仅穿着一件薄毛衫的她重新坐到后座的那一秒,沈一辰脱下了自己的衣服,披到了她肩上。

小小的踏板摩托车,沿着面朝大海的下坡路一骑绝尘,怀抱羽绒服的我突然会心微笑。

感谢你们,曾在我生命里出现过的,那一个个温暖的少年。

一个小时后,穿着章西的羽绒服,拎着一个大大的果篮的我站在疗养院203病房的门外,一次次伸出手去想要敲门,却又一次次胆小地缩了回来。

踮起脚，透过小小的玻璃窗看进去，靠窗的病房边，脸色苍白的梁妈妈正无力地躺在床上，两只眼睛失去了焦点，呆呆地看着头顶的天花板。坐在妈妈身边的梁寒正在用勺子，将温热的稀饭一勺一勺地送进她微张的嘴里。

梁妈妈旁边的病床上，一个年迈的母亲，正在医护人员的帮助下，将一个想要奋力从床上跳下来的年轻男子绑起来。那男子嘴巴张得老大，却不发出任何声响，脸上是年幼孩子一样恶作剧般的表情。站在门外的我，一眼就能看出他的精神出了问题。

那一刻，我不禁有些难过。

我想起章西的话，咬了咬嘴唇，最终下定决心，敲了敲门。

梁寒转过头来，从小窗户里看到我的时候，眉头微微皱了一下，只见他回头看了一下妈妈，为难地向我点了点头。

我小心翼翼地推开房门，缓缓地走上前去。

在距离梁寒半米远的地方站定，试探着对目光呆滞的梁妈妈说："阿姨，听说您病了，我来看看您。"

梁妈妈没有任何反应，只听见将稀饭放回桌子上的梁寒补充道："妈，顾小庄来看你了。"

令我完全没想到的是，在听到"顾小庄"这三个字后，原本眼神呆滞的梁妈妈直挺挺地从病床上坐了起来，嗓子里发出了特别凄厉的尖叫，一下子扯掉打点滴的塑胶管，朝我飞扑过来。

红色的蛇果，黄色的柳橙骨碌骨碌滚了满地，鹅黄色的小葵花被踩在脚下，瞬间枯萎。

她就那样死死地掐住我的脖子，眼中露出了凶狠的光芒，任凭梁寒和赶来帮忙的医生如何阻拦，如何劝解，就是不肯把手放开。

我感到自己下一秒钟就要窒息了，握着她手腕的双手也渐渐失去了力气。我听见不知道是谁按响了警铃，接着病房门被猛地推开，众人七手八脚把梁妈妈抬到床上，给她注射了镇定剂，一直大喊大叫的她才缓缓地闭上了双眼。

被刚才那一幕吓傻了的我呆呆站在原地，直到帮妈妈盖好被子的梁寒又蹲下身，将散落在地的水果一只只捡起，大脑都还是懵的。

他将水果放在篮子里，重新递还到我手中，只留下了那枝被踩得面目全非的小葵花。他小心翼翼地将蔫掉的花朵插进床头柜上的玻璃瓶，站起身，朝门外走去。

提着果篮的我亦步亦趋地跟在他身后，穿过逼仄的长长的走廊，走出粉刷成天蓝色的住院楼，走到不远处的一个小公园。

公园是疗养院自有的,迎面正对着大海,平常医院里的病人会到这里来散步,医生们也认为看一看大海有助于缓解病人焦虑的情绪。

梁寒的头发应该几天没有洗了,显得憔悴潦倒,这在以前是绝对不会发生在他身上的。

"以后不要来了,我们也不要再见面了。既然官司都已经赢了,又何必非得亲眼目睹对手一败涂地的模样。"

在走到堤边后,梁寒缓缓地坐在了冰冷的台阶上,目视着远方黑灰色的海面,用孤绝的背影对我说了多天来的第一句话。

我木然地站在他的身边,突然觉得再多的解释都是多余的。

我拿出一只蛇果,举到眼前,它身上有一处圆形的摔伤,此时此刻已经变得乌青,柔软。

也许,它就是梁寒的那颗心吧。

只是,有些伤口很容易发现,而有些永远不会让人看见罢了。

我就那样一直摩挲着手中的蛇果,这是我从小时候就养成的毛病,一旦紧张手里就会不自主地紧紧握住一个东西。

梁寒也不再说话,湿冷凛冽的海风好像是从最阴暗的地狱吹来,穿过海牛岛上枯萎的树梢,吹动渔船上的三角形彩旗,掠过微波粼粼的海面,最终变成一枚枚锋利的刀片,割破了时光的面庞。

"分手吧。"

最终,我还是等来了梁寒的判决。

"不!"

而那一句回答,我说得如此决绝,如此笃定,如此迅速。

"我不是来看你们笑话的,我也真的不希望事情变成现在这个样子,可是作为一个女儿,我没有选择,你到底懂不懂?"

我定定地看着梁寒的侧脸,而他一直不肯转脸直视我。

我猛地扳过他的肩膀:"我不答应,你听没听见!"

梁寒的眼圈是红的,看向我的眼神就像一个不小心走进了迷宫,找不到出路的绝望孩童。

他缓缓低下头,看着自己的脚尖,自言自语般地说道:"可是,还能怎么办呢?"

还能怎么办?

手握着手,勇敢面对,面对一切世俗恩怨,流言蜚语,讥讽冷眼。

我想这样跟他说，却又觉得是那样的苍白。

如今，我只能祈求上天能够让梁妈妈早点儿好起来，慢慢用自己的实际行动来打动她，消除她心里的隔阂。也许，只有那样，梁寒才能真正地原谅我吧。

我跟他一样，将目光投向海面，因为天气严寒，滨海小公园里除了我们两个人外空空荡荡。

"能不能最后帮我做件事？"

也不知道过了多久，目视远方的梁寒突然想到了什么。

我连忙点头，心中充满了惊喜，既然他还求我帮忙，就说明他心目中没有完全把我当成敌人。

"我收拾了很多东西，放在病房了，一会儿你帮我拿去卖掉吧，沈迪应该有门路。"

听到这话，我的情绪再次低落下来，没想到他已经沦落到了变卖东西的地步。

"我可以借……"

我的话没有说完，就被梁寒摇头打断了："我知道你要说什么，但我不想再欠任何人的了，特别是你们家人的。"

他说这句话时，语气很冷，好像一出口就被凛冽的寒风冻僵在了耳边。

眼见他神情决绝，我只能点头答应。

那一天，当我将那一大包电子产品摆到沈迪面前的吧台上时，天已经微微擦黑。每天这个时候，她的手机店都会提前关门，来到料理店帮章西打点生意。

我告诉沈迪，那里面的电脑、平板电脑、游戏机等所有的东西都是暂时抵押在那的，有朝一日我肯定会帮忙赎回来。

沈迪信手翻弄着那些机器，眼皮拉得老长，打着哈欠对我说："也就是你顾小庄，姐姐我又不是开当铺的，再说了你见过到当铺里当东西要价比原价还高的吗？你以为这是古董吗，我敢保证用不了两年，这些东西将变得一文不值。"

说着话，她顺手将东西往我面前一推，一脸嫌弃。

我上前一步，正想把东西重新装进书包里时，却被一双手猛地按住了。

"你要多少钱？"

我抬起头，发现章西正微笑着看着我。

"两万。"我冷冷地回答。

"我给你五万，不过，要算利息的，月息四分，为期半年，而且必须赎回！"

看着将东西装进书包,顺手丢到沙发上的章西,我的眼中满是感激。我知道,她并不在乎那些利息,她只是在找一个帮助梁寒的借口罢了。

"有病吧你!"

沈迪看不下去,狠狠地剜了章西一眼。

彼时,站在章西身旁的沈一辰一直没有说话,只见章西轻轻拍了拍他的肩膀:"就这一次,总不能落井下石,见死不救吧。"

沈一辰依旧没有说话,跟在章西身后默默地走上楼去,过了没一会儿,沈一辰重新下楼,走到我身边时,手里捏着一张卡,面无表情地递到了我手中:"密码是6个8,章西说她复杂的密码记不住。你提出你需要的钱,把卡还回来就行了。"

我忍不住露出了笑容,一边接过银行卡,一边往门外跑去。刚走到门口,背后的沈一辰却叫着我的名字:"顾小庄!"

我回过头,一脸茫然地看着他。

沈一辰的嘴唇微微张启,貌似有很多很多话想要对我说,可最终还是省略成最简单的一句:"小心点儿。"

我不知道他那句话到底是在提醒手持巨款的我小心坏人,还是在提醒我小心前路的泥泞,不要奋不顾身地陷落。

我微笑着,朝他重重地点头。

我无比清楚地知晓,漫漫的人生旅途,他只能送我到这儿了,从这一刻开始,前路无论多么艰险,都需要我一个人面对。

2 <<<<<

*我想变成一只动作轻柔的野猫,在你漫长的冬季里,履冰而过,踏雪无痕。*

三个月后。

爸爸带着爷爷、奶奶还有我,重新住进了阔别多年的蔷薇花墅16号。

那一天,青牛镇很多乡亲自发来帮爷爷奶奶搬家,好不热闹。

正是初春最好的光景,头顶的天空蓝得不掺杂一丁点儿杂色。落满灰尘的房门和家具,早已被章爸爸提前派来的帮手打扫干净。梁家人留下的杂物,也都被堆在了院子的一角,只等爸爸开口,就会被付之一炬。

重新走进蔷薇花墅16号院子里的爸爸却没有急于进去,而是抱着妈妈的遗像缓缓地走到了那架秋千旁。

他把遗照轻轻地放在秋千上，伸出手指，轻轻推了一下，然后便放声痛哭。

那一次，他哭了很久很久，却没有任何人去劝。

后来，奶奶也跟着抹起了眼泪，只有坐在轮椅里的爷爷用含混不清的语言，命令身旁的两个年轻人："把……把……那家人……的东西，都烧……烧了！"

火已经点燃。

风似乎也在帮忙，突然间大了许多。

"老人家，起风了，先回房间吧。"

说话间，众人已经簇拥着爷爷奶奶进屋，院子里只留下了我和爸爸两个人，还有一堆越来越大的火焰。

"哗啦啦"，大风吹动了火堆里一个厚厚的素描本，纸张翻飞的同时，有几页已经剧烈燃烧起来。

我模糊地看到那是一本彩铅画，而画里那个女孩的背影是那样像我。

我连忙冲上前去，用一根木棍猛地将素描本挑了出来，奋力地踩熄上面的火苗。

我迫不及待地打开素描本时，还不小心烫到了手。

我一边吮吸着烫伤的手指，一边用木棍挑开那一张张素描画，我难过地发现，几乎每一张彩铅画上画的那个女孩都是我。

我和梁寒站在海边眺望岛、我和他笼罩在白茫茫的热气中吃麻辣烫、坐在前排的我用小镜子偷看身后的他……

我的眼睛渐渐模糊，原来，表面上冷漠无比的他选择了另外一种方式来表达自己的感情，他是那样渴望被理解，被接受，却又不知道该如何面对。

最后，当他终于鼓足勇气走向我时，命运却又跟他开了这么大一个玩笑。我选择了原本属于梁寒的那个房间，并且拒绝了爸爸为我换新家具的好意。

我把那本烧掉一半的画册放在桌子上，它旁边的青色瓷花瓶里，原本插着的花枝已经枯萎，风干，轻轻一碰就粉碎成了无数碎屑。

而这间卧室的主人，如今去了哪里呢？

一个月前，梁妈妈病情好转后，梁寒便把妈妈从医院接了出来。他在距离沈迪家不远的厂区里，租了一间老旧的宿舍，并且去学校办理了休学手续，打算等妈妈的病情彻底稳定后，再回学校继续把书读完。

梁寒搬家那天，我本来想去帮忙的，却被他委婉地拒绝了，他怕妈妈看到我后病情加重。

第六章 有关于一座孤岛的救赎

如今，我都不敢轻易去看他。

命运的转变是如此地富有戏剧性，我甚至都还没有做好准备。

我曾想过一千种一万种入主蔷薇花墅16号的方式，却唯独没有想到这一种。我最中意的一种，应该是在红白两色的蔷薇花盛放的季节里，长长的红毯一直铺展到山脚下细软的沙滩上。我和梁寒，在众人的祝福声中，手牵着手，走进这里。

放在素描本旁边的手机振动起来，把我的思绪重新拉回。

说实话，看到梁寒的名字显示在屏幕上的那一刻，我的确是有些慌张的。

从上次联系到现在，他已经整整两周没有联系我了。

"学校要求我把六楼办公室的钥匙还回去，我妈的病情还不稳定，我不放心把她一个人留在家里，想来想去，也只有你能帮我这个忙了……"

电话里，梁寒的声音很小，似乎是怕他妈听到。

"好，我这就过去！"

我几乎是不假思索地答道，心里恨透了学校里那帮落井下石的家伙。

我骑上沈迪送我的电瓶车，沿着花山路一路向东，我知道，以前梁寒每天上学也是走这条路的，可惜，再没有机会跟他同行在这条山海相接、鸥鸟纷飞的美丽道路上。

梁寒如今所住的小区，是那种老式的三层建筑，原本是棉纺二厂的职工宿舍楼，每家每户没有单独的卫生间，每一层前面都有一条长长的走廊，走廊的栏杆上晾满了五颜六色的衣服。

我站在楼下，按照约定好的给梁寒打电话，电话响了两声后便被挂掉了。

二层最靠西面的房门被推开了，与此同时，原本趴在栏杆上那只黑白相间的花猫打了一个哈欠，悄无声息地跳到了梁寒脚边，伸了一个懒腰。

"前两天喂了它一根烤肠，不走了。"

楼下，似乎是看出了我的好奇，梁寒瞅了瞅一直跟在身后的花猫："钥匙给你，交给陈校长就可以了。"

我接过钥匙，放进口袋，我看见他比上次见时又瘦了很多，难免泛起一阵心疼。

"哦，对了，还有这个，麻烦你交给章西，上次忘记了。"

他从口袋里掏出一张纸，那是一张欠条，上面还写着他的身份证号码，签名处按着鲜红的手印。

我犹豫不决地接过欠条。

我听见他说："谢谢你。"

"梁寒！"

望着转身就走的梁寒，我大叫一声，他身边的黑猫似乎被吓到，忽地蹿入了身边的花丛里。

梁寒停下了脚步，却并没有转身，宽大的白色T恤被风吹动，紧紧贴在后背上，能清楚地看见他高耸的肩胛骨。

"你觉得章西希望看见这张欠条吗？她才不想要你的什么欠条。她跟我一样，都只是希望你能重新振作起来。还有沈一辰、许艺橙、沈迪。他们虽然都跟你不熟，但都知道你是无辜的，没有一个人因此看不起你。"

我一口气把憋在心里很久很久的话说完，翘首等待着他的答复。

可是，回答我的却只有花丛深处那一声戒备的猫叫声。

他低下头，默默地向楼上走去。

"哐啷"一声，绿色铁门关上的那一刻，我的心"咯噔"一下，我看见那只原本躲在花丛里的花猫蹑手蹑脚地走了出来，攀着水泥台阶爬上楼去，在确定站在楼下的我不会对它的安全构成任何威胁后，再次慵懒地趴在了梁寒家门外的栏杆上。

那一刻，我多想变成一只野猫，至少善良如他，不会找借口拒绝那渺小的不离不弃。

我以备战考研为由，搬到离学校近的沈迪家住时，爸爸并没有阻拦。彼时，他正在章爸爸的鼓励下，重新恢复乡下几家加工厂的生产，对于我的事情无暇管太多。

除此之外，热心的章爸爸还为爷爷奶奶请了两名保姆，蔷薇花墅16号里的开销由他一力承担。

而我放弃豪华别墅住进老旧四合院的真正原因，沈迪一句话以蔽之——司马昭之心路人皆知！

好在对于我这个有着自己小心思的"司马昭"，身边的可爱"路人"们都选择了一种包容的态度。

那些日子里，我每天放学后的第一件事，就是骑着电瓶车到附近的海鲜市场买一小袋新鲜的杂鱼，屁颠屁颠地骑到二棉宿舍楼下，喂那只戒备心极强的野猫。

渐渐地，野猫对我的敌意越来越小，甚至开始像蹭梁寒一样蹭我的腿了。

可是，二楼角落里的那个房间依旧是房门紧闭，只是偶尔会传来梁妈妈的歌声。那些歌曲早已过时，但在我听来，依旧那么动听，好像是她在唱年轻时的自己，年轻时的爱情。

有一次，我曾跟在野猫的屁股后面，蹑手蹑脚地爬到了二楼，我找来一块砖头垫在脚下，踮起脚透过门上的玻璃向里看，接着便惊叫一声，跌坐在地上了。

我在门玻璃上发现一双眼睛，原来梁寒也站在里面静静地看着外面的一切。

老旧生锈的合页发出了尖厉的摩擦声，房门被推开了，透过梁寒侧面的缝隙看过去，躺在床上的梁妈妈已经沉沉睡去。而那间屋子里的陈设极其简单，没有巨大的液晶电视、没有电脑、没有可以自动开合的窗帘，更没有开满各色花朵的后花园。那里，只有两张几乎占了一大半空间的单人床，一张书桌，书桌的旁边摆着一个煤气罐，倒是收拾得一尘不染。

想起以前梁寒住在蔷薇花墅16号时的情形，我突然一阵心酸。在我的心目中，眼前这个男孩应该一直住在高贵的城堡里，吃最精致的食物，看最美丽的风景。

我努力地想要站起身，可是刚才磕到了墙角上的膝盖却火辣辣地疼，我一个趔趄没站稳，重新坐到了地上。我懊恼地卷起裤管，才发现膝盖被擦破了一大块皮，表面已经渗出了一粒粒血珠。

梁寒皱了一下眉头，走回了屋子里，窸窸窣窣一阵轻响后，再次走回我面前。

绯红色的夕阳下，梁寒重新关好房门，将手里装满酒精的塑料瓶和纱布团放在我脚边，帮我把裤管再次卷了卷，露出了伤口。

然后，他打开塑料瓶的盖子，将酒精一股脑倒在了伤口上。

剧烈的疼痛使我的额头冒出了一层冷汗，可是我却只能咬紧牙关，一声不吭。我怕一不小心惊醒了屋子里熟睡的梁妈妈，让愤怒不已的她轻易就毁掉这来之不易的美好。

我乖顺地看着他轻轻地用纱布帮我包扎伤口，顽强地爬到楼顶的爬山虎迎风舞动，将婆娑的叶影投射到他的肩膀上，画面美得像是电影里剪辑出来的宣传片。

那一天，将房门反锁的梁寒背我下楼。

趴在他背上的我情不自禁地哭了。

命运原来是如此卑鄙的一个坏东西，明明互相关心着的两个人，如今却偏偏要深藏起真心。

楼下，梁寒将我放在电瓶车后座上，推着我向着外面布满小商贩嘈杂不已的街道走去。令人惊喜的是，那只野猫居然主动跳进了前面的车筐里，慵懒地蜷缩着，闭上了眼睛。

他就那样推着我一直走，一直走，直到车筐里的猫都打起呼噜了，都还没有停下来的意思，好像真的能走到世界尽头。

"梁寒，我们不要分开吧？"

"梁寒，我们逃走吧？"

我在心里一遍遍地默默追问，却没说出口，因为我知道，他必是沉默以对。

四合院附近的大榕树下,他先把我扶下地,然后小心翼翼地将熟睡的猫儿从车筐里抱出来,目送一瘸一拐的我推着电瓶车回家。

我躲在大门廊檐下,偷偷观察了他很久,直到沈迪的小车驶进路口,他才抱着猫转身默默离开。

"刚才那是梁寒吗?"

将车子停在门口,沈迪一边潇洒地按下锁车键,一边漫不经心地问我。

我点了点头,跟她一起往院子里走去。

"真搞不明白你们俩了,我没上过大学都知道是非曲直,上一代留下的烂摊子,干吗非得搭上你们的一生去收拾!沈一辰和章西曾经那么倔的两个人都想开了,梁寒居然比他们还固执。"

说到此,她猛地转过头:"要我说啊,你为他做的也够多了,也许是把他给惯坏了,姐给你支个着儿,这些日子你先别去找他,也许他冷静下来就想明白了。毕竟是他们梁家先不仁,你爸那么做只是拿回自己的东西。有句话怎么说来着,欲擒故纵。"

我礼貌性地微微一笑。

看样子,她还是不了解梁寒,也不了解我。

所以,接下来的很长一段时间,我依旧每天拎着小杂鱼去喂那只野猫。

野猫的身体渐渐变得滚圆,爬楼梯的姿态也比以前笨拙了很多,后来它甚至养成了每天下午五点半准时到楼下等我的习惯。

我固执地以为,梁寒的心里下了一场大雪,我只能像那只猫儿似的,轻手轻脚地静待在他的心门之外,悄悄地,一丝丝地为他撩开窗帘,让温暖的阳光照进去,大雪才能一点点融化,花朵才能生根发芽。

我想,等我把那只野猫养成一头小猪了,把自己牢牢关在门内的梁寒就该推开房门,对我露出阳光般的微笑了吧。

3 <<<<<

不小心蹭在下巴上的泥水已经干了,随着他的微笑,一片片龟裂,脱落,露出了一个崭新的少年。

2017年炎热的夏天,学开挖掘机的程铁毕业了。

章西说服爸爸,让他在下属的一家建工企业为程铁安排了一份收入不菲的工作。那时,章家的公司已经成功接手梁氏集团下属的好几家分公司,有很多即将完成的房产项

目几乎一接手就产生了巨大的盈利。

程铁第一次领工资那天,居然把大家约到"一朵云"料理店,在所有人的见证下,向还在校读书的许艺橙求婚。

当他单膝跪地,把那枚钻石只有米粒大小的戒指举到许艺橙面前时,章西一下子抢过来,戴到了自己手指上。

她把戒指举到眼前左看右看,对身后的沈一辰大喊:"沈一辰,你去对面牙医诊所把他们的显微镜借来。"

接着,一脸幸福笑容的许艺橙就把戒指重新抢了回去。

微笑着的她下巴扬得老高,一边郑重其事地把戒指套到无名指上,一边向我们炫耀:"羡慕嫉妒恨了吧你们。"

那一天,许艺橙温顺得就像一只小猫,做某件事情就会不自觉哼起歌的样子给我留下了极其深刻的印象。

而就在同一天,任性的小老板章西在料理店门口挂起了"关门歇业"的木牌,亲自下厨为我们料理生鱼片。

梁寒的电话,是在沈一辰打开第一瓶香槟准备向程铁喷射的时候打过来的,电话里的声音是从来没有过的慌张和急迫。

我挂掉电话,把目光投向捧着巨型香槟的沈一辰,事到如今一旦遇到棘手的事情,我第一个想到的还是他。

"梁寒妈妈失踪了,据说是趁着梁寒下楼拿外卖时走出了房间,转眼就不见了。"

我六神无主地将这句话说出口的时候,周围一下子静了下来,短短几秒钟过后,离门口最近的沈迪率先冲了出去,接着是沈一辰、章西。就连一向视梁寒为死敌,恨不得除之而后快的章帆也在迟疑片刻之后跟在许艺橙身后跑了出去。

当我反应过来,跟着众人分别跳上门口的两辆车时,章西已经迫不及待地发动引擎:"梁寒家住在哪儿只有你知道,你带路。"

我含着眼泪重重地点头。

他们都知道精神失常的梁妈妈失踪意味着什么,他们也都跟我一样,知道梁寒根本就没有朋友,此时此刻,能帮上他的,除了警察恐怕只有我们这些人了。

二棉宿舍区人多路窄,车子只能停在两百米外的小广场上。

我站在熙熙攘攘的人群中给梁寒打电话,带领众人循着他发来的位置去跟他会合。然后,我们分成三拨,沿着不同的方向寻找。

我紧紧跟在梁寒身后,和他一起一遍遍呼唤着梁妈妈的名字,我们几乎找遍了附近的每一个角落，每一家店铺，每一条错综复杂的小巷，但最终还是没找到梁妈妈的影子。

天色渐渐变暗，三拨人会聚在二棉宿舍楼下。

一脸沮丧的梁寒索性一屁股坐在了肮脏的水泥地面上，低头不语，众人也是一脸凝重。只有那只已经被我喂得臃肿不堪的野猫，在我们身边窜来窜去，捕捉着昏黄路灯下的飞蛾。

"谢谢你们。"

许久，梁寒抬起头，环视了一圈，又快速地将脑袋垂了下去。

虽然只是短暂的一瞬间，我却在他眼中看到了满满的感激。

我蹲下身，紧紧地握住了他的右手。天气闷热无比，他的手背却是那样凉，仿佛被什么人一下子抽空了所有的希望。

"你说她能去哪儿呢，能去哪儿呢？"

佝偻着背的梁寒一遍遍地重复着同一句话，说到最后，几乎都快哭出来了。

"都怪我，我本以为只是下楼拿个外卖，不用锁门的。"

梁寒不停地自责着，而每一个字都像是一枚小小的火炭落在我的心上。

"你们说，梁阿姨会不会回家啊？"

许艺橙的声音再次打破了众人的沉默，沈迪立马反驳："你呆了？她要是知道自己回家，我们还犯得上全员出动吗？"

"我说的不是这个家，是蔷薇花墅！"

许艺橙说完这句话后，立马紧张地看向了我，似乎意识到自己说错了话，如今，没有谁不知道"蔷薇花墅"这四个字早已成为横亘在我和梁寒之间的一道天堑。我们都小心翼翼，不敢提及，免得不慎跌落，粉身碎骨。

梁寒猛地抬起头看向许艺橙："你说的……是真的吗？"

脸上的表情，就像是一个把所有希望都寄托在陌生人身上的孩童。

接着，他不等许艺橙回答，就站起身，快速朝着对面的马路跑去，在经过章帆身边时，还不小心被花坛绊了一跤，险些摔倒，好在被章帆及时扶住了。

紧紧抓住他胳膊的章帆一脸无奈："你想怎么去？就这样跑去吗？从这里到花山十几公里。我们的车子就在外面。"

说话间，他猛地甩开梁寒的胳膊，率先向着停车的小广场走去。

梁寒没有再说话，乖乖跟了上去。

我只记得那一天章西把车开得飞快，而坐在我身旁的梁寒一直紧张地看向窗外，唯

恐不小心错过什么。

值得庆幸的是，那一天，我们真的在花山附近找到了梁妈妈。

彼时，鞋子跑丢了一只，只穿了一条长长的睡裙，头发散乱的梁妈妈，正沿着倾斜的山路，贴着墙角，一步步向蔷薇花墅16号的方向走。

她走得很慢，样子很疲惫，看样子，身无分文的她是穿着拖鞋，徒步从旧城区走到这里来的。

在她前面不远处，是一个接近90度的拐角，拐角处一座别墅的围墙挡住了上坡的视线，只要再走几十米，转一个弯，就能看到蔷薇花墅16号的大门了。

"妈！"

伴随着一声尖厉的刹车声，梁寒早已从尚未停稳的车子上跳了下去，飞奔着冲向了马路对面。

我也赶紧跳下车，跟在他身后，向着始终不愿意停下脚步的梁妈妈跑去。

"我梦见你爸爸回来了，他在家等我们呢。"

梁妈妈一遍遍地甩开梁寒的手，加快了脚步，任凭梁寒怎么劝慰，都不愿意放弃。

"我家很漂亮的，有很多花，还有秋千，有一条听话的大狗，我家才不住在那么吵那么脏的地方……"

目视前方的梁妈妈梦呓般地重复着那句话，丢了鞋子的左脚已经血肉模糊。

我赶忙脱下自己的鞋子，想要帮她穿上，可是，在看到我后，梁妈妈立马变得疯狂起来，抬腿猛踢向我的下巴，好在我被沈迪拽了一把，才躲过了那重重的一击。

"杀了你，杀了你，子安就能回来了……"

梁妈妈叫嚣着向我扑来时，梁寒一下子将我推开，紧紧地将她抱在了怀里，无论妈妈如何撕打，始终不肯放手。

我看见他的脸上被梁妈妈挠出了好多道红印子，衣领也被扯烂了，而他就那样紧紧地抱着这个疯狂的女人，直到她渐渐没有了力气，像个孩子似的，趴在儿子的肩膀上沉沉睡去。

在众人的帮助下，梁寒把妈妈背上了车，放在了后排。

他轻轻地关上了车门，转身，看着章西，乞求般地问道："能不能等她睡熟了之后再回去？"

章西微微一笑，轻轻地点了点头，开门打开了车子的双闪。

站在马路中间的梁寒一直面朝大海，背对着蔷薇花墅的方向，故意离靠在墙角的人群远一些，似乎明白自己不受欢迎一般。

章西轻轻碰了碰我的胳膊，示意我过去安慰他几句，与此同时轻轻挽住了沈一辰的胳膊，仿佛在用那个亲昵的动作打消我的顾虑。

　　我微微一笑，低下头，缓缓向着孤零零的梁寒走去。

　　身边的路灯渐次亮起，将我的影子拉得很长，一直延伸到梁寒的脚下。

　　想来，那辆拉满了桶装矿泉水的蓝色小卡车，就是那个时候从花山上超速驶下来的，花山最深处有一眼常年奔涌不息的山泉，为G市的三分之一人口提供饮用水。车子的灯光被拐角的围墙挡住，司机并没有发现我们。等到拐过弯，看到我们时，已经很近了。虽然他努力踩下刹车，在距离我们几米远的地方停了下来。可是惯性作用下，有几桶没有固定牢的桶装水还是从车厢里跌落下来，沿着陡峭的下坡路，飞速向我们滚来。

　　"闪开！"

　　我已经忘了是谁叫了一声，我只记得飞扑上来的沈一辰猛地将我推向了路边，接着冲上前去，抬起腿，狠狠地踹在了梁寒身上，将他踹向了马路对面。

　　一只装满水的塑料桶径直朝着来不及躲闪的沈一辰滚去，借着山势跳跃着，"咚"的一声闷响，将他重重地砸倒在地。

　　空气中，弥漫着轮胎摩擦时产生的刺鼻煳味。

　　我的脑袋一片空白。

　　章西率先冲了上去，跪在了沈一辰的身旁，从地上爬起来的梁寒也围了上去，几秒钟过后，快速跑回另外一辆车里的章帆发动了车子。

　　我捂着嘴巴，缓缓地走上前去。

　　我看见沈一辰嘴角流出了鲜血，几个人正在手忙脚乱地将他抬起，抬上车。

　　我看见他的嘴唇微微抖动着，眼睛却一直紧闭着。

　　跟我一样站在一旁搭不上手的许艺橙已经吓得大哭起来。

　　"沈一辰。"

　　我轻轻地叫了一声沈一辰的名字，却淹没在众人慌乱的嘈杂声中。

　　我看见梁寒费力地抱着沈一辰的双腿，跟众人一起小心翼翼地将沈一辰塞进汽车。

　　车子只能装下四人，沈一辰、沈迪、章帆和章西。

　　章帆是司机，沈迪是沈一辰的姐姐，章西是沈一辰的女朋友。

　　不知何时，我已经变成了"外人"。

　　其实，我一直都明白的，这世上从来都没有"不负如来不负卿"的双全法，想要不顾一切地走近一个人，到最后，必然会跟另外一个人分道扬镳，渐成陌路。

　　"钥匙在车里！"

上车之前的章西这样对我们喊,自山下跨海而来的大风吹起她专为沈一辰蓄的长发,遮住了她的双眼,看不清脸上的表情。

我只是觉得,那场景像极了一场宏大的告别仪式,关于固执的青春,绝望的爱。

似乎她是在用最后那句话告诉我和梁寒——我们能为你们做的只有那么多了,钥匙在车里,路在脚下。

疾驰而去的车子消失在了滨海路上,我和梁寒却迟迟不愿意把目光收回。

身后,程铁已经牢牢抓住了小卡车司机,而许艺橙正默契地掏出手机拍照取证,打电话报警。

那一天,程铁和许艺橙跟卡车司机一起去交警大队做笔录时,梁寒开车载着我和梁妈妈回到了二棉宿舍。

一路上,他都没有说话。

而我,一直不停地给沈迪和章西打电话,可是,她们一直都不接。

直到快到达宿舍区边的小广场时,沈迪才把电话打了过来。

她在电话里告诉我,沈一辰断了两根肋骨,已经脱离危险,正在做手术。

我挂掉电话,将这个消息告诉梁寒时,他猛地踩下了刹车,一直绷紧的脊背也缓缓塌了下来。

他一直目视着前方,沉默许久。

然后,将脑袋抵在方向盘上,轻声对我说:"感谢你们还能把我当朋友。"

梁寒背起妈妈沿着老旧的楼梯上楼时,那只野猫一直跟在梁寒身后,二楼的走廊上,穿着背心坐在躺椅上摇着蒲扇的大叔,有着非常非常大的肚腩。

在他的旁边,一位正在收衣服的大婶开玩笑似的对梁寒说:"小梁啊,怎么不让女朋友上来坐啊?"

弓身背着母亲的梁寒没有回答,只是脚步停在了倒数第三级台阶上。

风大了起来,吹动花坛里的树叶,发出"沙沙"的声响,警觉的夏虫受到了惊吓,鸣叫声戛然而止。

"等我。"

然后,他加快了脚步,打开房门,把母亲背了进去。

我站在路灯下面欣然微笑,轻轻摇晃着手里章西的车钥匙,钥匙上挂着一只可爱的粉红色叮当猫,我记得清清楚楚,上次,曾在沈一辰的背包上看到过一只同款蓝色的。

我坚信,每一个善良的孩子,无论经历过多少坎坷,迷过多少次路,到最后,终究会得到祝福。

几分钟后，房门再次被推开了。

反锁了房门的梁寒，将钥匙和一张字条交到了刚才说话那位大婶手中，轻声对她说，他给妈妈吃了医生开的药，应该能一直睡到天亮，万一醒了，就打字条上的电话。而他，现在要去医院看一个朋友。

热心的大婶连声答应，在梁寒下楼的时候，还轻轻地拍了拍他的肩膀，调皮地朝我眨了眨眼。

沈一辰的手术是在凌晨两点钟做完的，凌晨两点半，麻药还未散尽的他缓缓地睁开了双眼。

而你知道，面对一双双紧张不已的眼睛，他苏醒后说的第一句话是什么吗？

他居然气若游丝地对我们说："我想吃西瓜。"

"我去买！"

见他醒来，激动不已的梁寒连忙答应，话还没有说完，就已经抓起桌子上的车钥匙冲出了病房。我知道，他是想借此报答沈一辰的救命之恩。所以，随后追上他的我并没有告诉他，刚刚做完手术的病人是不能吃西瓜的。

那一天，我们两个人开着车几乎找遍了G市的每一个角落，但最终也没有找到一家通宵营业的水果店。

望着梁寒沮丧的侧脸，我微微一笑。

我想起了小学时，沈一辰带着我和程铁趁着夜色，到瓜田里偷西瓜的情形。

于是，半个小时后，我们真的把车子开到了荒无人烟的城郊，并且成功地找到一片瓜田，偷了一只西瓜。其实，也不算是偷，哪儿有偷西瓜还往另外一只瓜下面压二十块钱的人呢？我难过的是，梁寒本来在西瓜下面压了一百块，起身后却又想到什么似的，换成了一张二十的。

"二十块应该够了吧？"

我知道，要是换作以前，他还是梁氏集团的富贵公子时，绝对不会做这样的事情。

我们抱着西瓜"呼哧呼哧"地往瓜地外面走的时候，远处拴在瓜棚边的狗叫了起来，明明给了钱的我们，却还是做贼心虚，在泥泞不堪的瓜田里狂奔。

而头顶的月亮，就像是一盏坏透的追光灯，总是追在我们头顶，使我们无处遁形。

那是我第一次，也是唯一一次看见梁寒笑得像个孩子。

第六章 有关于一座孤岛的救赎

187

他的脸上蹭满了泥,鞋子脱下来拎在手里,抱着西瓜的样子特别狼狈。

我确定,在此之前,他肯定不会想到,原来生活还可以是这个样子。

最搞笑的是,当我们落荒而逃,开车杀回医院时才发现,原来医院门口就有一家通宵营业的水果店,只是方才走得太急,没发现。

但这一切都不重要了,重要的是梁寒对我说了一句话。

他说:"以后,我们能不能偷偷见面?总有一天妈妈会好起来的,会明白爸爸的事情不怪你。"

他说:"我相信,你们都是真心希望我能坚强些。"

我抱着西瓜,含着眼泪重重点头,整颗心几乎都要长出翅膀飞向天空了,我喂了那么久的野猫,遭受了那么多白眼,等的就是这句话,这一天。

原本沉闷不已的病房,在我们两个泥人出现后一下子炸开了锅,许艺橙更是迫不及待地掏出手机,为我们两个人拍了张照片。

后来我把那张照片洗出来,挂在了卧室里,因为那是我和梁寒唯一的合照。

沈迪伸出手指,顶在我的肩头,一直把我推到门外,指了指走廊尽头的洗漱间,示意我们把自己洗干净再进来。

她身后,平躺在床上的沈一辰张了张嘴,脸上露出了无奈的表情,轻轻地摇了摇头,一副"孺子不可教也"的表情。

而那时的章西,早已冲到楼下去看自己的爱车了。一分钟后,天刚蒙蒙亮的寂静医院里,传来了一声凄厉的长啸——"啊,顾小庄,我要杀了你,这可是真皮座椅啊!"

灯光明亮的洗漱间里,我转过头来看着身后的梁寒,他递给我一个宽慰的眼神,露出了好看的微笑。

不小心蹭在下巴上的泥水已经干了,随着他的微笑,一片片龟裂、脱落,露出了一个崭新的少年。

4 <<<<

*他曾是一座孤岛,而我,几经沉溺,泅渡过整个汪洋,终究完好如初地来到了他的身旁。*

在我的记忆中,从来没遇到过2017年那么大的雨,以及雨后接连数天毒辣的骄阳。

仿佛刚刚还满世界肆虐的大水,太阳一出来,就全部蒸发殆尽,把整个G市变成了一个巨大的蒸笼。

大雨下得最凶的时候,地势低洼的电子街整条街都被淹了。沈迪还在自己店里抓了几条野生鱼,养在了料理店大堂的水族箱里。

据梁寒说,那几天梁妈妈的精神也有了好转,不但能跟他平静地对话,还为他烧了菜。除此之外,她还决定,等过些日子和梁寒一起去看望梁爸爸。

梁寒还传过来一张梁妈妈系着围裙站在煤气炉前烧菜的照片,彼时的梁妈妈仿佛又变回了原本那个优雅得体的中年女子。

望着手机的我会心微笑,手边放着的是章西和沈一辰共同研制的红豆抹茶冰沙,不过,只是看起来很好吃罢了。

值得高兴的是,那时候,法院退还给了梁寒家一小部分合法财产,虽然梁寒无心也无力打理,通过法院申请破产,把它们低价拍卖了出去,但得来的资金,也足够他和梁妈妈衣食无忧了。

我印象最深刻的,是梁寒来"一朵云"找章西还钱的情形。

布满监视屏的办公室里,妆容精致的章西不停地在计算器上按着,最后,微笑着将计算器向梁寒一推:"算上利息,一共是57604元,你看是转账呢,还是直接刷卡?"

我知道,她并不是在乎那几千块的利息,她只是想用这种方式让梁寒感到好过一些,也让在场的我和沈一辰心安罢了。

我感激地看着章西,微微向梁寒靠了靠,我听见刷完卡的他轻声对章西说了句"谢谢"。

正对面的监视屏上,坐在包间榻榻米上的许艺橙又在跟程铁煲电话粥了,为此,老板章西曾经不止一次地批评过她。

只见章西轻轻吹了吹面前的麦克风:"8号员工许艺橙,上班期间玩手机,扣除下个月奖金。"

屏幕中戴着耳机的许艺橙快速站了起来,沮丧地跺了一下脚,朝着镜头噘了噘嘴。

"不能怪我严苛哦,你们想,她在这里上班,程铁为我老爸打工,两头耽误的都是我家的生意!"

说话间,章西对我们做了一个鬼脸,起身快速向楼下跑去,因为她在另一个监视器中看到,负责每天送原料的小卡车已经开到后门了,这个关键的环节以前是沈一辰负责的,不过,如今他大伤尚未痊愈,不可能将海鲜一箱箱从车上搬下拆开来查验,所以她必须亲自把关。

沈一辰微微一笑,似乎对自己这个能干的女朋友很满意,重新躺回了章西专门为他

准备的沙发床上。

他穿了一件肥大的方格沙滩裤，上身几乎被医生捆成了一个木乃伊。最好玩的是，绑在胸口的绷带上，被水彩笔画了很多可爱的卡通形象，一看就知道出自章西之手。

我和梁寒和他告别向门外走时，他闭上眼睛，戴上了耳机朝我们摆了摆手。

我们刚要帮他关门，他却挣扎着从床上坐了起来，叫了我的名字，定定地看向我。

许久。

他说。

"再见。"

握着梁寒的手不自觉地加大了力度，那一句"再见"令我的心几乎都要碎了。

我知道，他说的再见，不是再也不见。

往后的岁月里，经过了洗礼，蜕变成不同样子的我们，还是最最要好的朋友，一如章西、许艺橙，一如梁寒。我们还是会经常碰面，只是再也遇不见以前那个不顾一切，遍体鳞伤的自己而已。

再见吧。

曾经的岁月，以及无心的伤害与原谅。

我们得到过，我们失去过，我们长大了。

传说中，梁妈妈烧的菜很好吃，当初贤惠的她就是凭借这门手艺成功地俘获了青年才俊梁爸爸的心。

可是，我却再也没有这样的口福了。

虽然梁寒曾经信誓旦旦地向我保证，等到梁妈妈的病好了，一定让她帮我做满满一桌子拿手菜。

虽然对此我深信不疑，甚至还自作主张，毫不矜持地在他额头上亲热地吻了一下。

但病情原本渐渐好转的梁妈妈，精神最终还是崩溃了。

难过的是，那时的梁寒已经答应我暑假后回学校继续读书，为了完全消除他的后顾之忧，神通广大的沈迪还帮梁妈妈找了一个金牌护工，打算梁寒上学的时候帮忙照顾梁妈妈。

而且，我们几个还擅作主张凑钱在半山盛夏为他们租了一间房子，之所以选择那里，一是因为它与学校只有一墙之隔，梁寒可以随时回家看望妈妈。二是因为，处在一楼的那间房子是自带一个小小的前院的。前院里有一个30多平方米的菜园，我们在争得房东的同意后，把它改成了一个漂亮的小花园。

梁妈妈喜欢养花，住在蔷薇花墅时就是如此。

我们固执地认为，如果能够专注于某件事情，梁妈妈的精神就会渐渐好起来。

事到如今，我依然记得那个闷热无比的午后，我们汗流浃背地收拾小花园时的情形。偷奸耍滑，选择了最轻松的任务的章西，在跟沈迪一起钉秋千的时候，不小心用锤头敲到了沈迪的手指。

我们还用木板在小花园的角落里做了一个小小的猫窝，顶部尖尖，三角形的城堡模样，打算把二棉宿舍附近的那只野猫接来住。以前，因为梁爸爸讨厌猫，只能在家里养狗的梁寒，如今可以养他最喜欢的猫了。

我们把从蔷薇花墅16号挖来的蔷薇花根种在小花园的周围，期待着来年花朵盛开，一切安好如初。

我们守口如瓶地保守着这个秘密，约好等房子完全装修好的那天，由我亲自去请梁寒，给他原本灰暗阴沉的生活带去一个惊喜。

2017年7月28日，我怀揣着这个光荣而伟大的任务出发了。

火辣辣的阳光，霸道地夺走了街坊们室外纳凉谈天的闲情逸致，原本热闹的宿舍楼变得寂静无比。只有张大爷挂在廊檐下忘了收回去的鹦鹉还在聒噪地叫着，就连墙角杨树上的知了好像也在吵着："热死啦，热死啦！"

我将电瓶车停在树荫下，摘下太阳帽，抬头看向二楼角落那个房门紧闭的屋子，嘴角不自觉露出了微笑。

我突然想起了大一军训时的那个夏天，也是这样炎热的午后，那时候，一脸傲慢的男孩将一瓶冰水兜头倒在了我的头上。我本以为自己会恨他一辈子的，而如今，却只想变成一缕孱弱的凉风，给他带去丝丝惬意。

他曾是一座孤岛，而我，几经沉溺，泅渡过整个汪洋，终究完好如初地来到了他的身旁。

手机打过去，响三下，挂掉。

这是我跟梁寒约好的暗号。

这时候，他便会蹑手蹑脚地推开房门，下楼来跟我见面。这是我们之间的秘密，除了那只好吃懒做的野猫没有第三个人知道。

而这一次，梁寒的手机却在拐角的楼梯处响了起来。

我连忙跑过去，只见他正低头无精打采地坐在台阶上，身边的野猫尾巴耷拉在台阶下，像一只延迟了的摆钟，有一搭无一搭地摆动着。

虽然楼梯上面生锈的铁架上长满了爬山虎，为他遮下了一片阴影，但天气实在是太

第六章 有关于一座孤岛的救赎

热了，我能清晰地看到他鼻尖上的汗珠，以及身上的T恤已经被汗水浸湿。

那件T恤是一周以前，我和他一起去逛街时买的情侣款，他说，那是他这辈子第一次逛小商品市场这种地方。

"梁寒？"

我轻轻地喊了一句。

他缓缓地抬起头来，却是一脸沮丧，好看的眸子里写满了绝望。

我上前一步，缓缓地坐在他身旁，为他扯了扯被汗水粘住的衣袖："怎么了？"

梁寒没有回答我的问题，而是向前弓身，把脑袋缩进臂弯里，像只受到了惊吓的刺猬一般缩成了一团。

"到底怎么了呀？"

我的声音大了一些，脚下的野猫警觉地抬起了头，四下张望一番，重新贴在温度低一些的地面上。而它的男主人依旧毫无反应，我看着他的侧脸，知趣地不再去问。

我记得情圣许艺橙曾经告诉过我，当一个男孩不愿意说话的时候，最好的方法是陪他一起沉默。因为一般意义上说，男孩通常都要比女孩理性，他不愿意把心事说给你听，是因为他们知道，有些心事不能分享，只能分担。而他越是喜欢你，心疼你，就越不愿意拉你一起跳入那片他自己都无法摆脱的泥淖。

然而，沉默没过多久就被打破了。

我们的背后先是传来了重重的摔门声，等我们不约而同回头看时，一下子就被眼前的一幕吓傻了。

只见头发散乱，光脚冲出门外的梁妈妈，大喊大叫着朝我扑了过来。

等我在梁寒的拉扯下站起身来想要逃跑时，一切都已经来不及了，梁妈妈直接撞到了我身上。

她的力气很大，我一个趔趄，从楼梯上跌下去。

虽然身后的梁寒迅速抱住了我，但是冲击力太大，再加上那种老旧的楼梯很陡，两个人还是骨碌碌地向着楼下滚去。

天旋地转间，我甚至忽略了身体每一次与台阶撞击产生的疼痛，只条件反射般地紧紧闭住双眼。

等到我睁开眼睛的时候，听到吵闹声的邻居李婶和其他几位男邻居，已经把梁妈妈抱住。

而平躺在地上的梁寒似乎摔蒙了，我凑上前去看时，他才猛地从地上坐起来，摇了摇头。

在看见我浑身是血后，他挣扎着爬起来，不由分说地背起我，就往大门外跑。

"我们去医院！"

汗流浃背的他背着我，快速地冲出大院，他大声地对着楼上喊："李婶，照顾好我妈，药在书桌的桌洞里，吃两片！"

也许由于太紧张，从宿舍楼到二棉卫生所，仅仅只隔着一条马路，几百米的距离，他却跑得气喘吁吁，一边跑还不忘一边安慰我："再坚持一下，医院马上就到了。"

我乖顺地将脑袋伏在他肩头，听着他粗重的呼吸，我看见树影掠过他的肩头，飞溅的血滴在他白色的T恤上绽放成一朵朵妖艳的蔷薇。

那一刻，我居然感到了前所未有的欣慰和幸福，毕竟这是梁寒第一次那么紧张我，或者说，是第一次那么紧张我，却又毫不掩饰地表现出来。

梁寒的步子迈得很大，似乎每跑一步，我们就离那个叫"永远"的地方更近一点儿。

他第一次那么多话，似乎是生死离别的电影看多了，生怕"弥留"之际的我不小心睡过去就再也醒不来。

他一次次地叫着我的名字，那么大声，又那么温柔。

"顾小庄，你一定要坚持住，你还要帮我养猫呢。"

"顾小庄，以后，我们要去一个美丽的海岛，那里有很多很多流浪猫，它们从不怕人，每天早上都会来我们咖啡店门口要吃的。"

"顾小庄，我们会一起制作很多漂亮的明信片，送给每一个用心生活的顾客，在岛上古老的邮政局一笔一画地写上朋友们的地址，寄给沈一辰，寄给章西……"

我已经忘记了他一共叫了多少次我的名字了，反正他的目的达到了，因为当他轻轻把我放到卫生室的病床上，大叫医生时，我的意识还很清醒。我望着身上和胳膊上染满鲜血的梁寒，嘴角露出了满足的微笑。我想，既然有生之年，能看到他为自己如此慌乱，就算是真的死了，也值了。

对面的男孩气喘吁吁，脸色苍白，眼睛里却装满了水一样的柔情。

这是我从未见过的梁寒。

可是，当医生围着浑身是血的我上上下下，仔细检查了一遍后，却一脸茫然地对我们说："她身上没伤啊！"

此时，卫生室的门猛地被推开了，李婶担心我们，在喂梁妈妈吃了药后，一路小跑着追到了这里。

她快速地冲到梁寒面前，一把抓住他的胳膊，本想安慰他，告诉他梁妈妈已经没事

了。可是梁寒却条件反射似的大叫一声,连忙抽回了胳膊。

直到医生用酒精棉小心翼翼地擦干净梁寒右臂上的血污,一条十几厘米长的伤口展现在我们面前时,我们才猛然发现,原来,那个真正受伤的人是他自己!

望着梁寒小臂上那道又深又长的伤口,我已经哭了起来,怪不得他的脸色那么难看,怪不得他说话的时候那么有气无力。

在被李婶埋怨般地拍了一巴掌后,梁寒的脸上露出了傻傻的微笑,那笑容像极了某一时刻的沈一辰。

医生用细细的长线在他小臂上缝了七针,我闭着眼睛不敢去看,每一针都像是扎在了我心上。

我紧紧地握着他的左手,虽然卫生室里的冷气开得很足,但掌心还是出了很多汗。

本来医生建议梁寒输液,可是,他却很固执,只是让医生拿了几盒消炎药,就匆匆离开了卫生室。

我本想跟他回去看一看梁妈妈的,却被他挡在了宿舍区门口,他无奈地安慰我说:"等过些日子吧。"

以前曾做过很多年社区工作,善于察言观色的李婶看出了他的为难,连忙把我拉到一旁的树荫下面,小声对我说:"姑娘,这时候你只能添乱,你也知道他妈妈那病受不了刺激!"

这种情况下,我只能乖乖地站在原地,目送梁寒离去。

可惜对于本来已经渐渐好转的梁妈妈为什么突然间病情恶化,李婶所知不多。

她只是轻描淡写地对我说了句:"谁知道呢,昨天从监狱看望丈夫回来,她已经整整闹了一夜了。搞得整个小区的人都没睡好。"

在再三交代我不要回去后,李婶小跑着离开了。

没人知道,那一刻我有多想去看一看梁寒,却又清楚地知道,我的出现只会再一次刺激到好不容易平复下来的梁妈妈。

我难过地蹲在地上,在接近40摄氏度的高温下,却冷得一直发抖。

梁妈妈明明已经快好起来了的,虽然我和梁寒见面都是秘密进行,无奈因为担心她只能选择近处的地点,因此,也曾被她发现好几次。

那几次,纵然她从来没给过我好脸色,但碍于上次我们一起找她,沈一辰又帮梁寒挡了一场事故的缘故,她也从未为难过我。

我无论如何也想不通,她为什么突然间又变回了这个样子。

我站起身,从背带裤的口袋里掏出一把崭新的钥匙,那把钥匙本来是要交到梁寒手中,给他和梁妈妈一个惊喜的。

可是,变故来得太突然。

我曾有两把钥匙,一把曾打开了潘多拉的魔盒,推他跌入深渊。后来,我又精心打造了第二把,期待着能够帮他打开另外一扇大门,那个世界里洒满了阳光,开满了鲜花,时光会渐渐地治愈所有创伤,就像缱绻的海浪抚平沙滩上的疮痍。

# 第七章 / chapter 7
## 有些地方，你若不来，我岂敢离去

1 <<<<<

时间是个很神奇的东西,它会治愈一切伤痕,风化所有的悲伤,又会在一座座坟墓上建起繁芜的花园。

我细细查阅过梁妈妈的那个病的资料。

医生也说,这种病很难彻底治愈,现行最有效的就是精神抑制疗法,但是对病人的身体有很大的伤害。最好的方法,就是换一个环境生活,尽量避免再让她接触到那些能触景生情的人和事。

可悲的是,我们还自作主张地为梁妈妈搭建了跟老家一样的秋千,种下了一整个花园的蔷薇花。

而她,最终也没能看到那座房子一眼。

因为曾口口声声答应我,会一点点化解妈妈的仇恨,让她接受我,为我烧好吃菜肴的梁寒,在用身体护着我滚下二十多级台阶后,带着妈妈消失了。

眼睛哭红的李婶将这件事情告诉我时,距离梁寒被妈妈误伤只有三天,就连伤口上的缝线都还没有拆掉。就连我曾握住他手的掌心,似乎还一如当初般湿润着。

那三天的时间里,我一直备受煎熬,我不敢打电话给他,甚至不敢发微信问他的伤情。我只是想着跟他在一起时的情形就出神了,为此还被沈迪骂了好几次。

我问许艺橙,这世上为什么会有那么傻的人,自己受伤了都不知道。

许艺橙翻我一个白眼,说:"你这是赤裸裸的炫耀。"

如今,我颤抖着接过李婶手中梁寒写的那封信,一如当初站在法庭上的梁寒替妈妈接过爸爸的判决书。

我听见李婶摇头叹息着对我说:"梁寒那孩子真是可怜啊,干吗要带妈妈去看他爸啊,要不是因为看到他爸爸头发全白了,他妈也不会受那么大刺激了。"

"你是不知道,前天,他妈居然趁着儿子睡着,拧开了煤气罐,说是要跟什么人同归于尽。幸亏这破房子四处透风,发现得早,要不然,整个宿舍楼上的住户都会跟着遭殃……"

眼泪早已模糊了视线,我知道,梁阿姨要同归于尽的那个人是谁。

曾经如此深爱着的男人,曾经地位尊崇令人仰慕的丈夫,转瞬间沦为阶下囚,又在一夜之间白头,换作任何人恐怕都无法承受这样的打击。

我和她之间,横亘着一条深不见底的海沟,无论如何掩饰,如何躲避,终究会在某一天猝不及防地掀起滔天波澜。摧毁一切,淹没那一座座精心搭建,却又脆弱不堪的城堡，以及那一个个来不及讲完的童话。

聪明的梁寒，一定也是看清了这一点，所以才对我食言的吧。

一边是生养他的母亲，一边是我，哪一个都不是他想伤害的人。

而我早该听沈迪的，她曾劝我不要相信任何"誓言"，因为"誓"这个字不能细看，你若拆开来，便是"打了折的语言"。别人说的时候，一定是全心全意，但你听的时候，一定要打个对折。

但我相信，梁寒曾经对我承诺过的事情都是真的，至少在做出承诺的那一刻是真诚的。世界那么大，我们如此渺小，后来发生的事情，又怎可能件件都遂了当初的心愿。

我抱起趴在栏杆上的野猫，向着楼下撒腿狂奔，我将安静无比的它放在车筐里，骑着电瓶车满世界飞奔。

我去了海边，去了学校，去了蔷薇花墅16号，去了火车站，我找遍了想象中他能去的每一个角落，可最终也没能找到他的踪影。

我坐在倒在沙滩上的电瓶车旁哭着给沈迪打电话，这种事情她有经验，当年那个修车的少年也是这样在她生活中无声无息地消失的。

电话那头传来的是很长一段时间的沉默，沉默过后的叹息仿佛隔着一整个鲜血淋漓的青春那么久远。

"回家吧，慢慢就会好起来的。"

是的，沈迪说的没错。

一切都会好起来的。

毕竟，时间是个很神奇的东西，它会治愈一切伤痕，风化所有的悲伤，又会在一座座坟墓上建起繁芜的花园。

用不了多久，我们种在新房子周围的蔷薇花就会抽枝散叶，在下一个春天里开出细小的花朵。早晨从港口出发的渔船，傍晚会满载而归。被推倒的老房子，长满苔藓的青砖长眠地下，不久后，就会生长出一座座拔地而起的高楼。

这城市，永远都比人心恢复得更快。

只是，熟悉的城市里，再也没有那个孤绝消瘦、心地善良的男孩而已。

我坐在潮湿的沙滩上，抚摸着那只野猫的脊背，一点点展开梁寒写给我的那封信。

信纸的正中央，有水滴氤氲的痕迹，微微发皱，我甚至能想到他写这封信时的情形——

头顶老旧的吊扇缓慢地转动着,躺在蚊帐里的梁妈妈已经沉沉睡去,睡梦中还时不时呼唤丈夫的名字。

卧在对面塑料椅子上的野猫,打了一个哈欠,伸了个懒腰后跳下来,迈着轻柔的脚步蹭到了梁寒的面前。

手里拿着笔的他,面无表情地看着眼前空白的纸张,一大滴眼泪夺眶而出,落在信纸上,"啪嗒"一声轻响。

他有很多很多话想要对我说,却又不知道从何说起。

他只是定定地坐在那里,像一尊生硬的雕像,他用了整整一个午后的时间,只写下短短的一段话:

顾小庄:

你知道吗,海洋里有很多种鱼,每一种鱼都对应着陆地上的某一种人。

有些人庞大如鲸,轻易就能横跨整个海洋。有些人暴烈如鲨,随波逐流。

而你,就像是一只温柔善良的海豚。

感谢你曾不顾一切地想要把我从深暗的海底救起,带我看过了海面上阳光恩赐的波光粼粼。

可是,你终该知道,有一种鱼生来就只能生活在漆黑的海沟深处,它们永远无法摆脱黑暗,永远不能被救赎。

想来,我就是那一种鱼吧。

其实,我觉得梁寒的那个比喻不对。

他才不是那种生活在几百米深的海沟里,不被救赎的深海鱼。

他只是一只小小的寄居蟹,背着太过沉重的壳,在阴暗的礁石缝隙里,伸了伸触角,一阵风来,又连忙触电般缩回去。

我将摊开的信纸贴在胸口,平躺在沙滩上,任海水一波波地冲刷着脚掌,我闭上眼睛,想象着此时此刻那只寄居蟹就躺在自己的右手边。

有那么一刻,我似乎听见了背后的脚步声,连忙爬起来回头去看,绵延不尽的海岸线上却找不到那个熟悉的男孩。

一束明亮的光线,被镜子反射到我脸上,不停地晃动。

我坐起身,眯着眼睛,朝着光线射来的方向看去,就看见章西他们了。

对岸的章西正用一面小镜子将阳光反射到我脸上,而她身后,众人在沈迪的带领下,正向我跑来。

而且,许艺橙、程铁以及沈一辰居然还穿了泳衣。

那天下午,他们一直拉着我在海边嬉闹,太阳落山以后,甚至点燃一堆篝火,放了烟花。

我知道,一定是沈迪怕我一个人胡思乱想,才把他们都叫了过来。

可是,我还是不自觉地联想到了梁寒,恍惚间,他似乎就站在我们中间,和我们手拉着手,围着噼啪炸响的篝火,胡乱跳着舞。

绚烂的烟花破空而起,照亮大片黑蓝色的海面时,他似乎就站在我的身旁,贴耳对我说:"一会儿我们偷偷回家吧,我妈烧了拿手的黄花鱼,只够两个人的份!"

海风缱绻,忽而微笑。

我一把抢下挂在许艺橙胸口的哨子,朝着海面狂奔。

那只哨子是程铁专门为许艺橙准备的,他说,泰坦尼克号里的女主角最后就是靠这个获救的。不会游泳的许艺橙只要吹响哨子,他就会奋不顾身地冲到她身边,无论刀山火海。

我在齐腰深的海水里站定,紧紧跟上来的其他人也在身后不远处停下了脚步,紧张地看着我。

我像只虾米似的弓下身,鼓足全身的力气,使劲吹响那只哨子。

我吹了一遍又一遍,吹得眼前发黑,脑袋都快缺氧了。

可是,没人来救我。

我当着那么多好朋友的面,不怕丢脸地撕心裂肺痛哭,希望许艺橙没有骗人。

她说,哭过之后就好了。

2 <<<<<

这世界上,一定有那么一个地方,花朵永不凋败,青春绝不散场!

我报考厦门大学研究生的这件事情,得到了大家的极力支持。

许艺橙为我准备了很多考研资料,并且特别热心地帮我制订了学习计划,章西更是信誓旦旦地告诉我,如果我真能考上,她就把分店开到鼓浪屿。分店的名字她都想好了,依次类推,一朵云,两朵云,三朵云……

梁寒,你知道我为什么报考那所大学吗?

那么喜欢猫的你,一定听说过鼓浪屿的另外一个名字吧。

没错啦，就是猫岛。

那么美丽的一座海岛，生活着成百上千只懒散的野猫，你说过的，你想要去这样的一座小岛上，开一家安静的咖啡店。

你还要亲手制作最特别的明信片，送给每一个认真生活的顾客。

而我，之所以知道这件事情，是源于一位名叫Selena的流浪歌手。她剪短发，有修长好看的手指。

九月里，她在我们经常去的海滩上弹着一只很旧的木吉他卖唱。

当时，她静静地坐在堤岸的台阶上，美得就像是一幅画。

她翻唱张惠妹的那首《我最亲爱的》，我才听了两句，就忍不住难过起来。

很想知道你近况，

我听人说，还不如你对我讲。

经过那段遗憾，请你放心，我变得更加坚强。

世界不管怎样荒凉，爱过你就不怕孤单。

……

那一天，恰巧有一个七八岁的小女孩在海水浴场附近卖花，被她歌声打动的我，买了一朵白玫瑰送给了她。

她说我是第一个送花给她的听众，她给我讲她一路走来遇到的种种，就像是一位多年未见的老朋友。

她还给我分享她手机里一个个陌生城市的照片，于是，我便看见那座名叫鼓浪屿的小岛了。

我看见城堡一样的西式建筑围墙上开满了蔷薇花，墙角下一只鼻子棕黄色的白猫，长着一张似乎永远也睡不醒的脸。

除此之外，那座岛上还有很多很多只个性鲜明的猫。

于是，我便决定报考跟它只有一水之隔的厦大了。

也许，当某一天，我去到了那座美丽的海岛，在某一个熙来攘往的街口，忽然间转身，就能看到你了吧。

那时候，梁妈妈的病一定已经痊愈了，而你的脸上也必定洋溢着最温暖的笑容。

那时候，我一定佯装对所有的预谋都全然不知，只淡淡地对你说一句："好巧，原来你也在这里。"

如果，我一直不曾遇到你，便会在那里永远等下去。

亲爱的梁寒，有些约定好了的地方，你若不来，我便不敢离去。

还有啊，Selena给我分享猫和岛的照片时，礼尚往来，我也把你的照片分享给了她。因为她告诉我，她有很多很多流浪卖唱的朋友，遍布世界各地。

她还特别慷慨地答应我，会把你的照片分享给那些朋友，一旦发现你的踪迹就会及时通知我。

知道吗，梁寒，仅有一面之缘的Selena真的很守约，因为就在刚刚，她果然给我打了电话。

她说："嘿，告诉你一个好消息……"

——本季完——